君主論

이원호 장편소설

1993 - 1998
① 김영삼 편

스토리뱅크
story bank 2010

저자의 말

군주론(君主論)은 실명 소설입니다.

1권 김영삼 편(1993~1998)

2권 김대중 편(1998~2003)

3권 노무현 편(2003~2008)

4권 이명박 편(2008~2013)

으로 구분되어 있으며 각각 실명 소설로 썼지만 일부분은 가명으로 채웠습니다.

그리고 각 소설은 임기 말쯤에 1권씩 출간되었던 것을 이번에 모아서 한꺼번에 4권으로 출간합니다.

따라서 따로 읽으셔도 지장이 없을 것이며 그 당시의 생생한 현장을 다시 떠올리게 되실 것입니다.

마키아벨리의 군주론(君主論)에서 제목만 가져왔을 뿐 각각의 사건에 다른 행동과 결과가 펼쳐집니다.

읽으시고 대리만족을 느끼시거나, 공감을, 또는 차기 군주에 대한 기대감을 품게 되신다면 보람이 있겠습니다,

1993년부터 2013년까지 4대(代) 20년을 겪었고 각 군주(君主) 말년에 각 권을 출간했지만 쓰면서 느끼는 공통점은 항상 같았습니다.

첫째, 쉬운 것을 어렵게 풀었던 군주는 실패했고,

둘째, 군주의 일은 결코 쉬운 일이 아니었다는 것입니다.

그리고 백성의 입장에서는 오직 하나, 등 따습고 배부른 세상을 만드는 군주(君主)가 명군(名君)이었다는 것입니다.

2016년 6월 25일 이원호

차례

1장
대변신

1993년 8월 24일 오후 2시.

청와대 후원의 나무 그늘 밑이다.

벤치에 앉은 김영삼 대통령이 이맛살을 찌푸렸다.

"지금이 어느 때라고 그 따위 씰데없는 소리를 하는지 모르겠다. 5·16이 쿠데타가 아니믄 뭐꼬?"

그의 옆에 앉은 사내는 차남 김현철이다. 대통령이 말을 이었다.

"아직 정신 몬 차렸데이, 그 사람."

민자당 대표 김종필은 지난 5월 18일에 5·16의 정당성을 역설했던 것이다. 대통령의 입술이 조금 부풀려졌다. 언짢을 때의 버릇이다.

"갈아치워야겠다."

"아버님, 아직 시기가 빠릅니다."

김현철이 조심스럽게 말했다.

"아직 민정계를 단속할 인물도 없고…."

"인물은 무신, 그깐 놈들은 인자 앉은뱅이 신세인 기라, 걱정할 거 없다."

"이번 박철언 구속으로 대구·경북지역 인심이 조금 좋지 않아졌습니다."

"30년이나 실컷 해무으스면 됐다. 난 그깐 놈들 신경 안 쓴다."

자르듯 말한 대통령이 두툼한 눈시울을 치켜뜨고는 김현철을 바라보았다.

"이번 여론조사 결과가 어떤지 아나?"

이제는 조금 기분이 풀렸다.

"이놈 아야, 70퍼센트가 내가 잘한다고 하는 기라. 속이 다 시원하다고 안 하더나?"

"물론 그렇습니다만"

"오천년 썩은 나라데이, 아주 과감하고 신속하게 처리해야 되는 기라."

대통령이 자리에서 일어섰으므로 김현철이 서둘러 따라 일어섰다.

"3김 시대는 이제 끝난 기라. 깜짝 놀랠 만한 시대가 오고 있단 말이다."

앞장서서 걷던 대통령이 김현철을 돌아보았다. 어느덧 밝아진 얼굴이다.

"김대중이가 영국으로 갔으니 종필이는 미국으로나 가믄 되겠제?"

그 시간에 김종필은 자택에서 한영수와 마주앉아 있었다. 가라앉은 표정이다.

"그 사람, 천방지축 뛰고 있지만 곧 밑천이 드러날 게여."

그가 느린 말투로 말을 이었다.

"지 혼자 깨끗한 척, 잘난 척을 다하라고 내버려두어. 선불 맞은 소

앞은 피허는 게 상책이여."

"재수 없으면 뿔에 받힙니다, 대표님."

"그것은 운수소관이여. 광풍에는 그저 납작 엎드려 있는 것이 상책이다."

한영수가 입맛을 다셨다.

"이건 솔직히 개혁을 가장한 복수극입니다. 유치하기 짝이 없어요."

"놔두어, 현철이가 여론조사 자료를 계속 바치는 모양인디 그것이 얼마나 허구성이 많나 곧 알게 될 거여."

쓴웃음을 지은 김종필이 말을 이었다.

"마치 삼류 배우한테 나라를 맡긴 꼴이 되었어. 제일 땅을 치고 싶은 건 나여."

"현철이가 민주계하고 사이가 좋지 않은 모양입니다."

한영수가 목소리를 낮췄다.

"김덕룡하고 최형우를 견제하는 것 같습니다."

"고사(故事)에도 있어. 토사구팽 당했다고 분통을 터뜨리지만 그쯤은 각오하고 있어야 돼."

의자에 등을 기댄 김종필이 길게 숨을 뱉었다.

"한고조 유방은 천하를 통일하자 공신들을 모조리 제거해서 자리를 굳혔고, 조선조 태조 이방원도 그랬어. 지금 민주계 실세들이 견제를 받는 것도 같은 이치여."

근래 들어 눈두덩이 더욱 부어오른 김종필이 정색을 했다.

"허나 그것도 젖비린내가 나는 아들놈을 시켜서 정치판을 휘젓게 하는 걸 보면 위험하기 짝이 없단 말이여."

"정치판뿐만이 아닙니다."

한영수가 쓴웃음을 지었다.

"관계와 재계, 게다가 정보기관까지 손을 안 뻗친 데가 없습니다."

"각하께선 정원에 계신데, 무슨 일이오?"

비서실장 박관용이 묻자 홍인길이 털썩 소파에 앉았다. 이맛살이 찌푸려져 있다.

"저 양반 제정신인지 모르겠어요. 아, 정치자금을 일전도 받지 않겠다고 발표를 해버리다니, 그러면 누가 상 줍니까?"

쓴웃음을 지은 박관용을 향해 그가 다시 투덜댔다.

"돈 없으면 어떻게 정치를 합니까? 그걸 제일 잘 아는 양반이 인자 대통령 되었다고 일전도 안 받겠다면 우리는 뭘로 살아가란 말이오?"

"홍 수석, 그런 게 아니라….."

"그렇게 만든 건 누군데? 저 양반도 돈 없었으면 여기 들어오지도 못 했어. 그런데 우리더러는 돈 받지 말라니. 아, 내가 정치자금 받아서 땅 한 평 샀냐고요."

홍인길은 가신(家臣) 중의 가신이다. 따라서 같은 가신 출신인 박관용에게는 말을 가리지 않는다. 홍인길이 길게 숨을 뱉었다.

"후원금이 부쩍 줄어들었어요. 저 양반이나 현철이는 돈 남은 것이 많은 모양이지만 우리야 돌보아 줄 사람이 한둘이 아닌데 야단났어."

"곧 풀리겠지 뭘."

"풀리다니? 요즘 돌아가는 걸 보시오. 점점 더 거칠어져서 옆에서 말한마디 제대로 붙일 수가 있습디까? 제기, 나한텐 상도동 있을 때가 훨씬 나았어, 저 양반도 훨씬 인간적이었고."

대통령이 멈춰선 곳은 불상 앞이었다. 경무대 시절부터 있었다는 길이 2m쯤의 석상인데 지금 철거작업을 하는 중이다. 바위 위에 얹힌 입상(立像)이어서 인부 서너 명이 사다리에 올라가 있다가 대통령을 보자 그들도 석상처럼 굳어졌다. 근처에 있던 경호원이 그들에게 주의를 주었는지 다시 일이 시작되었다. 불상을 올려다보며 대통령이 낮게 말했다.

"가진 놈들한테는 가진 만큼 고통을 줄 끼다. 쓰레기는 치워 버려야 되는 기라."

"아버님, 김덕룡의원이 절 외국으로 내보내라고 했다면서요?"

김현철이 묻자 그가 쓴웃음을 지었다.

"씰데없는 소리 말라고 했다."

"그 양반은 차기를 노리고 있는 것 같습니다. 그래서 제가 아버님 옆에 있는 것이 부담이 될 겁니다."

"말도 안 되는 소리."

인부들은 불상의 머리를 떼어내는 중이었다. 대통령이 한 걸음 바위 밑으로 다가갔다.

"분수를 모르고 날뛰는 놈들은 가만두지 않겠다."

그 순간이다. 불상의 머리를 감쌌던 끈 하나가 풀어지더니 머리가 끈 사이로 빠져나왔다. 그러고는 불상의 어깨에 부딪치며 튕겨나면서 곧장 아래로 떨어졌다.

"아앗!"

인부들이 놀라 고함을 쳤을 때 근처에 있던 경호원이 그야말로 날듯이 달려왔다. 그는 대통령의 상반신을 와락 안으면서 옆으로 뒹굴었다. 한아름이나 되는 불상의 머리가 바로 옆쪽 땅바닥에 요란한 소리를 내

13

며 떨어졌다. 그야말로 간발의 차이였다. 대통령을 감싸 안고 있던 경호원이 상반신을 일으켰고 대통령도 머리를 들었다.

"아버님!"

이미 저만큼 물러나 있던 김현철이 소리쳤다. 대통령이 얼굴에 웃음을 띠었다.

"난 괜찮다."

그 순간 불상의 어깨에서 떨어져 내린 손바닥만 한 돌조각이 막 일어나려는 대통령의 머리를 쳤다.

"아버님!"

김현철이 다시 절규하듯 소리쳤을 때 대통령이 머리를 꺾고는 땅에 쓰러졌다. 대통령을 안은 경호원이 소리쳤다.

"비상!"

그의 목소리가 뒤뜰을 울렸다.

"비상!"

1993년 8월 24일 오후 6시.

대통령이 눈을 떴다. 눈앞에 희끗한 사람의 윤곽이 보였다.

"각하, 깨어나셨습니까?"

흰 옷을 입은 의사이다. 대통령은 자신이 병원의 침대 위에 누워 있는 것을 깨달았다.

"여기가 어디요?"

"각하, 여기는 국군통합병원입니다."

그제야 불상 밑에 있다가 사고를 당한 것이 기억났다. 그러고 보니 머리가 조금 아프다. 그는 손을 뻗쳐 머리를 만져보았다. 머리 윗부분에 담뱃갑만 한 반창고가 붙여져 있다.

"각하, 저는 원장 이용하 소장입니다. 각하께선 세 바늘을 꿰맨 외상을 입으셨습니다."

바짝 다가선 이용하가 부드럽게 말했다.

"엑스레이 촬영을 했습니다만, 뇌에는 전혀 이상이 없으십니다."

"그런가? 하긴 별로 아프지도 않아."

"천행입니다, 각하. 각하께선 세 시간 동안 의식을 잃고 계셨습니다."

"한숨 푹 자고 일어난 기분이야."

대통령이 상반신을 일으켜 세웠다.

"기분도 상쾌하군. 뭐, 주사를 놓았소?"

"아닙니다, 각하."

이용하가 머리를 저었다.

"뇌의 상태가 정상이어서 그럴 필요도 없었습니다."

사고는 극비에 부쳐졌기 때문에 대통령이 병실을 나오면서 만난 인사는 대여섯뿐이었다. 물론 비서실장 박관용과 총무수석 홍인길은 그 중에 포함되어 있었다. 대통령의 건강한 모습을 보자 홍인길이 눈물을 글썽였다. 비뚤어진 넥타이에 머리가 헝클어진 모습이었다.

김현철은 대통령의 한쪽 팔을 끼고 있었다. 당당한 태도였고 참으로 자연스러운 모습이다. 그는 대통령이 쓰러지자 악을 쓰듯 박관용을 채근하여 다른 사람들에게 일절 연락을 취하지 못하도록 했다. 민주계의 중진들은 물론이고 당대표인 김종필, 국무총리 황인성은 말할 필요도 없다. 그리고 대통령은 이렇게 씻은 듯이 건강한 모습으로 병실을 나온 것이다. 불과 몇 시간 동안이지만 경솔한 행동을 취했더라면 하마터면 국가가 극심한 혼란상태에 빠질 뻔했다. 영단(英斷)이다. 대통령은 청와대로 되돌아갔다.

　대통령이 이덕수를 부른 것은 파격적인 일이었다. 이덕수는 불상 머리가 떨어졌을 때 대통령을 구해낸 경호실 요원이다. 집무실에 들어온 이덕수는 잔뜩 긴장해 있었다. 30대 중반으로 건장한 체격에 인물도 좋다.

　"거기 앉게."

　대통령이 부드러운 표정으로 앞쪽 자리를 가리켰다.

　"자네한테 부탁할 것이 있어서 불렀어."

　이덕수가 소파에 엉덩이 끝만 붙이고 앉았다. 아마 경호실장은 물론 비서실장까지 이쪽에 촉각을 곤두세우고 있을 것이었다.

　"이봐 자네, 경호실에 오래 있었나?"

　"7년째입니다, 각하."

　이덕수가 군대식으로 대답하자 대통령이 손바닥을 펴더니 몇 번 숙여 보였다. 언성을 낮추라는 시늉이다.

　"그렇다면 전두환 씨 시절부터."

　"예, 각하."

　말소리가 낮아졌다.

　"고향이 어딘고?"

　"서울입니다, 각하."

　"자넨 내 생명의 은인이네."

　"아닙니다, 각하. 저는…."

　이덕수의 얼굴이 붉게 달아올랐다. 그러자 대통령이 정색을 했다.

　"그런데 말이야."

그가 목소리를 낮췄다.

"그날 다친 것에 대해 병원에서는 아무 이상이 없다고 하고 실제로도 그래."

대통령이 머리를 눌러보았다. 사고 다음날 아침부터 반창고를 떼었고 닷새가 지난 지금은 실밥을 풀어서 흔적도 지워졌다.

"그런데 이상해."

대통령이 잔뜩 긴장한 이덕수를 바라보았다.

"그날 이후로 내가 변한 것 같단 말이야."

"…"

"물론 자네는 모르겠지, 그렇지?"

"예, 각하."

"자네, 나하고 둘만의 비밀을 지킬 수 있겠나?"

"예, 각하."

"목숨을 걸겠나?"

"물론입니다, 각하."

당장 죽으라면 죽겠다는 결연한 표정의 이덕수를 바라본 대통령이 머리를 끄덕였다.

"자네는 믿을 수가 있겠어. 이건 내 집사람한테도, 아들 녀석한테도 말하지 못한 일이야."

"…"

"내가 편안해졌어. 머릿속에 뭉쳐 있던 어떤 것이 없어진 것 같고, 이제까지 내가 해온 일을 보면 왜 내가 저랬나 하고 놀라기도 한다네."

대답할 엄두를 못 내는 이덕수를 향해 대통령이 웃어보였다.

"아마 잘된 일이야, 편안해진 걸 보면."

"…."

"실장한테 이야기해서 자넬 내 옆에 두겠어. 자네가 나를 많이 도와 줘야겠어."

"예, 각하."

이덕수는 여전히 결연한 표정이었다.

다음날 오전 이덕수는 민정수석실의 안태호 비서관 앞으로 다가가 섰다.

"경호실의 이덕수입니다. 부르셨습니까?"

"아, 이덕수 씨."

얼굴에 웃음을 띤 안태호가 자리에서 일어섰다.

"이쪽으로 오시지요."

비서관이면 경호실 과장급이다. 그러나 그는 정중히 이덕수를 옆쪽 방으로 안내했다. 방에 들어서자 이쪽을 향해 한 사내가 앉아 있는 것이 보였다.

김현철이다. 그도 얼굴에 웃음을 띠고 있었으나 자리에서 일어서지는 않았다.

"앉으세요."

그가 손을 들어 앞쪽을 가리켰다. 안태호가 나가면서 방문을 닫았다. 김현철이 부드러운 표정으로 입을 열었다.

"어제 대통령을 만나셨지요?"

"예."

"우선 경호실 과장으로 진급하신 것 축하드립니다. 그리고 아버님의 측근 경호를 맡게 되신 것도."

"감사합니다."

"당연한 일이지요, 아버님의 생명을 구해 주셨으니까. 저도 아버님 께 추천을 했습니다."

"감사합니다."

김현철이 은근한 시선으로 그를 바라보았다.

"아버님이 딴 말씀은 없으셨나요?"

"예."

머리를 끄덕인 김현철이 주머니에서 봉투 하나를 꺼내어 앞으로 밀 었다.

"이거 쓰세요."

시선이 마주치자 김현철이 싱긋 웃었다.

"이제 한 식구가 되었으니 내가 부담 없이 드리는 겁니다. 어서 받으 세요."

"저는…."

그러자 김현철이 어서 넣으라는 듯 손짓을 했다.

"이 형도 익숙해지셔야 합니다, 어서."

이덕수가 봉투를 집어 주머니에 넣었다.

"감사합니다."

"그리고…."

김현철이 상체를 테이블에 붙였다. 어느덧 정색한 얼굴이다.

"무슨 일이 있으면 저하고 상의하시고, 무슨 말인지 아시겠지요?"

"내 무신 말인지 하나도 모르겠다."

대통령이 비서실장 박관용을 바라보았다.

"경제는 경제 전문가한테 맡겨야 되는 기라, 그렇지 않나?"

"예, 각하. 하지만…."

박관용이 머리를 들었다. 그거야 백번 지당한 말씀이지만 중요한 일은 대통령이 하나에서 열까지 챙겨왔다. 이제 와서 무슨 말인지 하나도 모르겠다고 딴소리를 하니 답답한 것이다.

"각하, 재정금융 개혁과 성장 잠재력 강화, 국제시장 기반 확충에 대해서 큰 줄거리만 말씀하시면 됩니다."

"그냥 읽기만 하란 말이지?"

"예, 각하."

이제 곧 국정연설이 있는 것이다. 머리를 끄덕인 대통령이 자리에서 일어섰다.

"대통령이 알지도 못하면서 그저 남이 써준 것을 읽기만 하다니…."

혼잣소리였으나 박관용은 멍한 얼굴이 되었다.

대통령이 이런 소리 하는 것은 처음이다. 그는 조금 걱정이 되었다.

"아, 그 양반 가끔 그래요. 심통이 나면 영 딴소리를 하는 기라."

홍인길이 아는 척을 했다.

"그러다가도 언제 그랬냐는 듯이 확 바꾸는 기라."

"아니, 그래도 요즘은…."

입맛을 다신 박관용이 그를 바라보았다.

"매사에 의욕을 내시지 않는 것 같단 말이오. 기력도 떨어지신 것 같고."

"왜? 조깅할 때 보니깐 펄펄 날던데."

박관용의 집무실 안이다. 걱정이 된 박관용이 홍인길을 불렀지만 별로 도움이 되는 것 같지 않다. 홍인길이 두 다리를 길게 뻗었다.

"그냥 가만히 기다려요. 그 양반이 다시 설치기 시작할 테니까."

그날 밤, 9시가 조금 못 되었을 때 승용차 한 대가 청와대의 정문을 빠져나갔다. 경호실의 번호판이 붙은 차여서 정문의 경비는 가볍게 경례만을 올려붙였다.

"흐유, 내 집을 나가는 데도 간이 오그라든다."

뒷좌석에 앉아 있던 대통령이 상체를 폈다.

대통령이 몰래 청와대를 빠져나가는 것이다. 이덕수와 운전사를 포함한 경호원 세 명이 경호팀의 전부였으니 경호실장이 알면 난리가 날 판이다. 차는 여러 번 신호에 걸렸으므로 시내에 들어섰을 때는 9시 반이 되어 있었다.

"거, 모두들 바쁘게 사는구먼."

차창 밖을 바라보던 대통령이 혼잣소리로 말했다. 차는 제법 속력을 내어 한남대교를 넘고 있는 중이었다.

"나만 혼자 골짜기에 파묻혀 살고 있는 기분이다."

옆에 앉은 이덕수가 힐끗 대통령을 바라보았다. 노타이셔츠에 양복 차림의 대통령은 생각에 잠긴 얼굴이었다. 20분쯤 후에 차는 테헤란로에 있는 골목길로 들어서더니 곧 번쩍이는 네온사인 앞에서 멈춰 섰다. 앞좌석의 경호원이 서둘러 나가더니 곧 앞쪽 건물의 입구로 들어섰다. 대통령은 이덕수의 경호를 받으며 그의 뒤를 따랐다.

안은 제법 화려한 홀이었다. 정장 차림으로 무섭게 긴장한 40대의 사내가 한복을 입은 여인과 나란히 서 있다가 대통령을 보자 허리를 90도로 꺾었다.

"가, 각하, 어서 오십시오."

여자는 미인이었지만 화장이 너무 진했다. 그래도 남자보다는 정신이 깨어 있었다.

"각하, 이쪽입니다."

여자가 앞장을 섰다.

"자네, 미인이야."

여자의 뒤를 따르며 대통령이 말하자 여자는 웃음을 띤다는 것이 일그러진 얼굴이 되어 버렸다. 그녀도 굳어 있었던 것이다. 대통령은 방으로 안내되어 들어섰다.

"각하."

이미 연락을 받은 터라 서서 기다리고 있던 최형우와 김덕룡이 일제히 허리를 꺾었다. 그들의 얼굴은 상기되어 있었다.

"여어, 몰래 나오는 바람에 늦었어."

대통령이 활짝 웃었다.

"이거, 오랜만에 이런 데서 모이는구먼."

자리에 앉은 대통령이 그들에게 앉으라는 듯 손짓을 했다.

"어때? 미인들은 준비시켜 놓았나?"

여자가 재빠르게 방에서 물러났다. 그들이 이덕수의 연락을 받은 것은 두 시간 전이다. 하고많은 장소 중에 강남의 룸살롱에서 대통령이 만나자는 이야기를 그들은 처음에는 믿으려 들지 않았다. 그것도 극비회동이라니 더욱 그렇다. 대통령이 그들의 얼굴을 둘러보았다. 웃음 띤 표정이었다.

"이런 데서 만나자고 해서 놀랐나?"

"예, 각하. 조금…."

헛기침을 한 최형우가 말을 이었다.

"이 집, 잘 아시는 곳입니까?"

"아니, 처음이야."

대통령이 방안을 둘러보았다.

"경호실 과장이 골라 준 집이야."

문이 열리더니 종업원들이 술과 안주를 날라 왔다. 모두 긴장해서 동작이 뻣뻣했다.

"저어…."

조금 전의 여자는 마담이다. 그녀가 시선을 최형우에게 맞췄다.

"저어, 아가씨는…."

"어, 10분쯤 후에 데려와."

대답은 대통령이 했다.

"근데 마담 이름이 뭐꼬?"

"장현실입니다."

두 손을 앞으로 모은 마담이 공손하게 대답했다.

"이렇게 찾아주셔서 영광입니다."

"미인이야, 장 마담."

마담이 방을 나가자 방안에는 어색한 침묵이 흘렀다. 상도동 시절에도 대통령은 이러지 않았다. 술을 마셔도 포도주 한 잔이면 끝이었는데 룸살롱이라니 어림도 없다.

대통령이 정적을 깼다. 어느덧 정색한 얼굴이다.

"이봐, 가만히 생각해 보니까 내가 대통령이 되려고만 했지, 되고 나서의 준비는 거의 안 한 기라, 그렇지 않나?"

최형우와 김덕룡이 몸을 굳혔다. 그러나 대답할 성질의 질문이 아니다.

"내 이제까지 개혁이네, 사정이네, 금융실명제네 하고 정신없이 몰아붙였는데 이제까지 한 것만 해도 뒷감당이 겁나는 기라."

"…"

"돈을 일전도 안 먹겠다고 했지 않나? 자네들은 그 말 듣고 웃었제?"

"아닙니다, 각하."

김덕룡이 대답하다가 대통령과 시선이 마주치자 얼른 내렸다. 대통령이 의자에 등을 기댔다.

"그래서 내가 긴장을 푸는 기라. 아마 내일이면 개혁한다는 대통령이 룸살롱에 갔다는 소문이 확 퍼질 끼다."

"각하"

최형우가 조심스러운 시선으로 그를 바라보았다.

"다른 방법을 찾으실 수도 있었는데요."

"자네들하고도 적조했제."

"…"

"일거양득이다, 그렇지 않나?"

"엎드려 있는 놈들을 일으켜 세울 방법이 뭐꼬?"

대통령이 묻자 테이블 주위는 갑자기 조용해졌다. 대통령이 주재한 수석비서관회의가 진행 중이었다. 공무원의 복지부동에 대한 문제가 나왔을 때 대통령이 불쑥 말을 던진 것이다.

박관용이 헛기침을 했다.

"각하, 행정부에서도 여러 가지 해법을 찾고 있습니다."

대통령이 반쯤 눈을 감고는 입술을 내밀었다. 대답이 신통치 않다는 표정이다. 그러자 홍인길이 나섰다.

"공무원은 국민을 위해 봉사하는 직업이라는 의식 자체가 없습니다. 내가 상도동에 있을 적에 많이 당했어요."

그가 내친김이라는 듯 말을 이었다.

"그리고 공무원 봉급 가지고 자식들 과외비 내고 쇼핑가는 건 어림도 없습니다. 뇌물을 챙겨야 그럭저럭 살거든요."

이런 식으로 이야기할 수 있는 사람은 홍인길뿐이다. 어쨌든 분위기가 가벼워졌다. 대통령이 입술을 더 내밀었으므로 웃는 것 같기도 했기 때문이다.

"정신교육과 봉급인상을 병행시켜서, 물론 공무원을 정예화하여 감축하는 방침을 세우고…."

누군가가 그렇게 말했다.

"아니, 엎드려 있다고 달랠 필요 없습니다. 엄격한 제도를 만들어서 가차없이 사정을 해야…."

"그래도 뇌물 관행은 쉽게 사라지지 않습니다. 원래 뿌리가 깊고 사회구조가…."

중구난방이었지만 토론이 활발했다. 박관용이 힐끗 대통령을 바라보았다. 자신이 토론을 중지시킬 수는 없는 노릇이다. 홍인길이 내뱉듯이 말했다.

"도자로 밀면 엎드려 있다가 벌떡 일어날 게여. 눈과 귀는 멀쩡할 테니."

도자는 불도저를 말하는 것이다. 몇 명이 소리 죽여 웃었고 박관용이 이맛살을 찌푸렸다. 청와대 수석회의 내용치고는 저질이다. 그는 대통령의 체면을 생각했다.

"어쨌든 총리 주재로 그 문제를 심각히 연구하는 모양이니까."

박관용이 그렇게 마무리를 지으려고 했을 때 대통령이 번쩍 눈을 크게 떴다.

"단번에 해결할라고 하니까 그 모양이 된 기다."

그가 수석들을 둘러보았다.

"이러다간 홍 수석 말대로 도자로 밀고 나서 새로 만들어내는 수밖에 없는데, 그건 불가능한 일이야."

"…."

"시중에선 내가 대한민국에서 최고로 정력 좋은 남자라고 소문이 났던데, 만날 사정만 한다고."

그러자 수석들의 얼굴이 일제히 일그러졌다. 웃는다니 그건 있을 수도 없는 일이고 그렇다고 못 들은 척하기에는 너무 충격적이다. 그 순간 홍인길이 후드득 웃었다. 그러더니 힐끗 대통령을 보고는 엄숙한 표정으로 되돌아갔다. 언제 벼락이 떨어질지 예측할 수가 없는 것이다. 정색한 대통령이 말을 이었다.

"만날 사정이네 개혁이네 소리만 쳐서 득 될 것이 별로 없어. 차근차근 내실을 기해 가면서 부조리를 없애야 된다고 생각해."

그가 박관용에게로 머리를 돌렸다.

"이봐, 박 실장. 알아들었어?"

"예, 각하. 알겠습니다."

"내가 만날 사정할 정력은 없다고 발표를 해."

그러자 수석 두어 명이 어금니를 물었고 홍인길이 다시 웃었다.

26

"그렇다면 성원이라는 룸살롱은 이 과장이 아는 곳이란 말이죠?"

김현철이 묻자 이덕수가 머리를 끄덕였다.

"그렇습니다."

"이 과장이 최형우 씨, 김덕룡 씨한테 연락을 하셨고."

"예."

"아버님께서 다른 말씀은 없으시던가요?"

"예, 없으셨습니다."

민정수석실 옆의 응접실 안이다. 김현철에게 불려온 이덕수는 어젯밤의 사건에 대한 물음에 대답하는 중이었다. 김현철이 입맛을 다셨다. 언짢은 표정이다.

"도대체 이해할 수가 없어요. 갑자기 그 양반들을 불러내신 것도 그렇고 장소도 하필이면 영동의 룸살롱이라니."

"…"

"금방 소문이 퍼질 텐데 말이에요."

이미 어젯밤에 대통령의 룸살롱 방문은 안기부에 의해 포착되었던 것이다. 지금쯤 정가는 그 소문으로 들끓고 있을 것이다.

"이 과장님."

김현철이 정색을 했다.

"앞으로는 말이죠. 아버님이 그런 식으로 나가실 때 저한테 미리 연락을 해주세요."

그가 이덕수를 똑바로 바라보았다.

"이건 심각한 문제예요. 경호실장도 걱정을 많이 하고 있더라고요. 무슨 말씀인지 아시겠죠?"

"알겠습니다."

"나는 이 과장님만 믿습니다."

경호실장은 아침 일찍 이덕수를 불러내어 어젯밤 일을 물었으나 보고하지 않은 것을 나무라지는 않았다. 대통령이 지시 내린 사항을 경호실장이 캐물을 수는 없는 것이다. 그러나 이쪽은 다르다. 김현철이 주머니에서 봉투를 꺼내어 그의 앞으로 밀어놓았다.

"쓰세요."

이번이 두 번째였으므로 내미는 것도 자연스럽다.

"감사합니다."

역시 이덕수도 자연스럽게 봉투를 집어넣었다.

"하긴 최형우나 김덕룡 의원하고 요즘 만나신 지가 오래되었지."

홍인길이 혼잣소리처럼 말했다.

"오랜만에 회포를 푸신 것도 나쁘지 않습니다."

수석 회의를 마친 그는 박관용의 방에 들어와 있었다.

"하지만 룸살롱이라니, 영감도 난데없는 일을 벌이시는데."

"아마 무슨 말씀이 있으셨을 거요."

박관용이 입을 열었다.

"각하께서 그분들하고 노시려고 만난 게 아닐 겁니다."

"글쎄, 그거야…."

하지만 알 수는 없다. 요즘 민주계의 실세인 그들은 소외당한 입장이 되어 있었으니 위로차 만났을 확률이 높다.

"아무래도 각하께 진언을 해야겠는데."

박관용의 말에 홍인길이 머리부터 저었다.

"에이, 관두쇼. 각하도 요즘 스트레스를 꽤나 받을 텐데 놀게 둡시다.

진짜로 사정 한번 해보게."

서울구치소의 특별면회실 안이다.

김덕룡과 마주앉은 박철언은 놀란 듯 눈이 커져 있었다. 입회 교도관도 자리를 비킨 둘만의 자리였다. 김덕룡이 입을 열었다.

"어쨌든 박 의원은 풀려 나와 의정활동을 계속하게 될 겁니다. 그러니 미리 준비를 해 두시는 것이…."

"난 아직 영문을 모르겠습니다만."

머리를 조금 기울인 박철언이 김덕룡을 빤히 바라보았다. 의심에 가득 찬 시선이다. YS 정권이 탄생하자 정치보복은 각오하고 있었지만 파친코 사건이 터지자마자 가차없이 구속되었던 것이다. 이 사건은 YS의 성격이 극명하게 표출된 것이었다. 그런데 다시 의원 생활을 하게 해주겠다니 무슨 음모가 있는지 알 수가 없다.

"집어넣을 때는 언제고 이젠 의정 활동을 계속 하라니, 도대체 영문이나 압시다."

그러자 김덕룡이 쓴웃음을 지었다.

"각하께선 마음을 비우셨다고 합디다."

"…"

"글쎄, 나한테 그러시더라니까요. 하지만 나도 아직 얼떨떨해요."

"…"

"그렇게 쉽게 뒤집는 분도 아닌데 말이오."

"날 정치적으로 이용할 생각일랑 안 하시는 것이 좋을 거요. 그러려거든 아예 이곳에 박아 두시오."

"아, 우리가 어린애요?"

김덕룡이 짜증을 냈다.

"내가 이런 전갈 가져왔다고 박 의원이 냉큼 '고맙소이다' 할 줄 기대하고 여기 온 줄 아시오?"

그러고서 둘은 시선을 돌린 채 제각기 딴 생각을 했다. 1993년 가을이었다.

종로구청 기전계장 오선복은 15년째 계장 자리를 차고앉은 40대 후반의 가장이다. YS 정권이 들어선 후로 그에게도 개혁과 사정 바람이 거세게 불어 닥쳐왔는데 우선 자체 감사가 시작되었다.

본청이나 구청 소속의 직원이 감사원이 되어 찻집이나 음식점, 또는 동네 술집에까지 따라와 감시를 했는데 동료직원 하나는 감사원의 멱살을 잡고 흔들었다가 징계를 맞았다. 삭풍이 몰아치는 시절이었다. 이럴 때는 납작 엎드려서 바람을 피하는 것이 상책이다.

점심시간이었다. 구내식당에서 3,000원짜리 백반으로 점심을 때운 그는 사무실에 돌아와 담배를 피워 물었다.

"YS가 룸살롱에 갔다니, 이제 곧 정치하는 놈들은 골프장 출입을 하겠군."

그가 말하자 공무계장 허정식이 코웃음을 쳤다. 그는 17년째 계장이다.

"정치하는 놈들뿐이냐? 지금 골프 못 쳐서 공무원들도 안달이다."

"그나저나 YS가 룸살롱은 갑자기 웬일이데여? 사정하다 말고."

"아, 사정하러 갔겠지."

이미 YS의 룸살롱 사건은 시중에 좍 퍼져서 모르는 사람이 없다. 허정식이 아는 체를 했다.

"안가(安家)를 없앴으니 할 수 없지 않겠어? 그리고 그 성원이라는 데가 끝내 주는 곳이래여. 미스 코리아만 데려다 놓고는 팁이 2백씩이 랜다."

"잘 허는구먼, 도둑놈들. 우리는 10만 원 먹었다고 자르고."

"YS 옆에 앉았던 기집애는 팁으로 1000만 원을 받았다는 거다. 그년 노났지."

"정말이여?"

오선복이 정색을 하자 허정식이 시선을 돌렸다.

"그냥 들었어."

"누구한티?"

"아, 내가 어떻게 알아?"

이맛살을 찌푸린 허정식이 자리에서 일어섰다.

"그런 소문이 났다는 거여."

대통령이 웃음 띤 얼굴로 주위를 둘러보았다. 주위는 온통 어깨에 별을 단 장성뿐으로 전군의 주요 지휘관이 다 모였다. 12·12 관련자 처 벌에서부터 하나회 숙청, 거기에다 율곡비리로 이어진 일련의 사건들 로 군은 만신창이가 되었다. 집권 1년 만에 전군의 지휘관은 거의 모두 가 바뀐 것이다.

대통령이 웃음을 띠었지만 장내의 분위기는 조금도 풀어지지 않았 다. 별이 이제는 똥별이라고 비하되어 불리고 있다. 군에 대한 불신과 장병들의 사기 저하에 대한 특별한 묘책도 없는 실정이다. 오늘은 대통 령이 소집한 전군의 주요 지휘관 회의였으니 또 어떤 조처가 내려질지 불안한 상황이었다. 대통령이 입을 열었다.

"장병들의 사기를 생각해 주시오. 나도 개혁과 사정작업에 신경을 쓰느라 그것에 소홀했습니다."

회의실은 숨소리도 들리지 않았다.

"하지만 내가 쭉 지켜봤는데 이제까지 자신이 잘못했다고 말한 지휘관이 한 사람도 없더란 말이오."

"…."

"정치인이나 공무원하고 똑같이 상황 핑계나 대고 책임을 지지 않습니다."

대통령이 웃음 띤 얼굴로 장군들을 둘러보았다.

"그런데 군인은 그들과는 달라야 하지 않습니까? 그래서 국민들의 실망이 더 큰 모양이오."

"…."

"만일 전쟁이라도 일어났다고 해봅시다. 그런 지휘관이라면 어떻게 했을까요."

"…."

"만일 위에서부터 썩었으니 책임감을 덜 느끼는 사람이 있다면 그 사람은 위만 바라보고 지내온 정치인이지 군인이 아니오."

석상처럼 굳어진 장성들을 향해 대통령이 말을 이었다.

"자신이 거느렸던 수만 명, 수십만 명의 부하들과 국민들의 허탈감을 생각하기나 했을까?"

대통령이 어깨를 부풀렸다가 내렸다.

"그 차고 다니던 총은 쿠데타용이나, 아니면 국민들을 위협하기 위한 것이었을까요?"

대통령이 부드럽게 말을 맺었다.

"여러분은 부디 군의 명예와 장병들의 사기를 생각해 주시기 바랍니다. 명예를 지키신 분에게는 나도 꼭 보답해 드릴 것을 약속합니다."

지휘관회의를 마친 대통령이 집무실에 돌아온 것은 오전 11시였다. 12시에는 정주영 회장과 점심 약속이 있다. 집무실에 김현철이 들어섰다.

"아버님, 드릴 말씀이 있습니다."

긴장한 듯 얼굴이 굳어져 있다. 그들은 탁자를 사이에 두고 마주앉았다.

"그래, 무슨 일이고?"

"아버님, 여론이 좋지 않습니다."

김현철이 조심스럽게 말했다.

"지난번 아버님이 룸살롱에 가신 것도 소문이 퍼져 있고, 박철언이가 석방된 것에 대해서도…."

"…"

"개혁이 퇴색되었다는 말이 공공연하게 퍼져 있습니다."

"어느 놈이 그래?"

"시중의 소문입니다."

대통령이 쓴웃음을 지었다.

"괜찮다. 놔둬라."

"아버님."

김현철이 바짝 다가앉았다.

"개혁은 이제 시작입니다, 그런데…."

대통령이 손바닥으로 머리를 눌렀다. 지난번에 돌에 맞은 부분이다.

그가 김현철을 바라보았다

"좀 쉬어야겠다."

"아버님, 그럼 저녁때…."

자리에서 일어선 김현철이 걱정스러운 시선으로 대통령을 바라보았다.

"아버님, 의사를 부를까요?"

"됐다. 나가 보거라."

"다녀오셨습니까?"

정몽구가 조심스러운 얼굴로 다가서자 정주영은 커다랗게 머리를 끄덕였다. 무표정한 얼굴이었다. 그가 앞에 앉은 정몽구를 바라보았다.

"내 그건 못 줬다. 아무래도 액수가 적은 것 같아서 말이야."

"아, 예."

이건 나설 일이 아니다. 대통령의 오찬 초대를 받은 정주영은 봉투에 2000만 달러가 입금된 스위스 은행의 비밀 예금통장을 가져갔던 것이다. 2000만 달러면 한화로 160억 원이다. 녹차를 한 모금 삼킨 정주영이 얼굴에 쓴웃음을 지었다.

"전두환보다 통이 큰 것 같단 말이야. 노태우는 게임이 안 되고."

"아버님, 그러시다면…."

"나더러 국정에 적극 협조해 달라는 거다. 경제발전이 최우선 과제라고."

"…."

"행정부에 이야기를 하겠다는 거다. 절대로 현대에 불이익이 가지 않게 하겠다는 거야. 나, 참말로."

정몽구가 아버지를 따라 얼굴을 찌푸렸다. 이것은 분명히 복선이 있다. 그 말을 곧이듣고 가만히 앉아 있다가는 병신소리 듣기 꼭 알맞다.

"어쨌든 대통령은 저희와 화해하자는 것 아니겠습니까?"

"그렇지. 결론은 그렇다."

정주영이 다시 머리를 끄덕였다.

"거, 노태우처럼 사람 애먹이지 않는 것만 해도 다행이여."

"그렇지만 아버님, 대통령은…."

"뭐 말이냐?"

"정치자금은 일전도 받지 않겠다고."

정주영이 아들을 흘겨보았다.

"누가 정치자금을 준다더냐? 비자금을 주는 게야."

"아, 예."

"비자금은 안 받는다고 안 했다."

"예, 그렇다면…."

"500억짜리 통장을 만들어 놔라. 이번에 그 양반하고 같이 미국 갈 때 기회를 봐서 줄 테니까."

"알겠습니다."

"어디, 500억 통장을 내밀 때 어떤 얼굴이 되는지 내가 똑똑히 봐야겠다."

혼잣소리처럼 말한 정주영이 정몽구를 바라보았다.

"너는 현철이하고 술집에 안 가느냐?"

"예, 저는 안 갑니다."

정몽구가 얼굴에 웃음을 띠었다.

"어린 사람들만 모이는 모양입니다."

"개가 왜 그렇게 설치고 다니는지 모르겠구먼그래."

정주영이 혀를 찼다.

"아버지는 뭘 좀 해볼라고 하는 것 같은데 말이야."

"꺼림칙하지만 할 수 없지."

박철언이 찻잔을 들었다. 그는 오랜만에 대구의 지구당 사무실에 내려와 있었다.

"어쨌든 무혐의 처리가 되었으니 지역구민께 체면이 서는구먼."

"정말 알 수가 없어요."

앞자리에 앉은 강재섭이 머리를 한쪽으로 기울였다.

"그 양반이 무슨 마음을 먹었는지 도무지 감이 안 잡힙니다."

구속된 상태에서 재판 일자만 기다리고 있던 박철언이다. 강재섭뿐만 아니라 거의 모든 국민들이 의아해 하고 있었다. 아마 놀라고 있다는 표현이 더 정확할 것이다. 박철언이 쓴웃음을 지었다.

"내가 노 대통령한테 그랬었지. 역사와의 약속을 배신한 YS가 대통령이 되면 박정희 대통령 시대 이후 32년간의 역사를 파괴할 것이라고."

"…."

"YS 집권 6개월에 그것이 현실로 드러나고 있었는데, 내 예상이 적중하고 있었지."

민정당의 대선후보 결정 과정에서 박철언은 내각제 약속을 어긴 김영삼을 밀 수 없다고 선언했다. 노 대통령이 극력 종용했지만 중대한 약속을 지키지 않는 사람을 대통령으로 미는 것은 양심이 허락할 수 없다고 끝까지 버텼던 것이다. 그러나 김윤환, 이만섭, 금진호, 김재순 등에 의해 세뇌당해 있던 노 대통령은 YS가 의리 있는 사람으로 믿고 있었다. 그러고 나서 파국이 온 것이다.

YS는 대통령이 되고 나서 박철언이 예상했던 대로 가차없는 정적 제거 작업을 시작했다. 개혁과 사정의 기치를 건 복수극이었다.

강재섭이 머리를 들었다.

"YS가 조금 달라졌다는 소문이 있기는 합니다만, 이상해졌다는 말도 있고."

"글쎄요."

박철언이 의자에 등을 기댔다.

"나한테는 이상해졌다는 표현이 맞는 것 같은데."

수화기를 내려놓은 김현철이 김기섭을 바라보았다.

"아버님이 최형우 씨하고 만나시고 있어요. 당 문제 때문에 들어왔다는데."

의자에 등을 기댄 그는 쓴웃음을 지었다.

"하긴 그 양반이 아버님 만난 지도 꽤 오래되었지."

"김윤환 의원이 일본에 가셨습니다."

김기섭이 말하자 김현철이 머리를 들었다.

"무슨 일로 갔는데요?"

"의원 세 명하고 한일의원연맹 일 때문에 간 것으로 알고 있습니다."

"지금도 김윤환 씨가 회장인가요?"

"예, 소장님."

시계를 내려다본 김현철이 자리에서 일어섰다.

"오늘 저녁에 박 사장하고 이 사장을 만나기로 했는데 어디 좋은 곳에다 연락해 놓으세요."

"예, 소장님."

선뜻 대답한 김기섭도 따라 일어섰다.

대통령이 얼굴에 웃음을 띠었다. 그는 지금 최형우와 마주앉아 있었
는데 비서실장 박관용도 배석하지 않았다. 최형우가 둘만의 자리를 원
했기 때문이다.

"그래, 할 이야기가 뭐꼬?"

"각하, 저는 될 수 있는 한 이런 말씀은 삼가려고 했습니다만."

굳어진 얼굴로 그가 말을 이었다.

"현철 씨 문제입니다, 각하."

"…"

"안기부의 김기섭을 내세워서 저희들에게 좋지 않은 말을 하고 있습
니다."

대통령의 얼굴도 굳어졌다. 최형우는 그의 오른팔이나 다름없는 측
근이다. 김덕룡과 함께 재야시절부터 갖은 고생을 다 했고 대선 전에
죽은 김동영과 아울러 좌동영 우형우라고 불렸던 중신(重臣)이다.

"어떤 말을 한단 말이고?"

"예를 들면 '최형우에게 줄을 설 필요가 없다. 그는 차기감이 아니
다'라는 말을 주위 사람에게 공공연하게 합니다."

"…"

"각하, 제가 언제 차기를 바라본 적이 있습니까?"

최형우의 얼굴이 붉게 달아올랐다. YS 앞에서 이러는 사람은 몇 사
람 되지 않는다.

"저는 각하의 수족으로 지내왔고 그것으로 만족합니다. 그런데 이런 모함을 들으면 참으로 허망합니다."

"…"

"저를 깎아내리려는 의도인데 이것이 각하의 뜻이라면 저는 얼마든지 물러날 용의가 있습니다. 하지만…"

"잘 알겠데이."

대통령이 그의 말을 잘랐다.

"내가 알아서 할 테니 염려 마라."

그가 한 손으로 머리를 짚었지만 최형우는 영문을 알지 못했다.

"이보쇼, 김 의원. 쇼 그만하라고 전하쇼."

박태준이 이를 드러내고 웃었다. 도쿄의 니폰 호텔 객실 안이었다. 그와 마주앉은 사내는 김윤환이다.

"언제는 당장에 구속시키려고 하더니 지금 와서 같이 일하자고? 왜? 내가 김형욱이처럼 될 줄 알았나?"

"대표님, 그것이 아닙니다."

김윤환은 박태준을 아직도 대표라고 부른다.

"각하께선 달라지셨습니다."

"글쎄, 그 달라진 동기가 석연치 않단 말이지. 육십 년 배어 온 성품이 몇 달 만에 바뀔 수가 없단 말씀이야."

박태준은 구겨진 셔츠에 바지 차림이었다. 1인용 객실이었으므로 침대와 의자 두 개가 방안 가구의 전부였다. 포철 신화를 이룩한 데다 집권 여당의 대표를 맡았던 사람의 숙소치고는 옹색했다. 김윤환이 헛기침을 했다.

"대표님, 박철언이도 풀어 주었습니다. 그리고 정주영 씨하고는 화해를 해서 미국에도 같이 갔고, 각하는 전혀 다른 면모를 보이고 계십니다."

"나하고는 입장이 다를 거요. 그 양반, 나에게 당한 수모를 원한으로 새겨두고 있을 거라, 박철언이, 정주영 씨 하고는 달라요."

"믿어 보세요. 손해나실 것 없지 않습니까?"

김윤환이 정색을 했다.

"각하께서 왜 저를 보내셨겠습니까?"

"내가 밖에 있는 것이 꺼림칙했겠지."

"전혀 그런 의도가 아닙니다."

"3당 합당 시에 내각제 합의한 것도 일시에 뒤엎은 사람이오. 증거가 있는데도 말이야. 그 사람 말은 못 믿어."

"저도 정말 답답합니다."

자리에서 일어난 김윤환이 냉장고를 열고 과일주스 캔 두 개를 꺼내 왔다. 손톱으로 뚜껑을 따는 것이 서툴다.

"사실 요즘은 저도 각하를 잘 모르겠습니다."

"쇼에는 천재적인 사람이오. 아마 나를 귀국시켜서 인기도가 왕창 올라갈지 모르겠지만 난 병신이 되겠지."

박태준이 주스 캔을 들어 한 모금 삼켰다.

"내가 돌아가서 뭘 한단 말이오? 백수건달이 되어서 바둑이나 두러 다닐까?"

쓴웃음을 지은 박태준이 머리를 저었다.

"사양하겠어. 그 사람 크게 베푼 척 생색을 내려는 모양인데 나는 차라리 외국에 있는 것이 덜 비참합니다. 여기 있겠소."

40

비행기는 태평양 상공을 날고 있었다. 창밖으로 구름 한 점 없는 푸른 하늘이 펼쳐졌고 아래쪽은 짙은 남색의 바다였다.

동아일보의 오영준 기자는 창에서 눈을 떼었다. 대통령을 따라 미국 방문을 마치고 돌아가는 길이었다. 공식 일정에 따라 움직이므로 편한 것같이 보이지만 기자는 잠시도 쉴 틈이 없다. 옆자리의 기자는 몇 시간 전부터 깊은 잠에 빠져 있었다.

입을 커다랗게 벌리고 하품을 하던 오영준은 딱 벌렸던 입을 얼른 닫았다. 대통령이 다가오고 있었던 것이다. 밝은 색 셔츠 차림의 그는 손에 주스 잔을 들고 있었다.

이곳은 비행기의 끝 쪽 부분으로 기자들의 좌석이다. 대통령이 의자의 팔걸이에 엉덩이를 걸치고 기대앉았으므로 자연히 기자들이 둘러쌌다.

"고생들 많아요, 여러분."

대통령이 기자들을 둘러보았다. 이미 세 시간 전에 기자들과의 회견을 마친 참이라 가벼운 이야기가 오고갔다. 오영준이 자리에서 몸을 일으켰다.

"각하, 동아일보의 오영준 기잡니다."

웃음 띤 얼굴의 대통령이 그를 보았다.

"어, 오 기자."

"각하, 카메라맨들이 아주 애먹었습니다."

그러자 내용을 알고 있는 기자들이 소리 내어 웃었다. 대통령이 눈을 둥그렇게 떴다.

"아니 왜?"

"각하께선 클린턴 옆에 계실 때 왜 아무 말씀도 안 하셨습니까? 뭐라고 대꾸라도 하셨어야죠."

다시 기자들이 웃었고 영문을 알게 된 대통령이 따라 웃었다.

"거, 포즈를 잡지 않았단 말이지?"

"예, 각하."

"클린턴이 나더러 미쳤다고 할 것 아닌가, 안 그래?"

대통령이 정색을 했다.

"영어를 모르는 내가 말이야. 클린턴이 나에게 영어로 물었는데 한국말로 중얼중얼 대답했다고 생각해 봐."

조용해진 기자들을 향해 그가 말을 이었다.

"물론 그 화면을 본 국민들은 내가 영어로 이야기하는 줄 알겠지. 하지만 난 그렇게 못 하겠더라고."

"…."

"영어 못 하는 나한테 통역도 없이 말을 건 클린턴 잘못이야. 그리고 난 국민들한테 쇼 할 생각은 없어."

대통령이 다시 칸막이 앞쪽으로 사라지자 옆자리의 기자가 오영준을 바라보았다. 조선일보의 기자였다.

"저 양반 완전히 달라졌어, 옛날하고."

물론 오영준 생각도 마찬가지였다.

"어서 오십시오."

대통령이 웃는 얼굴로 정주영을 맞았다. 기체 앞쪽 대통령의 개인실 안이다. 커튼 안쪽에는 침대가 놓였고 이쪽은 소파가 있는 응접실이었다. 앞자리에 앉은 정주영이 대통령을 바라보았다. 순방 기간 동안 식사를 여러 번 같이 했고 이야기도 많이 나누었지만 이렇게 둘이서 마주앉은 것은 처음이다.

"각하, 성공적인 미국 방문을 축하드립니다."

정주영이 입을 떼었다.

"그리고 '해리먼 상' 수상도 아울러."

대통령은 해리먼 민주주의 상도 수상한 것이다. 해리먼 상은 미국 민주당 국제문제연구소가 매년 민주주의 발전에 기여한 국내외 지도자에게 주는 상이다.

"저는 각하께 어떻게 감사의 표시를 해야 할지 모르겠습니다."

어깨를 편 정주영이 대통령을 똑바로 바라보았다.

"각하, 저는 박 대통령부터 세 분 대통령을 모셨습지요. 솔직히 기업을 하다 보니 통치자를 뵐 기회가 많았습니다."

대통령이 머리를 끄덕였다.

"잘 알고 있습니다."

"50년 동안 기업을 하다보니까 제게 몸에 밴 버릇이 있습니다."

정주영이 주머니에서 흰 봉투 하나를 꺼내어 탁자 위에 올려놓았다.

"꼭 신세를 갚는 버릇입니다. 각하, 받아 주시면 제가 마음이 가볍겠습니다."

대통령이 봉투에서 시선을 떼었다. 웃음 띤 얼굴이다.

"이거 얼마 들었습니까?"

"500억입니다, 각하. 달러로 바꿔서 스위스은행에 넣었지요. 비밀 예금통장하고 비밀 계좌번호가 들어 있습니다."

정주영이 손등으로 이마의 땀을 닦았다.

"제 순수한 호의로 드리는 것입니다."

"넣어 두시지요."

아직 대통령의 얼굴에는 웃음기가 떠올라 있었으나 정주영의 얼굴
은 굳어졌다.

"각하, 이러시면…"

"이해합니다, 정 회장님."

"…"

"성의는 받은 것으로 합시다."

"각하."

"지난번에도 말씀드렸지만 정부에서는 기업경영에 어떤 간섭이나
불이익이 없도록 하겠습니다. 염려 마시고."

대통령이 빙긋 웃었다.

"언제 우리 룸살롱이나 한번 같이 갑시다."

2장
결자해지(結者解之)

1994년 정월 초하루, 대통령이 마산의 본가로 들어섰을 때는 오전 10시 반이었다. 동네의 입구에는 대통령의 귀향을 환영하는 대형 현수막이 걸려 있었고 동네 사람들이 모두 몰려나와 그를 반겼다. 경남지사, 마산시장, 도경찰청장과 국회의원 10여 명이 대통령과 눈을 맞추려고 나와 있다가 비서관의 이야기를 듣고는 모두 돌아갔다. 남아 있는 기관장은 마산 경찰서장뿐이었지만 그도 김홍조 옹의 저택에서 멀찌감치 떨어진 골목에 차를 대두고는 무전기로 경비 상황을 보고받는다.

안방에서 기다리던 김홍조 옹은 대통령 부부가 들어서자 얼굴에 웃음을 띠었다.

"어서 오게, 이렇게 내려오지 않아도 되는데 말이야."

"제가 뵈어야지 어찌 그럴 수가 있습니까?"

대통령과 손 여사는 나란히 서서 부모에게 절을 올렸다. 대한민국의 대통령이 자식이며 대통령의 큰절을 받는 부모의 입장이 되었으니 김 옹의 감개야 이루 말할 수 없다. 그는 절을 마치고 앞에 앉은 대통령을 감개어린 시선으로 바라보았다.

"그래, 오천년 썩은 나라를 개혁하느라고 얼매나 애를 쓰노?"

대통령이 정색을 했다.

"아버님, 무신 말씀인교? 오천년 썩은 나라라니요?"

"니가 지난 설날에 그런 소리 안 했나? 내 다 외우고 있데이."

"아입니더, 아버님. 오천년 썩은 나라라니요, 그땐 잘못 생각했던 겁니더."

대통령이 김 옹을 똑바로 바라보았다.

"잘못된 시절도 있었지만 그것이 다 거름이 되어서 이렇게 대한민국이 만들어졌지요. 역사를 부정할 수는 없심니더."

"…."

"모든 것을 뜯어고치는 것이 개혁이 아임니더. 때로는 이해하고 포용해 주어야 나라가 살아납니다."

"그렇지."

김 옹이 만족한 듯 머리를 끄덕였다.

"차근차근 닦아 나가야지요. 급하게 서둘면 안 됩니더, 아버님."

대통령이 얼굴을 펴고 웃었다.

"지가 성실히 정직허게 일하든 국민들이 자연히 따라오지 않겠습니꺼?"

오전 10시, 대통령과 국무총리 이회창은 서로 마주보고 앉아 있었다. 일주일에 한 번 있는 총리와의 단독 회의 시간이다. 대통령이 은근한 시선으로 이회창을 바라보았다.

"이 총리, 룸살롱 가보셨소?"

대통령이 묻자 이회창이 안경알 속의 눈을 번쩍였다. 이 양반이 미쳤나 하는 시선이다.

"에이, 가보셨겠지. 한 번쯤은."

상의해야 할 일이 산적해 있는데 이게 무슨 난데없는 일인가 싶었지만 하는 수 없다.

"예, 옛날에 한두 번."

"요즘은 팁도 올랐습니다. 밴드 값은 그대로지만 가라오케 기계로 바꿨으니 그것도 오른 것이나 마찬가지고."

"…."

"애들 수준도 옛날만 못해."

이회창은 송곳니로 아랫입술 한쪽을 잡아 뜯었다가 헛기침을 했다. 그러고는 조심스러운 시선으로 대통령을 바라보았다.

"각하, 농수산부 장관이 책임을 지면 어떨까 합니다만."

그러자 대통령이 길게 숨을 뱉었다. 씁쓸한 표정이다.

"그럴 필요는 없어요. 내가 책임을 질 테니까."

이회창은 긴장했다. YS는 대선유세 때 대통령 직을 걸고 쌀 개방을 막겠다고 했던 것이다. 그러나 우루과이라운드 협상 타결로 쌀 개방은 기정사실이 되었다. 정부는 그 일로 매일 전전긍긍하고 있는 것이다. 국민들에게 YS는 거짓말을 한 것이나 다름없었다. 정치적으로나 도덕적으로 YS는 치명상을 입을 수도 있는 일이다. 대통령은 의자에 등을 기댔다.

"요즘 의원들하고 행정부 사람들이 골프 모임을 자주 갖는다면서요?"

"예, 각하. 자주는 아닙니다만."

"누구는 개혁이 퇴색되었다고 합디다."

"…."

"나하고 총리가 룸살롱을 한 번 더 가면 개혁이 실종되었다고 할 거요. 그러면 엎드려 있던 사람들이 일어날까 몰라."

"아무래도 그 양반 정상적인 정신 상태가 아닌 것 같아."

총리실로 돌아온 이회창이 비서실장 안재근에게 말했다. 불쾌한 표정이었다.

"난데없이 나더러 룸살롱에 같이 가자는 거야. 팁과 밴드 값이 어쩌고 하면서"

"대통령이 룸살롱에 가신 이후로 그동안 눈치만 살피고 있던 정관계 인사들의 골프 회동이 다시 시작되었습니다."

안재근은 웃음 띤 얼굴이었다.

"제 생각입니다만, 경직되어 있는 정치권과 행정부의 분위기를 풀어주려는 제스처 같은데요."

자리에 앉은 이회창이 입맛을 다셨다.

"그렇다고 대통령하고 국무총리가 룸살롱에 가서 밴드에 맞춰 노래 부를 수는 없지 않겠어?"

"그건 그렇습니다만."

"아, 나더러 룸살롱에서 같이 놀고 나면 엎드려 있던 자들이 벌떡 일어날 테니까 같이 가자는 거야, 글쎄."

"아니 뭐라꼬?"

홍인길이 눈을 치켜떴다.

"그기 무신 소리고, 상도동으로 돌아가겠다니?"

그의 앞에 선 사내는 상도동 때부터의 집사 장학노이다. 장학노가 고개를 떨어뜨렸다.

"도무지 정신적으로 부담이 커서, 저는 각하께서 돌아오실 날만 기다리겠습니다."

"야가 미쳤나?"

총무수석실 안이다. 홍인길이 장학노를 찬찬히 바라보았다.

"니 무신 일 있제? 솔직허게 말하그라. 아, 인자 한번 꽃을 피울 참인데 상도동으로 가겠다고?"

"아무 일 없습니다, 수석님."

"말 안 하든 몬 간다."

"보내 주시지 않아도 갑니다."

"이놈아가."

기가 막힌 홍인길이 입을 벌리고는 장학노를 바라보았다. 도무지 알 수 없는 일이었다.

"니 각하께 꾸중들었나?"

"부탁입니다. 묻지 마시고 보내 주십시오."

이제 장학노는 울상이 되었다.

"저는 도저히 청와대에 있을 수가 없습니다."

"내보내그라."

홍인길의 보고를 받은 대통령이 간단히 대답했다.

"신경 쓸 것 없다."

어깨를 늘어뜨린 홍인길은 대통령의 집무실을 나왔다. 머릿속은 오만 가지 생각이 맴돌았지만 정리가 되지 않았다.

장학노는 상도동 때부터의 집사로 대통령을 가장 측근에서 모신 사람이다. 그가 입을 열지 않고 대통령도 저런 상황이니 그저 추측만 하는 수밖에 없다. 장학노는 대통령의 눈 밖에 난 것이다. 그것뿐이다. 더구나 대통령은 내일 텔레비전으로 특별 성명을 발표하게 되어 있었다. YS로서는 좀처럼 하기 어려운 일로 신경이 곤두서 있을 터였다.

텔레비전 속에서 대통령이 카메라를 정면으로 바라보았다

"친애하는 국민 여러분, 오늘 저는 이 자리에서 국민 여러분께 사죄의 말씀을 드리려고 합니다."

어깨를 편 그는 당당한 태도였지만 어투는 조용하고 조심스러웠다. 직장에서 가정에서 거리에서 국민들은 텔레비전을 보고 있었다. 대통령의 쌀 개방에 대한 특별 성명 발표가 있는 것이다. 대통령이 말을 이었다.

"여러분, 쌀 개방은 기정사실로 다가왔습니다. 우루과이라운드 협상 타결로 쌀 개방은 피할 수 없는 현실이 되었습니다."

이제까지 정부는 쌀 개방에 대하여 뚜렷한 언급을 하지 않고 미루어 왔다. 모두 대통령의 대선 때의 약속 때문이다.

"저는 대선 때 대통령 직을 걸고 쌀 개방을 막겠다는 경솔한 약속을 국민 여러분께 했습니다. 이에 대하여 국민 여러분께 사죄의 말씀을 드립니다."

말을 멈춘 대통령이 다시 카메라를 바라보았다.

"정부는 농민 여러분과 소비자의 피해를 줄이기 위하여 최선의 노력을 다할 것입니다. 또한 저는 언제든지 국민 여러분의 심판을 받을 준비가 되어 있다는 것을 알려드립니다."

다시 한 번 사죄의 말을 하고 난 대통령의 특별 성명은 끝났다.

"그렇다면 사임하고 재선거를 해야지."

이기택이 주위에 모인 당료들을 돌아보았다. 그는 쓴웃음을 짓고 있었다.

"YS가 정공법을 썼어. 아주 간단하게 처리하려고 드는구먼."

"글쎄, 이제까지 해오던 스타일하고는 다른데."

권노갑이 머리를 한쪽으로 기울였다.

"저 양반, 자신이 잘못했다는 소리는 좀처럼 안 하는 양반인데 말이오."

"이제 여론이 어떻게 나오는지 두고 봅시다."

누군가가 그렇게 말했다. 여론의 동향에 따라 이쪽도 공세의 수위를 조절할 참인 것이다.

"머리가 아프다."

집무실에 들어선 대통령이 손바닥으로 머리 위쪽을 눌렀다. 다친 부분이다.

"신경을 쓰고 나면 꼭 이곳이 쑤신단 말이야."

이덕수가 걱정스러운 표정으로 대통령을 바라보았다. 그러나 방법이 없다. 대통령께 다시 정밀검사를 받으면 어떻겠냐고 몇 번이나 말했지만 들은 척도 하지 않는 것이다. 창가에 선 대통령이 창밖을 바라보았다.

"수습해야 할 일들이 많아."

혼잣소리처럼 말했지만 이덕수는 들었다.

"그래, 장학노는 상도동에서 일 잘하나?"

"예, 각하."

이덕수가 한 걸음 다가섰다.

"매일 아침 상도동으로 출근하고 있습니다."

장학노의 비리를 조사한 사람이 이덕수인 것이다. 그는 청와대 안에서 떠도는 소문을 대통령께 보고했고 조사 지시를 받았던 것이다. 몸을 돌린 대통령이 테이블 앞에 앉았다. 금방 텔레비전 성명을 발표한 후라 피로한 모습이었다.

"뭐, 브리핑 받으려고 온 것이 아니오. 중소기업이 어떻게 돌아가나 보려고 온 것이니까."

대통령이 사무실 안을 둘러보았다. 50평쯤 되는 사무실에는 30여 명의 사원들이 앉아 있었는데 하나같이 굳어 있다. 대통령 앞에 서 있는 사장도 마찬가지였다. 그는 상기되어 있는 데다 말까지 더듬거렸다.

"퇴근할 때까지 내가 있었으면 하는데 말이오, 괜찮겠지요?"

"예, 괘, 괜찮습니다."

40대의 사장이 큰소리로 대답했지만 가슴이 무너져 내렸을 것이다. 대통령은 사장과 함께 다섯 평쯤 되는 사장실로 들어가 앉았다. 수행원은 경호과장이 된 이덕수가 10여 명의 경호원을 인솔하고 왔으나 모두 회사 건물 밖에 있도록 해서 이덕수만 사무실 구석에 앉아 있다. 사장실의 전화가 울렸으므로 사장이 우선 대통령의 눈치부터 보았다.

"일해요, 신경 쓰지 말고. 있는 그대로를 보고 싶으니까."

대통령이 전화기를 눈으로 가리켰으므로 사장이 수화기를 들었다.

"아 예, 지점장님."

매출액이 작년에 60억 원이었다는데, 외국에 전량 수출하는 섬유류 제조 수출업체였다. 사장의 말소리가 낮아졌다.

"예, 내일 네고가 되니까 어음은…."

그러더니 더욱 낮췄다.

"틀림없습니다. 오늘 비엘을 받습니다."

수화기를 내려놓은 사장이 손등으로 이마의 땀을 닦았다.

"저, 비엘이 뭐요?"

대통령이 묻자 사장이 벌떡 일어섰다.

"예, 선화증권(船貨證券)으로서 배에 실었다는 증명서입니다, 각하."

"아하, 그렇다면 네고는 뭐꼬?"

"예, 각하. 은행에서 돈을 찾는 것을 줄여서 말한 것입니다."

"그게 영어요?"

"예, 각하."

"앉아서 대답해요, 이 사장."

"감사합니다, 각하."

사장이 다시 제자리에 앉았다.

"금방 은행에서 빚 독촉을 한 것 같은데, 맞나요?"

"예, 각하. 내일 만기어음이 있기 때문에…."

"아하."

다시 전화벨이 울렸으므로 두 사람의 대화는 또 끊겼다.

"쇼하는 거요."

쓴웃음을 지은 이기택이 권노갑을 바라보았다. 그들은 여의도의 일식집 '동해'에서 점심을 먹고 있는 중이다.

"내가 그 양반 잘 알아요. 중소기업체 사람들의 관심을 끌려는 짓이지. 아마 내일이면 모두 잊어버릴 거요."

"그래도 청와대의 당정회의도 김 대표한테 맡기고 나섰어요. 열의는 대단합니다."

권노갑은 영국에 가 있는 김대중의 최측근이다. 민주당의 주류 세력을 이끌고 있는 좌장으로 오랜만에 이기택과 식사를 하는 것이다. 권노갑이 젓가락을 내려놓았다.

"총재님, 선생님께서도 각하가 잘하고 계신다고 칭찬을 하시던데요."

선생님이란 김대중 씨를 말하는 것이다.

"한국에선 그런 지도자가 필요하다고까지 하셨습니다."

"글쎄, 두고 봐야 된다니까요."

지난해 6월 16일에 이기택은 대통령과 여야 영수회담을 가졌다. 안기부법과 도청방지법의 제정에 합의를 보았고 신문 매체에는 두 사람이 환하게 웃는 모습으로 보도되었지만 이기택은 그날의 앙금이 지금도 풀리지 않았다. 대통령은 오만했던 것이다. 이쪽의 말은 거의 들으려 하지도 않고 자신의 업적을 늘어놓는 바람에 뛰쳐나가고 싶은 심정이 되었었다.

권노갑이 천천히 머리를 끄덕였다.

"앞으로 4년이나 남았으니까요. 더 두고 봐야지요."

"글쎄, 중소기업체에 들어가 앉아서 도대체 뭘 하겠다고, 수출이 어떻게 돌아가는지 알기나 하나, 그 양반이."

이기택이 이를 드러내고 웃었다.

"욕심이 많아서 그래요. 이러다가는 내일은 시장에 가서 앉아 있겠구먼, 시장경제를 알아야겠다고."

"…."

"그 양반 지금 뭘 하고 있는지 궁금하구먼."

대통령은 택시 안에 앉아 있었다. 얼굴이 사색이 된 운전사는 노란 불만 들어와도 차를 세웠고 앞이 훤하게 뚫려 있어도 절대로 시속 60km 이상은 밟지 않았다. 운전사보다 더 사색이 되어 있는 것은 대통령의 옆에 앉은 여직원이다. 스무 살을 갓 넘은 것 같은 여직원은 두 손에 노란색 서류봉투를 잔뜩 움켜쥐고 있었는데 그녀는 지금 대통령과 함께 은행에 가는 중이다.

택시는 봉천7동의 좁은 길로 들어서더니 중소기업은행 봉천동지점 앞에서 멈춰 섰다. 앞자리에 앉은 이덕수가 택시비를 치렀고 대통령과 미스 박은 은행 안으로 들어섰다.

오후 2시였다. 은행 안은 손님이 서넛뿐이었으므로 대통령과 미스 박은 대출계 앞에 나란히 앉았다.

담당행원이 대통령을 똑바로 바라보았다. 20대 후반쯤의 남자행원이다. 그가 이맛살을 찌푸리더니 머리를 한쪽으로 비틀었다. 이상하게 기분 나쁘다는 표정 같았다.

"무슨 일로 오셨지요?"

대통령에게 묻자 미스 박이 그제야 입을 떼었다.

"저, 신용대출 때문에…."

"어디 회사지요?"

"남현동의 세경무역이에요"

"아아."

머리를 끄덕인 행원이 다시 대통령을 바라보았다. 그때 뒷자리의 대리가 서성대다가 지점장실로 들어가 뚱뚱한 지점장을 데리고 나와 있었다. 지점장 옆으로 차장이 붙어 섰으므로 세 사내가 나란히 서서 이쪽을 보고 있었는데 모두 아연실색한 표정이다.

행원이 마침내 대통령을 향해 입을 열었다. 그는 아직 뒤쪽의 무서운 분위기를 눈치 채지 못하고 있다.

"저어, 선생님은 무슨 일로…."

"신용 대출하는 거 보려고."

비슷한 얼굴이야 많지만 목소리까지 닮을 수는 없다. 행원이 입을 떡 벌렸을 때 용기를 낸 지점장이 다가와 섰다.

"저어, 혹시…."

"그래, 대통령이오."

그 다음 순간 바로 앞쪽의 행원은 숨이 끊어진 것처럼 보였다. 눈썹 하나 까딱하지 않고 몸이 굳어진 모습이었고 지점장은 임종 직전의 표정으로 숨을 뱉었다.

"가, 각하께서 어, 어떠…."

"자, 신용대출을 어떻게 받는지 봅시다."

"예. 저, 저…."

차장이 떼어지지 않는 발을 겨우 떼어 그 자리를 떠난 것은 그 직후였다.

"각하는 지금 뭘 하고 계셔?"

중소기업은행장 조연식이 전화기에 대고 소리쳤다.

"그냥 앉아계십니다."

임태수 차장이 허덕이며 말했다. 그는 지금 상담실 안에서 창밖의

객장을 바라보며 전화를 한다.

"대출에 문제가 있어?"

"아닙니다. 없는 것 같습니다."

"대출금이 얼만데?"

"예, 저, 보증기금 보증이니까 5000만 원입니다."

"그 회사하고 무슨 문제가 있었나?"

"아닙니다. 없습니다."

객장을 바라본 임태수가 다시 말했다.

"지금 돈을 찾아가는 것 같습니다."

수화기를 내려놓은 조연식이 온몸을 굳히고 앞쪽의 벽을 바라보았다. 대통령이 하필 중소기업은행을 찾아온 것을 보면 투서가 들어간 것이 틀림없다. 그는 어금니를 깨물었다. 이건 사표 정도로 끝날 일이 아닐지도 모른다.

"각하, 그것은 다시 한 번 고려해 보시는 것이."

놀란 박관용이 한 걸음 다가섰다.

"청와대를 옮기다니요? 저는 이해할 수 없습니다."

"국민들은 이해할 거야."

자르듯 말한 대통령이 창밖의 정원을 바라보았다.

"이건 너무 넓은 데다 앞길을 개방했다고 해도 국민들은 가깝게 다가올 수 없어. 그리고 인원도 너무 많아."

"…."

"예산도 너무 많이 쓰고. 아무리 대통령 중심제라고 하지만 너무 비대해졌단 말이야."

"각하, 하지만."

"과천쯤이 좋겠어. 내 관저로 더도 덜도 말고 200평쯤 되는 집을 하나 짓고 청와대는 과천 종합청사 한쪽을 빌려 옮기기로 하지."

이미 작정을 한 듯 대통령이 일사천리로 말을 이었다

"아마 이 근처는 물론 종로구 전체가 재개발될 것이야. 청와대 때문에 개발 제한된 지역도 많을 테니까."

대통령이 정색을 했다.

"수석들과 상의해서 추진하도록, 청와대 인원도 반쯤 줄이도록 하고, 그리고 이 말이 절대로 밖에 새나가지 않도록."

"알겠습니다, 각하."

"개혁은 내 자신부터 하는 거야. 깜짝쇼라고 하건 말건 그건 나중에 평가받게 될 것이고."

"어서 오십시오."

자리에서 일어선 박태중이 얼굴에 웃음을 띠었다. 정태수는 그가 내민 손을 잡았다.

"오랜만입니다, 박 사장님."

일식집 아사도의 밀실 안이다. 저녁시간이어서 손님이 많았지만 방음장치가 잘 된 밀실은 조용했다. 그들은 원탁에 마주앉았다.

"영식님은 요즘 바쁘신 모양입니다."

정태수가 입을 열었다.

"저도 당진제철소 때문에 정신이 없습니다."

당진제철소는 이미 산업은행과 제일은행에서 시설자금 5000억을 대출받은 상황이었지만 예상 공사대금이 2조 7000억이다. 아직 몇조 원이 더 있어야하는 것이다. 박태중이 머리를 끄덕였다.

"잘 알고 있습니다. 국가기간산업이니까 정부에서 도와주겠지요."

"영식님께 잘 좀 말씀해 주십시오."

"염려 마십시오."

박태중의 화답을 듣자 정태수는 마음이 놓이는 듯 얼굴에 웃음을 띠었다.

"각하께선 현대의 정 회장과 화해를 하셨더군요. 현대 자금이 잘 풀립니다."

"서로 이야기가 잘 되었겠지요."

은근한 뜻이 담긴 이야기를 정태수가 모를 리가 없다. 머리를 끄덕인 그가 자리에서 일어섰다.

"바쁘신데 이만 가볼랍니다."

그는 탁자 위에 열쇠 하나를 내려놓았다.

"봉고차 열쇠입니다. 앞에 세워져 있는데 특별한 사과상자가 실려 있습니다."

정태수를 배웅하고 돌아온 지 얼마 되지 않았을 때 김현철이 들어섰으므로 박태중은 놀라 일어섰다.

"갑자기 웬일이야?"

"응, 시내에 일이 있어서."

김현철의 뒤에는 그와 비슷한 용모의 사내가 서 있었는데 처음 보는 사람이다. 김현철이 생각난 듯 그 사내를 소개했다.

"이분은 박경식 씨라고, 대선 때 우리를 도와주신 의사셔."

박경식이 머리를 조금 숙였다.

"박경식이올시다."

그의 위아래를 훑어본 박태중이 인사도 받지 않고는 김현철에게 돌아섰다.

"김 소장, 이야기할 것이 있는데."

단둘이 있어야겠다는 말이었으므로 무안해진 박경식이 김현철을 바라보았다.

"소장님, 저는 이만."

"그럼 제가 다시 들를게요."

둘이서 사무실 안으로 사라지자 박경식은 어금니를 깨물었다. 박태중에게 철저히 무시를 당한 것이다. 첫인상도 고약한 놈이었다. 앞으로 큰일을 낼 놈같이 느껴졌으므로 그는 은근히 김현철이 걱정되었다. 친구를 보면 그 사람의 수준을 알 수 있는 것이다.

세경무역의 이운호 사장이 들어서자 지점장 정상수가 벌떡 일어섰다.

"어서 오시오, 이 사장."

"그동안 바빠서 못 들렀습니다."

정상수가 그의 손을 두 손으로 쥐었다. 정색을 한 얼굴이다.

"아, 그럼, 바쁘셔야지."

문이 열리더니 지점장이 시키지도 않았는데 여행원이 음료수 잔을 들고 들어왔다.

"덕분에 이번 달은 넘긴 것 같은데요."

음료수 잔을 쥔 이운호가 그를 바라보았다. 생산의 차질로 제품의 선적이 늦어졌고 은행의 어음을 막지 못했던 것이다. 그러나 지점장은 긴급 대출을 일으켜 6000만 원의 어음을 막아 주었다. 더구나 신용대출을 5000만 원 받았으니 졸지에 1억 1000만 원이 추가 대출된 것이다.

"지점장님, 부탁드릴 것이 있는데요."

그러자 긴장한 정상수가 입술만으로 웃었다.

"아, 예, 말씀하세요."

"아무래도 운영자금이 부족해서요. 그렇지만 제 집이나 공장은 모두 담보로 잡혀 있는 상황이고"

"…."

"운영자금으로 5억을 신용대출 받고 싶습니다만"

"5억이라"

"예, 그것만 있으면 올해는 안심하고 시장개척을 할 수 있을 것 같아서."

정상수는 시선을 돌렸다. 다른 때 같으면 어림 반푼도 없는 허튼소리로 듣고 웃어버렸을 것이다. 그리고 역시 다른 때 같으면 이운호는 감히 5억이 아니라 500만 원 대출 이야기도 꺼내지 못한다.

정상수의 머리에 대통령의 모습이 떠올랐다. 대출계의 배 계장 앞에 앉아 있던 대통령의 진지한 표정을 상기하자 그는 길게 숨을 뱉었다.

"본부에 보고를 드려 보지요."

"그럼 기다리겠습니다."

이운호가 밝게 웃었다.

그날 밤, 이운호는 직원들과 함께 갈빗집에 앉아 있었다. 부장급 이상의 간부들과 전주에서 올라온 공장장에다 하청공장 사장도 세 사람이나 끼어 있었으므로 10명이 넘는 인원이다. 이운호는 소주를 연거푸

마셨기 때문에 벌써 두 눈이 충혈되었고 눈물도 글썽거리고 있었다.

"자, 건배."

이운호가 다시 건배를 제의했다. 벌써 다섯 번째이다.

"우리의 위대한 대통령 각하를 위하여."

5억의 결재가 난 것이다.

그 시간에 대통령은 청와대 근처의 조그만 한정식집에서 밴드를 틀어놓고 노래를 부르는 중이었다. 물론 밴드는 노래방 기계로 방안에는 그와 시중드는 아가씨 두 사람뿐이다.

대통령이 '돌아와요 부산항에'를 끝내자 아가씨가 박수를 쳤다. 20대 중반쯤으로 한복 차림의 단정한 미인이었지만 빳빳하게 언 표정이었다.

"허, 점수가 와 이러노?"

대통령이 이맛살을 찌푸렸다. 점수는 71점이었다.

"패티 김의 '이별'을 하자."

마이크를 쥔 대통령이 소리치자 아가씨는 분주히 노래책을 넘겼다. 상 위에는 정성껏 차린 요리가 놓여 있었지만 대통령은 거의 손을 대지 않았다. 그러나 양주를 석 잔이나 마신 후라 얼굴이 벌겋게 달아올라 있다. 곧 '이별'의 전주곡이 시작되었으므로 대통령은 헛기침을 했다.

"혼자 노래를 부르고 계신다구요?"

수화기를 쥔 최형우가 앞에 앉은 김덕룡을 바라보았다. 멍한 표정이었다.

"한 시간이 넘었단 말이오?"

저쪽은 경찰청장 김화남이다. 최형우가 길게 숨을 뱉었다.

"뭐, 각하라고 노래하면 안 된다는 법은 없지. 다시 연락 주시오."

수화기를 내려놓은 최형우가 어깨를 늘어뜨렸다. 그들은 장충동의 요정에서 술을 마시는 중이었다.

"무슨 고민이 있으신 것 아닐까요?"

김덕룡이 걱정스러운 얼굴을 했다.

"각하가 저러시는 것 처음 아닙니까?"

"글쎄, 내가 어떻게 알겠소."

술맛이 떨어진 듯 최형우가 상체를 세웠다.

"노시려면 우릴 부르시든가, 아니면 청와대에서 하시지, 왜 그런 곳을."

대통령이 놀고 있는 곳은 그들이 상도동 생활을 할 때 몇 번 가본 곳이다. 음식은 깨끗했지만 집이 허름한 데다 시중드는 아가씨도 변변치 않았다. 외상을 잘 주어서 다녔던 곳이었다.

"어쨌든 이번에는 몰래 나오신 것이 아니라니 마음이 놓이긴 하는 구먼."

최형우가 말하자 김덕룡이 쓴웃음을 지었다.

"그래서 이번에는 언론들이 꽤나 바쁘게 되겠습니다."

언론은 지난번 밀행을 알게 되었지만 대통령의 사생활 보호 차원에서 노출시키지 않았다. 그러나 지금은 다른 것이다.

'사의 찬미'를 부르고 난 대통령이 마이크를 내려놓고 아가씨를 바라보았다. 이번의 점수는 85점이었다.

"아가씨 이름이 뭐꼬?"

"예, 이연미라고 합니다."

아가씨가 다시 바짝 긴장을 했다.

"이쁜 이름이다."

대통령이 이연미의 손을 잡았다.

"손도 곱구나."

이연미는 이제 돌덩이가 되어서 입도 떼지 못한다. 온몸을 가늘게 떨고 있었는데 경험이 없어서가 아니라 두려움 때문이다. 사장이나 회장 등은 수없이 만났지만 대통령은 처음인 것이다.

한동안 이연미의 옆얼굴을 바라보던 대통령이 머리를 끄덕였다. 그러고는 자리에서 일어섰다.

"나 갈란다."

이연미의 가슴이 다시 무너져 내렸다. 이번에는 실망 때문이다.

"누구라고?"

수화기를 든 김기섭이 힐끗 김현철을 바라보았다.

"알았어, 내가 나가볼 테니까."

김기섭이 수화기를 내려놓았다.

"소장님, 대검에서 나왔다는데 제가 나가보겠습니다."

"무슨 일이랍니까?"

서류에서 시선을 뗀 김현철이 묻자 김기섭은 쓴웃음을 지었다.

"소장님을 찾는다는데 아마 심부름을 온 것 같습니다."

롯데호텔의 스위트룸 안이다. 안기부 운영차장이 된 김기섭으로부터 정보 보고를 받고 있던 참이라 김현철은 이맛살을 찌푸렸다. 아마 검찰총장의 전갈이 있는 모양이었다. 김현철이 다시 시선을 내리자 김기섭은 몸을 돌렸다.

방문 앞에는 두 명의 사내가 안기부 요원과 마주보고 서 있었다. 싸구려 양복에, 한 사내는 운동화를 신었다.

"무슨 일이오?"

안경알 속의 큰 눈을 치켜뜨며 김기섭이 묻자 운동화가 한 걸음 다가섰다.

"김현철 씨를 보러왔습니다만."

"김현철 씨?"

김기섭이 쓴웃음을 지었다.

"이봐, 당신들. 누가 보냈어?"

"저는 대검 중수부의 강봉태 수사관입니다."

"글쎄, 누가 보냈냐니까?"

조금 목소리가 높아지자 옆쪽 사내가 나섰다.

"혹시 안기부의 김 차장님 아니십니까?"

"이 사람들이, 묻는 말에 대답은 않고"

"글쎄, 우리는 당신한테 대답하기 싫은데요."

사내가 주머니에서 서류를 꺼내 들었다. 웃는 얼굴이다.

"여기 영장을 가져왔습니다."

"무, 무슨 말이야!"

"조금 비켜 주실까요?"

운동화가 김기섭의 어깨를 조금 밀었다

"우리는 김현철 씨를 연행하러 왔습니다."

경련이 일어나 한쪽 눈만 깜박이며 서 있는 김기섭을 밀치고 두 사내는 방으로 들어섰다. 머리를 든 김현철이 두 사내를 번갈아 바라보았다.

"무슨 일입니까?"

"같이 가주셔야겠습니다."

운동화가 말하자 김현철이 옆쪽에 선 김기섭을 바라보았다.

"어디로 말이오?"

"검찰로, 긴급체포 영장을 가지고 왔습니다."

"뭐라고요?"

김현철이 서류를 내려놓았다.

"나를 긴급체포 한단 말이오?"

"가십시다."

"어디 영장을 봅시다."

다가선 사내가 김현철의 코앞에 영장을 펼쳤다.

"이권 개입에 국정농단의 혐의올시다."

서류를 훑어본 김현철의 얼굴이 하얗게 굳어졌다.

"도대체, 누가"

망연자실한 김현철의 시선이 부딪쳐 오자 김기섭은 얼른 얼굴을 숙였다.

"내, 참, 기가 막혀서."

소리치듯 말한 김현철이 옆에 놓인 전화기를 들었다. 다이얼을 누르면서 김현철이 수사관을 바라보았다.

"이건 음모야."

곧 신호가 갔다. 청와대의 정무수석 이원종에게 직통전화를 건 것이다.

"여보세요."

이원종의 목소리가 들리자 그의 분노가 폭발했다.

"이 수석님, 난데요. 이거 어떻게 된 겁니까? 날 체포하다니요?"

붉게 달아오른 얼굴로 그가 다시 소리쳤다.

"이래도 되는 겁니까? 이건 음모입니다. 아버님을 바꿔주세요!"

"…."

"누가 이런 음모를 꾸몄는지 내가 다 압니다. 정보가 올라와 있어요. 어서 아버님을 바꿔 주세요!"

"김 소장, 할 수 없어요."

이원종의 목소리는 낮았지만 다 들렸다.

"김 소장, 진정하시고, 순순히 검찰에…"

"이것 보세요, 이 수석님!"

"아버님의 지시였습니다."

"글쎄, 음모라니까요! 아버님은 속으신 겁니다."

"진정하시고 따라가세요."

차분한 이원종의 목소리에 김현철은 온몸을 훑고 가는 냉기를 느꼈다. 그러나 아직도 가쁜 숨을 몰아쉬고 있다.

"김 소장, 아버님을 생각하셔서라도 검찰에 들어가십시오."

이원종이 부탁하듯 말했다.

"모두 아버님이 결정하신 일입니다."

김기섭이 안기부에 돌아왔을 때는 오후 4시였다. 머리가 멍했고 아직 정신이 가다듬어지지 않은 상태여서 한쪽 눈에 자꾸 경련이 일어났다.

김현철은 넋을 잃은 표정으로 수사관을 따라가면서 그에게 아무런 지시도 내리지 않았다.

이원종과의 통화 내용을 한쪽만 들었으나 상황을 알 수 있었다. 김현철은 대통령의 지시로 체포된 것이다.

어디에다 연락을 할 엄두도 나지 않았으므로 온몸이 오그라진 상태로 멍하게 앉아 있던 그는 노크소리에 깜짝 놀랐다. 문이 열리고 들어선 것은 안기부장 김 덕이다. 김기섭은 튕겨나듯이 일어섰다.

"부장님이 웬일이십니까?"

이제까지 김 덕이 방에 찾아온 일이 없었던 것이다. 다가온 김 덕이 그를 마주보며 섰다. 여느 때와 같이 차분한 표정이다.

"같이 계셨다니까 상황은 아시겠고."

가라앉은 목소리로 그가 말을 이었다.

"이제까지 김현철 씨한테 내부정보를 누출한 혐의가 있는데."

"그런 일 없습니다."

김기섭이 단호한 표정으로 머리를 저었다.

"절대로 그런 일이 없습니다."

"이봐요, 위신을 지켜요."

쓴웃음을 지은 김 덕이 그를 바라보았다.

"증인과 증거가 많아요, 이제까지 당신이 떠들고 다니기도 했고."

"저는 절대로"

"문밖에서 특별감찰관들이 기다리고 있어요. 당신은 내부조사를 거쳐서 검찰에 넘겨질 겁니다."

몸을 돌린 김 덕이 방문을 열자 사내들이 쏟아져 들어왔다. 모두 낯선 데다 살벌한 분위기의 사내들이었다.

박태중은 아사도에서 연행되었다. 검찰 수사관이 영장을 제시하자

소리 내어 웃고 난 그는 핸드폰으로 김현철을 불렀다. 수십 번 연락을 하도록 검찰 수사관들은 기다려 주었는데 이윽고 청와대에 연락을 하자 김현철이 체포되었다는 것을 알게 되었다.

넋을 잃은 그를 일으켜 세운 수사관들이 아사도를 나왔다. 아사도는 이미 압수수색이 벌어져 있어서 마치 이사 가는 것처럼 보였다.

"김현철을 구속시켰다고?"

경악한 김종필이 대변인 강재섭을 바라보았다. 당사의 대표실 안이다.

"아니. 누가?"

"대검에서 잡아갔답니다."

"아니, 내 말은, 누가 시켜서."

"각하께서 고발하셨다는 소문입니다."

"어허."

김종필이 넋을 잃은 표정이 되었다.

"각하께서 말이지?"

"그리고 안기부의 김기섭 차장도 사표를 냈다고 합니다."

"이회창 총리가 청와대로 불려갔다니까 처리를 맡길 모양입니다."

"법대로 말이지."

혼잣소리처럼 말한 김종필이 앞에 선 강재섭을 바라보았다. 조금 전까지 YS가 어젯밤 부른 노래 제목을 가지고 왈가왈부했던 정치권이다. 이제야 그가 '이별'을 부른 이유를 알 것 같았다.

그 시간에 대통령은 청와대의 집무실에 앉아 있었다. 방 밖은 나가

보지 않았지만 청와대의 분위기는 흉흉할 것이었다. 비서실장 박관용은 어디에 박혀 있는지 아예 코빼기도 보이지 않았고, 빈 시간이면 어김없이 연락해 오던 정무수석 이원종도 흔적이 없다.

한동안 창밖을 바라보던 대통령은 인터폰을 눌렀다.

"예, 각하."

비서관의 목소리도 굳어진 것처럼 느껴졌다.

"지금 나가겠어."

"예, 각하."

그로부터 10분쯤 후에 대통령은 이회창 총리와 마주앉았다. 오후 4시였다. 급하게 불려온 때문인지 이회창의 얼굴은 조금 상기되어 있었다. 그리고 긴장하고 있다. 대통령이 입을 열었다.

"이미 알고 계시겠지만 어쩔 수가 없었습니다."

가라앉은 목소리로 그가 말을 이었다.

"1년이 지났을 뿐인데도 그놈은 정계와 행정부, 재계에다가 군부, 거기에다 이곳 청와대까지 제 사람들을 심어놓고 있었습니다."

"…"

"처음에는 조용히 외국에나 보낼까 했는데 그것으로 끝날 일이 아니었어요. 그놈의 인맥들이 존재하고 있는 한 말이오."

"…"

"모두 자식 단속을 못한 내 책임입니다. 그래서 그런 방법을 택한 거요."

이회창이 머리를 들었다.

"각하, 뭐라고 드릴 말씀이 없습니다."

"이미 검찰에 그놈의 인맥과 국정농단의 자료가 넘어가 있습니다.

총리께서 주관하셔서 그자들을 엄정히 처리해 주셨으면 해서 오시라고 한 거요."

"잘 알겠습니다, 각하."

"추호도 의문이 남지 않도록 법대로 처리해 주시오."

"염려하지 마십시오."

어깨를 편 이회창이 대통령을 바라보았다. 결의에 찬 모습이었다. 법이라면 자신이 있는 것이다.

"방송은 저녁뉴스부터요, 이 선배."

동아일보의 오영준 기자가 지친 얼굴로 이동만을 바라보았다. 데스크에 기사를 겨우 넘긴 것이다.

"YS가 이젠 아들 가지고 깜짝쇼를 했어."

이동만이 혼잣소리처럼 말했다.

"하지만 대단해, 집어넣어 버리다니."

대통령은 자신의 자식을 국정농단의 혐의로 고발하여 구속시킨 것이다. 역사상 전례가 없는 일이었다.

"각하는?"

김덕룡이 묻자 최형우가 길게 숨을 뱉었다.

"방에 혼자 계신다는구먼."

김덕룡의 방안에는 문정수와 황명수 등 민주계의 실세들이 다 모여 있었다. 내무장관으로 행정부에 가 있던 최형우도 달려온 참이다. 최형우가 주위를 둘러보았다.

"검찰총장이 현철이의 인맥을 모두 소환할 계획이니 한바탕 폭풍이 불겠어."

그의 얼굴은 상기되어 있었다.

"이 총리한테도 아마 그런 말씀을 하셨을 거요."

그는 자리에서 일어섰다.

"들어가 있어야지, 틀림없이 총리가 날 부를 테니까."

최형우가 황망히 방을 나가자 주위에는 무거운 정적이 흘렀다. 모두 아직 충격에서 벗어나지 못한 데다 불안감까지 엄습해 왔기 때문이다.

김현철이 대통령의 아들임을 내세워 무소불위의 역량을 펼치고 다닌 것은 그들 모두가 안다. 이윽고 김덕룡이 방안의 정적을 깼다.

"각하께서 이런 강수를 쓰실 줄은 전혀 뜻밖이야."

혼잣소리처럼 말한 그가 길게 숨을 뱉었다.

"현철이를 외국으로 내보내고 차근차근 정리하실 줄 알았는데."

"이제 그런 미온적인 방법으로 해결할 시기는 지났어요."

문정수가 뱉듯이 말하고는 따라서 긴 숨을 뱉었다.

"각하께선 아마 팔을 잘라내는 심정이셨을 겁니다."

저녁 7시가 되었는데도 대통령은 아직 관저에 들어가지 않았다. 3월 초여서 바깥 날씨는 싸늘했다. 이미 주위는 어두워져서 잔디밭에 세워둔 보안등에는 모두 불이 켜졌다.

대통령은 청와대 후원의 나무벤치에 앉아 있었다. 이쪽에서는 본관의 건물이 보이지 않기 때문에 대통령이나 신경을 곤두세운 직원들에게나 조금 부담이 적은 장소이다. 한동안 앞쪽의 하늘을 올려다보던 대통령이 머리를 돌렸다.

"이봐, 이 과장."

낮게 부르자 뒤쪽의 숲에서 이덕수가 모습을 드러냈다. 소리 없이 다가온 그가 대통령의 옆쪽에 섰다.

"예, 각하."

그의 목소리도 가라앉아 있었다.

"현철이를 저렇게 만든 건 나야. 무슨 말인지 알겠나?"

잠자코 서 있는 이덕수를 향해 그가 말을 이었다.

"나는 그놈에게 여론조사를 시키고 돈 관리를 맡겼어. 그놈더러 믿을 만한 사람을 추천하라고 했단 말이야, 다 내가 시킨 짓이야."

"…."

"김덕룡이나 최형우가 충언을 해도 듣지 않았지. 그 사람보다 자식 놈을 믿었으니까."

어깨를 늘어뜨린 그가 길게 숨을 뱉었다.

"다 그래 놓고는 이제 와서 덥석 그놈을 잡아넣다니."

"…."

"그놈이 얼마나 기가 막히겠나?"

대통령이 머리를 손바닥으로 지그시 눌렀다.

"내가 어디 잘못된 거 아이가? 이덕수, 내가 비정상으로 보이지 않나?"

"각하"

이덕수가 조심스럽게 입을 열었다.

"각하께선 정상이십니다."

"…."

"그리고 국민 대부분이 각하를 존경하고 있습니다."

김현철의 인맥을 골라낸 것은 대통령 자신이다. 왜냐하면 김현철과

둘이서만 작업을 했기 때문인데 반수 이상이 전혀 드러나지 않았던 사람들이었다. 대통령이 검찰에 넘긴 그들은 곧 숙정될 것이었고, 그 명단을 본 정치권은 다시 한 번 경악할 것이었다.

"이제 시작이야."

벤치에서 일어선 대통령이 혼잣소리처럼 말했다.

"아들놈한테만 책임을 뒤집어씌울 수는 없어."

어두웠으므로 대통령의 표정이 드러나지 않았지만, 뒷모습에는 짙은 고뇌가 배어 있는 것처럼 느껴졌다.

1994년 3월 7일, 오전 11시, 김현철이 구속된 다음날이다.

대통령은 청와대의 기자회견장에 굳은 표정으로 들어섰다. 이미 수백 명의 내외신 기자들이 기다리고 있었으므로 카메라의 플래시가 터졌고 국민들은 긴장했다. 텔레비전으로 생중계되는 대통령의 특별성명 발표인 것이다. 바로 어제 대통령은 자신의 아들을 검찰에 고발하여 구속시켰다. 이것에 대한 대통령의 성명일 것이었다.

연단에 선 대통령이 잠시 정면을 바라보았다. 거의 백발이 된 머리칼에 얼굴의 주름은 더욱 깊어진 것처럼 보였다.

"친애하는 국민 여러분, 본인은 먼저 어제 구속된 제 아들의 비리와 국정농단 사건에 대하여 법에 따른 공정한 심판을 국민 여러분께 약속드립니다."

대통령은 원고도 보지 않고 단숨에 말을 맺었다. 그가 말을 이었다.

"취임 후 저는 기업체로부터 정치자금을 일전도 받지 않겠다고 국민 여러분께 약속드렸습니다. 그러나 그것은 전의 행동에 대한 일언반구 해명이나 사과도 없는 무책임한 발언이었습니다. 과거를 씻지 않고는

74

현재가 떳떳할 수 없는 것입니다."

그가 말을 이었다.

"저는 대선자금으로 총 4500억 원 정도를 모금했습니다. 전(前) 대통령에게서 받은 돈이 1450억 원이었고 제가 기업체에서 받은 돈이 3000억 원 정도가 됩니다."

대선자금 발표인 것이다. 기자들은 놀라 펜을 놀렸고 텔레비전을 보고 있던 민자당 의원들도 실색을 했다. 대통령이 말을 이었다.

"또한 대통령 당선 후에 축하금으로 각 기업체에서 받은 돈이 1200억이 되었습니다."

어깨를 편 그가 똑바로 카메라를 바라보았다.

"저는 그 돈도 거부감 없이 받았다는 것을 이 자리에서 국민 여러분께 고백합니다. 죄의식도 일어나지 않았습니다."

국민들은 온몸을 굳히고는 대통령을 바라보았다. 서울역, 고속버스 터미널, 각 직장과 가정, 그리고 음식점과 거리 등 한국의 텔레비전은 거의 모두 채널을 맞추고 있다.

대통령이 국민들을 향해 머리를 숙였다.

"돈으로 선거를 치렀다고 해도 과언이 아니었습니다. 국민 여러분, 사회구조와 관행 탓으로 돌리지 않겠습니다. 어떻게든 당선되어야겠다는 제 욕심이 금권 선거를 당연하게 받아들인 것입니다. 제가 잘못했음을 국민 여러분께 인정하고 사죄의 말씀을 드립니다."

다시 한 번 머리를 숙여 보인 대통령이 말을 이었다.

"저를 끝으로 금권 선거는 이 땅에서 사라지도록 하겠습니다. 그리고 저는 남은 대선자금과 축하금 1500억 원을 모두 국고에 반납합니다."

발표를 마친 대통령이 회견장을 떠나자 기자들은 벌떼처럼 한꺼번에 일어섰다. 충격이다. 그리고 대특종이다.

"미쳤군, 미쳤어."

정태수가 잇새로 말했다. 이미 텔레비전은 껐으나 그는 아직도 화면을 노려보고 있었다. 한보그룹의 총회장실 안이었다.

"자식 잡아먹더니 이젠 은인들을 팔아먹는구나. 어디, 그렇게 해서 얼마나 오래 견디는지 두고 보자."

다행히 기업체별 대선자금 제공 액수나 축하금 액수는 밝히지 않았다.

"배은망덕한…."

입술을 깨문 그는 찻잔을 들었다가 다시 거칠게 내려놓았다.

이젠 끝장이다. 철강사업은 도로아미타불이 되었다. 앞으로 은행 대출금을 갚으려면 부동산을 모두 처분해야 될 판이다.

소파에 등을 기댄 그는 길게 숨을 뱉었다. 하는 수 없다. 다시 원점으로 돌아가는 것이다. 당진 부지를 팔고 기계 도입을 취소하는 수밖에 없다. 어쩌면 이것이 운명일지 모른다. 은행대출금과 부동산 가치가 거의 맞아떨어지는 것도 운명이다. 이제 빈손이 되었다.

인터폰이 울렸으므로 그는 스위치를 눌렀다.

"뭐야?"

"총회장님, 손님이 오셨습니다만. 저, 대검에서 오셨다고."

비서관의 목소리가 떨렸다.

"영장을 가지고 오셨다는데요."

와락 이맛살을 찌푸린 그가 인터폰의 스위치를 껐을 때 방문이 열렸고 두 명의 사내가 들어서고 있었다.

"안녕하십니까?"

앞장선 사내는 얼굴에 웃음을 띠고 있었다.

"영장을 가져왔습니다. 같이 가주셔야겠는데요."

"돈 낸 사람 다 잡아넣는 거요?"

눈을 치켜뜬 정태수가 묻자 그는 영문을 모르겠다는 듯이 옆의 동료를 힐끗 쳐다보았다.

"무슨 말씀인지, 저는…."

"어디, 이래 가지고 한국경제가 어떻게 되는지 봅시다."

"글쎄, 우리는 모시고 가기만 하면 되니까요."

사내가 주머니에서 영장을 꺼내 보였다.

"수서 사건이라고 되어 있는데요, 총회장님."

그 순간 정태수의 얼굴이 빳빳하게 굳어졌다. 6공 때의 사건이다. 그 당시 세 명의 국회의원을 구속시키고 유야무야된 사건인 것이다. 사내들은 소파에 나란히 앉았다. 태평한 모습들이다.

"준비하시지요. 아무래도 이번에는 오래 계실 것 같으니 저희들이 이곳에서 기다려 드리겠습니다."

정태수는 초점 없는 시선으로 그들을 바라보았다. 정치권 사정이다. 수서 사건을 파헤치면 뿌리가 노태우 전 대통령이라는 것을 누구보다도 잘 알고 있는 그였다. 이젠 끝났다. 그는 시선을 떨어뜨렸다.

대선자금까지 밝혀진 마당이니 이제 정치권에 내놓을 카드도 없다. 있는 그대로 털어놓고 형을 사는 것뿐이다. 계산이 빠른 그는 길게 숨을 뱉었다.

내놓을 패도 없이 검찰에 불려간다는 것이 얼마나 비참하고 겁나는 일인지를 누구보다도 잘 알고 있는 그였다. 최소한 5년이다. 어쩌면 10

년을 살게 될지도.

　그는 수화기를 들었다. 3남인 정보근 회장한테 연락을 하려는 것이다. 다행히 정보근은 깨끗하다. 당진제철소가 완공되면 그에게 전권을 물려주려고 했지만 이젠 그것도 끝이다. 운명이다.

3장
검찰 출두

대선자금은 현 정권의 원죄(原罪)라고 볼 수 있었다. 이제까지 야당이나 언론 측에서 가끔씩 불거져 나온 대선자금 문제를 여당은 무시하는 태도로 일관해 왔지만 바닥이 깨끗하지 못한 독에 새 술을 넣는 것과 비슷한 상황이었다. 아무리 깨끗한 정치를 외쳐도 그것이 공허하게 들리는 중요한 이유가 그것이었다. 돈으로 태어난 정권이라는 비난에 합당한 반박을 할 수 없었던 것이다.

최형우와 김덕룡이 긴급회동을 한 것은 그날 밤이었다. 물론 비서실장 박관용이 동석한 3자 회동이었다.

청와대 근처의 조그만 한정식집 안이다. 방안에는 한동안 무거운 침묵이 깔려 있었다.

대선자금 문제는 마치 현 정권에 박힌 대형 폭탄과 같았다. 잘못 뇌관을 건드리면 대폭발을 일으켜 이제까지의 모든 것을 폐허로 만들 수가 있고, 그렇다고 박힌 채로 두기에도 부담이었던 것이다. 이윽고 김덕룡이 입을 열었다.

"현철이를 구속시킬 때부터 각하는 대선자금을 공개하려고 각오를 하신 것 같습니다."

그의 얼굴은 쇳덩이처럼 굳어져 있었다.

"국민들은 아직도 충격에서 깨어나지 못하고 있어요."

야당과 재야 단체는 즉각 대통령의 하야와 재선거를 요구하고 나섰다. 그러나 국민의 반응은 아직 표출되지 않았다. 박관용이 길게 숨을 뱉었다.

"각하께선 막무가내였습니다. 원고도 거의 각하 혼자 작성하신 겁니다."

김덕룡이 그들을 둘러보았다.

"검찰의 부담을 아예 없애 주신 겁니다. 이제 검찰은 성역이나 사정 없는 수사를 할 수 있게 되었어요."

그러자 잠자코 있던 최형우가 머리를 들었다.

"정태수까지 잡아갔으니 6공 비리부터 수사가 시작되겠지."

어깨를 편 그가 말을 이었다.

"지금이야 비난받을지 모르지만 각하는 큰일을 해내신 거요. 역사에 남을 거요."

대통령이 성원에 들어선 시간은 저녁 7시 정각이다. 그는 긴장으로 굳어진 마담의 안내를 받아 복도 끝 쪽의 밀실로 들어섰다.

이마를 반짝이며 방안에서 기다리고 선 사내는 박태준이다. 그는 웃음 띤 얼굴로 대통령을 맞았다.

"각하, 오랜만에 뵙습니다."

"정말 오랜만입니다, 박 의원."

박태준은 오늘 오후에 한국에 도착해서는 여장을 풀자마자 이곳으로 왔다. 그들은 식탁을 사이에 두고 앉았다.

성원은 지난번에 대통령이 혼자 와서 놀고 간 집이다. 그날 이후로 손님이 뚝 끊긴 바람에 주인은 은근히 대통령을 원망하고 있었는데, 오늘 다시 모시게 되자 원망이 씻은 듯이 가셔졌다. 종업원이 날라 온 요리접시에는 주인의 성의가 배어 있었다.

시중드는 사람도 물리친 방안에는 그들 둘뿐이다. 대통령이 술잔을 들었다.

"자, 박 의원. 한잔 합시다."

잔을 부딪친 그들은 청주를 한 모금씩 삼켰다. 잔을 내려놓은 대통령이 박태준을 바라보았다.

"경제는 모두 맡기겠습니다. 경제에 새바람을 일으켜 주시오."

"최선을 다하지요."

정색한 박태준이 말을 이었다.

"각하의 뜻을 알았으니 저도 미력이나마 국가에 봉사할 생각입니다."

"아, 경제수석이 하는 말을 알아들을 수가 있어야지. 내가 원래 공부를 싫어한 통에, 머리도 좋지가 않고."

대통령이 눈가에 주름을 만들며 웃었다.

"경제수석이나 경제장관들 쪽에서도 되게 답답했을 거요. 그렇지 않습니까?"

"앗하하…."

박태준이 큰 입을 벌리고 웃었다가 얼른 정색을 했다.

"죄송합니다, 각하. 어쨌든 소문대로 각하는 정말 달라진 것 같습니다."

"그러고 보면 내가 아는 척, 혼자 잘난 척을 많이 한 것 같습디다."

대통령이 다시 술잔을 들었다.

"남을 믿지도 못하고."

"…."

"하지만 머리를 비우니 편합니다."

마음을 비운다는 표현을 잘못 말한 것 같았지만 박태준은 그냥 끄덕였다. 나이가 그쯤 되고 사회생활을 그쯤 한 박태준이라 상대방이 마음을 터놓고 있다는 것쯤은 알 수 있는 것이다. 술을 끊고 있었으나 그는 다시 술잔을 들었다.

"각하를 위해 건배하겠습니다."

박태준답지 않은 표현이다. 그들은 다시 한 모금씩 술을 삼켰다. 김현철 구속과 대선자금 공개로 정국이 들끓고 있었으나 그들의 얼굴은 밝았다. 대통령이 술잔을 내려놓았다.

"우리 놉시다. 아마 미인들이 기다리고 있을게요."

그가 은근한 시선으로 박태준을 바라보았다.

"박 의원, 요즘 팁이 10만 원이라는 것 아시오?"

"거, 올랐는데요? 전에는 7만 원인가 했는데."

"아 , 7만 원 받는 데도 있다고는 합디다. 그런데 만 원권 일곱 장 세어주면 쩨쩨하다는 소리 듣지 않겠소? 그래서"

"물가가 그런 식으로 오르면 안 되는데."

"그건 박 의원이 앞으로 알아서 하시오."

대통령이 서둘러 벨을 눌렀다. 아가씨를 부르려는 것이다.

대통령의 대선자금 공개로 정치권은 여야를 막론하고 숨을 죽였다. 엄청난 자금을 대선 때 쏟아왔다는 것을 모르는 정치인이 없는 것이다.

그러나 공공연한 비밀이라 할지라도 공개와 비공개의 입장은 다른 법이다. 대통령은 불법선거를 했다고 자인한 셈이 되었다. 그렇다고 야당 쪽 입장도 가벼운 것이 아니다. 그들이 신고한 대로 법정 한도액 미만으로 대선자금을 썼다고 믿고 있는 사람은 드물었기 때문이다.

대통령의 대선자금 발표 닷새 후, 동아일보의 오영준 기자는 정치부장 조민식의 테이블 앞에 섰다. 마감시간이 얼마 남지 않았으므로 조민식이 서두르듯 물었다.

"어때? 자료 나왔어?"

"나왔습니다."

오영준이 서류를 그의 앞에 내려놓았다.

"모두 65퍼센트 이상의 지지율입니다."

"여기도 그래."

손바닥으로 테이블 위에 늘어놓은 서류를 밀어낸 조민식이 쓴웃음을 지었다.

"이번에도 YS의 정면 돌파가 빛을 냈어."

오영준이 조사 의뢰한 세 개의 여론조사 기관은 모두 대통령의 결단에 지지를 보냈던 것이다. 또한 조민식이 의뢰한 다른 기관도 마찬가지였다.

"국민들은 국민투표나 재선거를 원하고 있지 않습니다."

오영준이 말을 이었다.

"또한 기업체 소환이나 조사도 말입니다."

그러나 중앙선거관리위원회는 대통령 선거법의 적용여부를 놓고 고심 중이다. 대선자금 문제는 이미 6개월의 공소시효가 지났으므로 법적으로 책임을 질 이유가 없다는 주장이 있었지만 대통령은 처벌을 받겠다는 것이다. 그래서 헌법재판소에 결정을 의뢰해야 할 것인가로 갑론을박하는 중이었다. 그러나 대선자금을 제공한 기업체들은 검찰에 소환되거나 불이익을 당하지 않게 되었다.

대통령은 자금을 제공한 기업은 철저하게 보호했다. 이 일로 경제가 위축되어서는 안 되며 반강제로 자금을 모은 자신이 책임을 져야 할 일이라고 했던 것이다.

조민식이 머리를 끄덕였다.

"여론이 호의적이야. 국민들은 YS를 믿음직한 지도자로 보고 있어."

"천문학적 규모의 자금이 대선 때 들어갔다는 걸 이미 국민들은 짐작하고 있었거든요. 놀랄 일도 아닙니다."

"그 양반 가만있어도 될 것을."

낮은 목소리로 말한 노태우가 이현우를 바라보았다.

"내가 알고는 있었지만 그 양반은 너무 쇼맨십이 강해."

이현우가 조심스럽게 입을 열었다.

"각하, 김 대통령은 자금출처에 대해서는 자신이 책임을 지고 불문에 부쳤습니다."

"그건 그렇지만 나한테서 나간 돈이 1450억이라고 말했지 않았나?"

"…."

"국민들이 어떻게 생각하겠느냔 말이야."

이현우가 잠자코 머리를 숙였을 때 방문이 열리더니 김옥숙 여사가 들어섰다. 노태우 전 대통령의 연희동 자택 안이다. 자리에서 일어선 이현우는 김옥숙 여사가 앞쪽에 앉자 다시 앉았다.

김 여사가 이현우를 바라보았다.

"이 실장님, 내가 여쭤볼게 있는데요."

"예, 말씀하십시오."

"저 양반이 저렇게 까발리는 건 그렇다고 치고 말씀이에요."

저 양반이란 김 대통령을 말하는 것이다.

그녀가 내쳐 말을 이었다.

"정태수 씨한테 간 돈은 어떻게 될 것 같습니까?"

어깨를 늘어뜨린 이현우가 힐끗 노태우를 바라보았다. 조금 전에 노태우하고 그 이야기를 했던 것이다.

"예, 아무래도 받기가 어려울 것 같습니다만."

"아직 회사는 살아 있지 않습니까? 자식은 멀쩡하게 회장으로 앉아 있고요."

"하지만 정태수가…"

"한두 푼도 아니고 600억이에요."

말을 자른 김 여사가 이현우를 쏘아보았다.

"정태수의 차용증이 있으니까 그 아들한테서라도 받아내야죠."

"…"

"감옥에 들어갔다고 해도 돈을 떼일 수는 없어요. 차라리 김 대통령처럼 국가에 반납을 하는 한이 있더라도."

"잘 알겠습니다."

힐끗 노태우를 바라본 김 여사가 자리에서 일어나 응접실을 나갔다. 방안에는 잠시 정적이 흘렀다. 모두 김현철의 구속이 몰고 온 파장이다. 수서사건과 대선자금이 연쇄적으로 터져 나오고 있는 것이다. 이윽고 노태우가 입을 열었다.

"김현철이는 어떻게 될 것 같은가?"

"예, 아마 실형을 선고받을 것 같습니다."

"…."

"김 대통령은 검찰에 전혀 관여하지 않는 것이 사실인 것 같습니다."

"그럴 리가."

노태우가 머리를 한쪽으로 기울였다.

"어쩌면 자식을 내놓고 큰 것을 잡으려고 하는지도 몰라."

"…."

"국면 전환을 위해서 말이야."

상체를 세운 노태우가 이현우를 바라보았다.

"어쨌든 돈 관리 철저하게 해야 되겠어. 그리고 아까 집사람 말대로 정태수건은 아들한테 한번 찾아가보도록."

"돈 못준다."

부아가 치솟은 정태수가 눈을 부릅떴다.

"이런 상황에서 돈을 내라고? 그렇다면 내가 낸 비자금을 모두 돌려 달라고 해."

정태수가 손바닥으로 테이블을 쳤다.

"내 입이 뻥긋하면 어떻게 되는 줄 알아?"

"아버님, 진정하십시오."

당황한 정보근이 주위를 둘러보았다. 서울구치소의 특별면회실 안이다. 정보근이 목소리를 낮췄다.

"아버님, 제가 알아서 처리하겠습니다."

"절대로 못 준다."

"알겠습니다."

수서사건으로 잡혀 들어간 정태수는 이미 노태우한테 건네준 비자금을 검찰에서 털어놓았다. 이미 그에게는 노태우가 쓸모없는 인간이 되어 있는 것이다. 이런 상황에서 빌려준 돈 600억을 내라니 큰소리가 나오는 것도 당연한 일이었다.

집무실에는 안기부장 김 덕과 비서실장 박관용이 나란히 앉아 있었다. 김 덕은 단정한 옆모습을 보인 채 입을 열지 않았는데 어두운 표정이었다.

김현철 인맥이 정리되는 데다 정치권은 수서 태풍까지 겹쳐져서 그야말로 집권 이래 최대의 숙정 바람이 불고 있었다. 대통령이 대선자금과 축하금까지 모두 공개해 버린 마당이다.

검찰의 수사는 인정사정없었고 성역도 없다. 이미 민자당 의원 10여 명이 사법처리 대상이 되어있는 데다 행정부나 청와대 등 국가 중요기관에 심어졌던 김현철의 인맥은 모조리 사표를 낸 상태에서 조사를 받고 있었다. 바야흐로 검찰이 정치권의 그늘에서 벗어나 국가 사정기관으로서의 위상이 세워지고 있는 상황이었다. 이윽고 대통령이 입을 열었다.

"그 사람, 짐작이야 하고 있었지만 그 정도까지 했을 줄은 몰랐어. 엄청나구면."

"표면에 노출된 것만 그렇습니다. 각하, 본격적으로 파헤치면 그 이상이 될 것 같습니다만."

김 덕이 조심스러운 시선으로 대통령을 바라보았다.

"그리고 문제는 그 자료가 민주당으로 넘어간 것입니다. 민주당은 그것을 정치적으로 이용할 것이 틀림없습니다."

대통령이 의자에 등을 기댔다. 노태우 전 대통령의 비자금에 관한 자료를 말하는 것이다. 집권 초기부터 소문으로만 떠돌던 비자금의 실체가 드러나고 있다. 김 덕이 말을 이었다.

"민주당의 박계동 의원이 의회에서 그것을 폭로할 계획입니다."

박계동은 초선 의원이다. 민주당은 신선한 이미지의 초선 의원을 시켜 그것을 폭로시킴으로써 정국의 주도권을 잡으려는 것이다. 구민정계가 주축을 이루고 있는 민자당이다. 민정계와의 연합으로 대권을 차지한 대통령이니 오물을 뒤집어쓸 수도 있다.

대통령이 입을 열었다.

"그렇다면 비자금을 조성해 준 재벌그룹 회장들이 줄줄이 끌려가겠군."

"당연하지요. 현대, 삼성 대우는 물론이고 30대 재벌그룹 모두가 포함되어 있습니다, 각하."

"4000억이라고?"

"예, 각하. 현재 확보한 자료만 해도 그 정도가 됩니다."

"많이 모았군그래, 그 사람."

혼잣소리처럼 말한 대통령이 머리를 들었다.

"그 사람, 그 돈으로 정치를 하려고 했을까?"

"그럴 가능성도 있습니다, 각하. 아직 구민정계의 기반이 있으니까요."

"…"

"이것이 폭로되면 노 전 대통령은 치명적인 타격을 받습니다. 민정계의 입지도 마찬가지가 되겠지요."

김 덕이 힐끗 대통령을 바라보았다.

"국민들은 경악하고 분개할 것입니다. 그리고 노태우 씨는 구속될지도 모릅니다, 각하."

그날 저녁, 김덕룡은 서석재와 최형우를 인사동의 한정식집 초원에 초대했다. 세 사람은 요리상에 마주앉았는데 시중드는 사람도 물리친 은밀한 자리였다.

"까발려야 돼."

최형우가 뱉듯이 말했다. 그는 결연한 표정이었다.

"뭐, 민주당이 한다고 해서 나쁠 것도 없어. 더러운 것은 쓸어버려야 돼."

술잔을 내려놓은 서석재가 머리를 끄덕였다. 그의 얼굴은 어두웠다.

"하긴 우리가 그럴 수도 없지. 그 양반, 너무 소문나게 돈을 굴렸어요. 아랫사람 단속도 제대로 못하고."

"4000억이라지만 얼마가 될지 어떻게 알아? 엄청나구먼그래."

경제인들이 불려 가면 술술 털어놓을 거요. 정태수하고는 입장이 조금 다를 테니까."

잠자코 그들의 이야기를 듣고만 있던 김덕룡이 입을 열었다."

"민주당에서는 월요일의 대정부 질문 때 그것을 폭로할 것 같습니다. 박계동 의원이 할 것 같은데."

"그 초선 말인가? 용 되겠구먼."

최형우가 쓴웃음을 지었다.

"민주당이 정국을 반전시키고는 기선을 잡을 작정이군. 해보라고 해."

노태우는 구악(舊惡)이다. 노태우가 수장(首長)으로 있던 구민정계에

서조차 한 사람도 그를 옹호하지 않을 것이다.

"제가 조금 늦었습니다."

대통령이 들어서면서 말하자 노태우가 자리에서 일어섰다. 웃음 띤 얼굴이다.

"각하, 어서 오십시오."

"늦은 시간에 뵙자고 해서 미안합니다."

"아닙니다. 언제든지."

그들은 원탁에 마주보며 앉았다. 비서실장 박관용이 조심스럽게 자리에 앉고 나자 방안에는 잠시 거북한 정적이 흘렀다. 밤 10시 반이었고 이곳은 삼청동의 한정식집 백천의 밀실이다.

대통령은 가벼운 점퍼 차림인데 노태우는 정장을 했다. 갑자기 만나자는 연락을 받고 놀랐을 것이다. 노태우가 먼저 입을 열었다.

"각하, 새바람이 불고 있습니다. 밖에서 지켜보는 저로서는 각하께 감탄할 뿐입니다."

"과찬의 말씀을, 모두 각하께서 닦아놓으셨기 때문이지요."

대통령이 화답했다. 그러나 박관용은 몸을 굳힌 채 움직이지 않았다. 이윽고 대통령이 엽차를 한 모금 마시고는 노태우를 바라보았다.

"요즘 건강은 어떠십니까?"

"예, 각하만큼은 못 되지만 좋습니다."

"골프 자주 가시던데."

"예, 그저 운동 삼아서."

머리를 끄덕인 대통령이 정색을 했다.

"거, 비자금 문제가 커질 것 같은데, 알고 계시지요?"

"예? 그것은 잘…"

힐끗 박관용을 바라본 노태우가 조금 이맛살을 찌푸렸다.

"무슨 일이 있습니까?"

"다음 월요일에 국회에서 비자금 문제가 터질 것 같아서요."

"…"

"민주당 의원이 폭로 형식으로 각하의 비자금을 공개할 모양입니다."

"아니, 도대체."

노태우가 대통령을 똑바로 바라보았다.

"어떻게 그럴 수가 있습니까?"

"증거자료가 있는 것 같습니다. 시중에도 오래 전부터 소문이 퍼져 있었고."

"…"

"내가 알기로는 4000억이 넘던데, 그렇지 않습니까?"

노태우가 머리를 저었다. 얼굴이 딱딱하게 굳어져 있다.

"나는 모르는 일입니다."

"…"

"무슨 증거인지 모르지만 이건 전직 대통령에 대한 모함입니다."

"…"

"법적 대응을 하겠습니다."

대통령이 박관용을 바라보았다.

"실장이 말씀드려."

"예, 각하."

박관용이 노태우에게로 몸을 돌렸다.

"이미 조금 전에 전 경호실장 이현우 씨가 각하의 비자금 관계에 대해서 대부분 시인을 했습니다."

"이현우가?"

눈썹을 치켜세운 노태우가 머리를 저었다.

"모함이오. 그자가 그럴 리가 없습니다."

"재벌 총수 몇 명에게 확인해 보았는데 그들도 각하께 드린 비자금을 모두 털어놓았습니다."

한동안 탁자 위의 물잔을 바라보던 노태우가 머리를 들고 대통령을 바라보았다. 그러나 선뜻 입을 떼지 않았으므로 방안에는 무거운 정적이 흘렀다.

월요일 아침 10시, 전 국민은 텔레비전 앞에 빠짐없이 모여들었다. 노태우 전 대통령의 특별성명을 들으려는 것이다. 그리고 국민들의 호기심을 자극한 것이 또 있었다. 그것은 발표장소가 청와대라는 것이었다. 국회도 개회를 늦췄으므로 의원들도 모두 텔레비전 앞에 모여 앉아 있었다.

이윽고 10시 정각이 되자 청와대의 기자회견장에 노태우 전 대통령이 모습을 드러내었다. 카메라의 플래시가 쉴 새 없이 번쩍이는 속을 그는 조금 긴장한 표정으로 연단 앞에 섰다. 그리고 그 다음 순간이다. 김영삼 대통령이 회견장에 들어서더니 노태우의 옆쪽에 섰다. 카메라의 플래시가 다시 터졌다. 전현직 두 대통령이 서 있는 장면은 흔치 않다. 노태우가 마이크에 입을 가져다 댔다. 시선을 내리깐 굳은 표정이었다.

"친애하는 국민 여러분."

그가 가라앉은 목소리로 말을 이었다.

"저는 우선 전 대통령으로서의 제 명예를 지켜주신 김영삼 대통령께 감사의 말씀을 올립니다."

그는 머리를 들고 이쪽을 똑바로 바라보았다.

"저는 대통령으로 재직 시에 비자금을 모았습니다. 임기를 끝낸 후에 국가를 위해 일을 하겠다는 의도였습니다만, 이것은 개인적인 축재나 다름이 없습니다."

옆에 서 있는 대통령의 표정은 한결같이 엄숙했다. 카메라가 그의 얼굴에서 노태우에게로 옮겨졌다.

"강압에 의한 자금 조성이었습니다. 저에게 남은 비자금 총액은 2600억 원 정도이며 저는 그것을 오늘자로 모두 국고에 반납합니다. 그리고 검찰에 자진 출두하여 조사를 받겠습니다."

그가 결연한 표정을 지었다.

"저는 저에게 비자금을 강탈당한 기업가 여러분에게 절대로 피해가 가서는 안 된다고 생각합니다. 제가 모든 책임을 지겠습니다. 정경유착의 시발은 저로부터 시작되었던 것입니다."

말을 마친 노태우가 대통령과 회견장을 나가자 국민들은 그제야 길게 숨을 뱉었다.

의원회관의 휴게실 안이다. 입맛을 다신 이부영이 쓴웃음을 지었다.

"선수를 쳤군."

옆에 앉은 동료 의원들은 아직 충격이 가시지 않은 표정들이었다. 누군가가 불쑥 말했다.

"노태우한테는 제2의 6·29선언이다."

그러자 서너 명이 웃었지만 아직 긴장되어 있다. 대통령이 나서 주고 있는 것이다.

이부영의 시선이 끝 쪽의 의원에게로 옮겨졌다. 초선 의원 박계동이다. 오늘 대정부 질문 때 비자금의 증거를 제시하기로 되어 있던 장본인이었다. 시선이 마주치자 박계동이 머리를 돌렸다. 이부영이 보기에는 조금 풀이 죽은 것 같았다.

"보기 좋더군. YS가 노태우 씨 옆에 서 있는 모습이."

김종필이 말을 이었다.

"같이 책임이 있다는 것을 표현한 것이야. 나 같은 사람도 감동을 받았으니 국민들이야 오죽했겠어?"、

"발표를 하기 전에 YS하고 둘이서 만났다고 합니다."

박철언이 말하자 김종필이 머리를 끄덕였다.

"당연하지. 노태우 씨가 제 발로 나설 사람이 아니지. 하지만 YS가 사지에서 빼준 거야."

"…."

"각하가 룸살롱이나 요정에 갔다 하면 일이 벌어졌어."

김종필이 웃음 띤 얼굴로 박철언을 바라보았다.

"아마 안기부나 눈치 빠른 사람들은 벌써 그것을 파악하고 있을걸?"

박철언은 요즘 자주 김종필의 장충동 저택을 찾는 편이었다. 그도 얼굴에 웃음을 띠었다.

"박 총리가 경제장관들하고 성원에 들렀는데 팁을 7만 원씩만 주었다는군요."

"나도 들었어."

김종필이 이제는 이를 드러내고 웃었다.

"7만 원 이상 팁 주는 사람은 세무조사를 시키겠다고 했다지? 물가 올린다고."

박태준이 경제총리가 된 것이다. 내각은 행정총리 이회창과 경제총리 박태준의 두 부분으로 나뉘어졌는데, 선임총리는 이회창이다. YS가 박태준에게 국가경제에 대한 지휘권을 맡긴 것이다.

박철언이 정색을 했다.

"대표님, 이제 YS는 거칠 것이 없습니다. 민주계 내부까지 뒤흔들었던 김현철이를 구속시키고 그 인맥을 모조리 정리한 데다 그 여세를 몰아서 대선자금에다 축하금까지 공개를 해버린 상황입니다."

그리고 국민들은 그것을 이해했을 뿐만 아니라 오히려 대통령에 대한 신뢰도가 더 높아졌다. 지금은 정태수의 수서사건으로 구민정계가 줄줄이 검찰에 소환된 데다가 노태우 전 대통령은 비자금을 내놓고 근신 중인 상황이다.

"기막힌 타이밍의 전술입니다. 아무도 상상하지 못했던 일을 YS는 단칼에 해치웠습니다."

박철언이 김종필을 바라보았다.

"대표님, YS의 의중에는 무엇이 들어 있다고 보십니까?"

"글쎄."

이제 김종필도 정색을 했다.

"난 거기까진 생각 안 했어. 그저 요즘 일어난 일련의 사건들을 보고는 놀랄 뿐이야."

"…"

"더구나 당의 일은 나하고 김 총장한테 맡기고는 별로 간섭도 안 해. 전과는 전혀 다른 사람이 되어 있단 말이야."

전화벨이 울렸으므로 말을 멈춘 김종필이 수화기를 들었다. 그러고
는 몇 번 대답을 하더니 두툼한 눈두덩을 한껏 들어 올리고는 박철언을
바라보았다. 놀란 듯한 표정이다. 그는 천천히 수화기를 내려놓았다.

"오늘 저녁에 대통령이 한잔 하자는 거야."

"…"

"그, 성원이라는 요정에서 말이야."

대통령이 요정이나 룸살롱에 갔다 온 다음에는 꼭 무슨 일이 벌어졌
다고 그가 조금 전에 말을 한 터였다. 그들은 잠시 서로의 얼굴만 바라
보았다.

수화기를 내려놓은 이연미는 벽시계를 올려다보았다. 오후 4시 반이
다. 미장원에 들렀다가 가려면 시간이 빠듯했다.

이연미가 다가와 서자 오삼수는 머리를 들었다. 무슨 일이냐는 얼굴
이었다.

"저, 시골에서 어머니가 올라오셔서요."

"가봐야겠단 말인가?"

40대 초반이지만 머리가 벗겨진 그는 광고회사 '에이민'의 기획실장
이다. 그가 잠자코 서 있는 이연미를 바라보며 웃었다.

"요즘 얼마나 바쁜지 알고 있잖아? 중요한 일 아니면 퇴근 후에 어
머니 뵙지."

"중요해요."

'대단히'는 뺐다. 그러자 오삼수가 커다랗게 헛기침을 했다. 그는 사
장인 민영규의 처남이다.

"알았어, 가봐."

가방을 챙겨들고 나오는 자신의 등에 기획실의 20여 개의 시선이 꽂혀 있다는 것을 이연미는 느끼고 있었다. 소문이 퍼져 있다는 것도 안다. 아침에 출근했을 때 술 냄새가 난 적도 있을 것이고, 낮에 외출했다 돌아올 적에 회장님의 벤츠를 타고 회사 앞에 내렸다가 직원들에게 들킨 적도 있었다.

　회사 뒤쪽의 주차장으로 들어섰던 이연미는 주춤 걸음을 멈췄다. 박기창이다. 그녀의 승용차 뒤쪽 벽에 기대서 있는 사내는 경마장의 보스 박기창인 것이다. 그가 흰 이를 드러내고 웃었다.

　"언제 나올지 종잡을 수가 없어서 오늘은 일찍 나왔더니."

　어깨를 편 그가 그녀 앞에 다가와 섰다.

　"이 박기창의 손아귀에서 빠져나갈 수 있다고 생각했단 말이지?"

　그는 30대 중반으로 체격도 좋았고 미남이다. 경마장을 무대로 하는 폭력배의 보스로 두 달 전까지 이연미의 애인이었다. 지금 눈앞에 있는 자주색 중형 승용차도 그가 사준 것이다.

　"저, 지금 바빠요."

　이연미가 시계를 내려다보는 시늉을 했을 때 박기창이 머리를 끄덕였다. 그러고는 손을 휘둘러 이연미의 뺨을 쳤다.

　"개 같은 년, 이 박기창이를 바람 맞춰?"

　그는 손을 뻗쳐 이연미의 멱살을 움켜쥐었다. 여전히 웃는 얼굴이다.

　"오늘 너는 죽었다."

　그 순간이다. 박기창의 뒤쪽에서 사람 모습이 보이는 것 같더니 멱살을 잡은 손이 풀어졌다. 다음 순간 박기창의 몸이 옆쪽으로 비틀리면서 털썩 무릎이 꿇려졌다. 박기창을 제치고 나타난 사내는 낯이 익었다.

"우리 차를 타고 가시지요."

사내가 낮고 부드러운 목소리로 말했다. 그러고는 막 일어서려는 박기창의 턱을 구둣발로 차올렸다.

"이분도 모시고 가자."

뒤쪽의 직원들에게 말한 그는 경호실의 이덕수 과장이다.

성원의 안방에 모인 사람은 다섯이었다. 아래쪽의 상석에는 대통령이 앉았고 좌측에는 이회창과 박태준 두 총리, 우측에는 김종필 당대표와 김덕룡 총장 순이었다.

한국을 통치하는 실세들이 다 모인 셈이었으니 성원의 안수남 사장으로서는 이런 영광이 없다. 내일 당장에 가게 문을 닫더라도 여한이 없다고까지 생각했다.

대통령은 단합하는 자리를 마련했다면서 시종 밝은 얼굴이었다. 처음에는 서먹했고 회사원들처럼 무슨 단합대회인가 싶어 속으로 찜찜해 하던 거물들이었는데 술이 두어 잔씩 돌려지자 모두 기분이 괜찮아졌다.

방안의 조금 무거운 분위기를 깬 것이 박태준이다.

"각하, 거 파트너가 미인입니다."

그가 대통령 옆의 이연미를 바라보며 말을 이었다.

"저는 항상 남의 떡이 커 보인단 말씀입니다."

그러자 김덕룡은 퍼뜩 긴장을 했고 김종필은 빙그레 웃었다. 이회창의 표정은 그대로이다.

그 순간 대통령이 소리 내어 웃었다.

"박 총리는 항상 내 손에 든 것을 노린단 말씀이야. 이번에도 안 돼요.”

“임기 끝나시면 물려 주실랍니까?”

“에이, 여기 다른 사람들도 많은데, 얘가 고르도록 해야지.”

나머지 세 사람은 그들의 말 한마디마다 웃었지만 웃음이 끝나면 얼굴의 근육이 굳어졌다. 언중유골이라, 말에 뼈가 있는 것이다.

대통령의 표정이 밝았다. 그는 박태준의 빈 잔에 손수 술을 채워 주었다.

“거, 옆의 파트너는 어떡하려고 그러시는 거요?”

김종필이 끼어들었다.

“그러다가 두 명 다 놓치실라고.”

“박 총리는 팁을 7만원으로 동결시킨 바람에 이미 다 놓쳤습니다.”

이번에는 김덕룡이 나서자 굳은 표정의 이회창이 얼굴 전체를 펴고 웃었다. 대통령이 술잔을 들었다.

“난 내일 검찰에 자진해서 출두할 생각이오.”

갑자기 방안은 물벼락을 맞은 듯이 조용해졌다. 김현철 사건과 대선 자금 문제는 같이 몰려 있다고 해도 과언이 아니다. 그리고 대통령은 대선자금 공개를 했지만 사건의 주역이다. 대통령의 목소리가 방을 울렸다.

“검찰의 조사에 협조해 주는 것이 사건을 확실하게 매듭지을 수 있을 것 같소.”

“각하.”

김덕룡이 나섰다.

“그러실 필요까지는 없습니다. 검찰은 이미 조사를 모두 끝냈다고 들었습니다.”

"내가 확인해 주면 명백해질 거요."

"각하."

이회창이 대통령을 바라보았다.

"현직 대통령은 재임기간 중에는 내란이나 그에 상응하는 범죄행위 외에는 형사 소추를 당하지 않도록 되어 있습니다. 각하께선 검찰에 출두하지 않으셔도…"

"그건 알고 있습니다."

술잔을 든 대통령의 시선이 박태준과 마주쳤다.

"총리는 어떻게 생각하시오?"

"놀랄 뿐입니다, 각하."

술잔을 내려놓은 박태준이 정색을 했다.

"그렇게까지 생각하고 계셨다니."

대통령이 얼굴에 웃음을 띠었다.

"검찰의 위상이 확실하게 서겠지요. 그렇게 되면 정치권의 부정은 반 이상 없어지게 될 겁니다."

잠자코 있던 김종필이 술잔을 들었다.

"그리고 각하께선 노태우 씨를 다시 한 번 도와주시는군요. 각하께서 먼저 가시면 그 양반은 부담 없이 따라나서게 되겠지요."

박태준이 한 모금에 양주잔을 비우고 내려놓았다.

"그러시다면 저도 내일 검찰에 수행하겠습니다. 조사 끝날 때까지 대기실에서 기다리지요."

"총리가 그런다면 장관들도 모두 대기실에 모일 거요."

김종필이 머리를 저었다.

"그러지 마시오, 박 총리."

"자, 밴드."

대통령이 이연미의 옆구리를 손끝으로 찔렀다.

"내가 먼저 불러야겠다. 그때, 점수가 제일 많이 나온 것이 뭐였더라?"

다음날 오후 3시 정각에 대통령의 승용차는 대검찰청의 현관 앞에 멈췄다. 기다리고 있던 수백 명의 내외신 기자들이 카메라의 플래시를 터뜨렸고, 국민들은 모두 텔레비전을 지켜보았다.

차에서 내린 대통령은 부드러운 표정으로 주위를 둘러보더니 곧장 현관 안으로 들어섰다. 현관 안쪽에는 사진촬영을 위한 선이 그어져 있다. 그곳에 멈춘 대통령은 5초쯤 서 있더니 수사관의 안내를 받아 곧장 엘리베이터로 다가갔다.

비서관 한 명만이 수행하고 있었으므로 그것을 지켜본 대부분의 국민들은 불안해졌다. 그래서 여섯 시간 만인 밤 9시경에 대통령이 다시 모습을 드러내자 국민들은 안도의 숨을 내쉬었다.

그날 밤, 술집들은 때 아닌 호황을 이루었다. 특히 9시 이후에는 최고의 매상 기록을 세운 곳도 많았다.

과천의 단독주택으로 대통령이 옮겨간 날은 5월 15일이었다. 청와대 직원들은 과천 종합청사 건물 하나를 빌려 업무를 보게 되었고 청와대는 서울시에 넘겨졌다. 그야말로 기습적인 이전이어서 언론에서는 일대 소동이 일어났다. 전혀 낌새를 알아차리지 못한 YS 특유의 깜짝쇼였던 것이다. 그러나 정치색이 옅어서 반응은 호의적이다.

이제까지 청와대는 권부의 상징으로 인식되어 온 것이 사실이었다.

101

앞길을 개방하고 주변의 안가 등을 헐어 국민들에게 다가서려는 시도를 했으나 풍기는 위압감과 분위기는 전보다 나아진 것이 없었다.

이번에 과천으로 이전하면서 청와대는 대폭적인 감원을 했다. 반수 이상의 인원을 정리했고 예산도 스스로 반 정도로 깎아내렸다. 신선한 충격이었다. 청와대 대변인은 이전 성명으로 새 시대에 맞는 대통령 집무실의 설치라고 짤막하게 발표했을 뿐이다.

TV와 신문에 일제히 보도된 대통령의 새 관저는 벽돌담으로 둘러싸인 2층 양옥이었다. 청와대는 두 달 만의 공사라고 발표했으니 한국의 고속 공사 기술이 다시 한 번 여지없이 발휘된 작품이다. 대지가 300평쯤 되었고 건평이 지하실까지 포함하여 200평으로, 과천의 대통령 관저라고 불리게 되었다.

좌측에는 일용제약의 권오영 상무가 사는 비슷한 규모의 양옥이 있었고, 우측 집에는 강남 룸살롱 사장인 이대석 씨가 살고 있었다. 공사 업체인 현대건설은 공사 중에 철저히 함구하고 있었기 때문에 권오영과 이대석은 대통령이 이사 온 날 벼락을 맞은 듯이 놀랐던 것이다. 다음날 아침, 언론사 기자들이 몰려들자 권오영 상무는 피의자처럼 인터뷰에 응했으며, 이대석 사장은 통장을 쓸어 담아 줄행랑을 쳐버렸다.

텔레비전은 하루 종일 대통령 관저를 비추었고 과천의 동네 사람들도 슬금슬금 몰려들었다.

"한겨레에서도 깜짝쇼가 재발했다고 했군."

동아일보의 편집국 안이다. 이동만이 웃음 띤 얼굴로 오영준을 바라보았다. 동아일보도 그와 유사한 사설을 실었던 것이다. 그러나 호의적이다.

"서울시에서 청와대를 어떻게 처분할지 궁금하군 그래. 공매 처분한다는 말도 있고."

"대기업이 기를 쓰고 달려들 거요. 요지 아닙니까? 아파트를 지어도 수십 동은 짓습니다."

오영준이 담배를 빼어 입에 물었다.

"어쨌든 청와대 부근의 수십만 평 부지에 개발 붐이 일어날 거요. 서울 중심부에 거대한 상권이 조성될 것이고."

"차기를 노리는 자들은 입맛이 쓰겠어. 200평짜리 관저로 들어가게 되었으니."

이제는 이동만이 이를 드러내고 웃었다.

"잠실롯데로 갑시다."

뒷좌석에 털썩 앉은 사내는 40대 중반쯤 되어보였다. 정장차림으로 분위기를 보면 사업 쪽이지 월급쟁이는 아니다.

밤 9시가 조금 지난 시간이었다. 사당동 거리를 겨우 지났을 때 순환도로가 또 막히자 손님이 투덜거렸다. 상소리를 하는 걸 보면 정상적인 사업은 아니다. 택시기사 생활 15년이었으니 백미러로 한 번 쓰윽 보고 나면 대충 직업을 맞추는데, 특히 여자는 영락없다.

박대구는 라디오를 켰다. 차가 가다가 서다가 했으므로 은근히 짜증이 나고 있었다.

"까고 있네."

문득 뒷자리의 사내가 뱉은 말에 박대구가 백미러를 보았다. 사내는 시선을 맞추지 않았는데 라디오에 대고 욕을 한 것이다.

"쇼하고 있어, 그냥 자빠져나 있지."

방송에서도 대통령의 과천 관사에 대해 말하고 있는 중이었다. 동네 주민들에게 대통령이 인사를 했다는 내용이다.

"멀쩡한 청와대 놔두고 뭐하는 짓이야, 병신같이."

"앗따, 손님. 거 입 험하시구만잉?"

박대구가 그를 돌아보았다. 마침 차는 서 있었다.

"뭐, 안 좋은 일 계쇼?"

"안 좋은 일이라니?"

사내가 눈을 치켜떴다.

"당신이 무슨 상관이야?"

마침내 박대구의 부아가 폭발했다. 그는 뒤쪽으로 와락 머리를 내밀었다.

"야, 이 새끼, 너 간첩이지?"

사내가 뻥한 얼굴이 되었고 마침 좌회전 신호가 켜졌다. 박대구는 와락 핸들을 꺾어 좌회전을 했다.

"오늘 간첩 잡았다."

이쪽 길은 잘 뚫렸다. 그가 차에 속력을 내자 사내가 손잡이를 움켜쥐었다.

"야, 이 새끼야, 니가 먼디 대통령 욕을 허냐? 이 씨발놈아, 청와대 옮긴 것이 어때서? 뭐가 잘못이여?"

액셀을 불끈불끈 밟으면서 박대구가 악을 썼다. 차가 출렁거렸으나 잘 나갔다.

"나하고 파출소로 가자."

"어, 여보쇼."

사내는 이미 기가 꺾였다. 손잡이를 단단히 움켜쥔 채 굳어져 있다.

"여보쇼, 내가 어쨌다고."

"뭐? 대통령이 쇼 한다고? 깐다고?"

"아니, 그게."

"시끄러 이 새끼야! 대통령 욕하는 놈은 간첩이여!"

그가 악을 쓰는 바람에 택시는 하마터면 앞차를 들이받을 뻔하다가 비켜나갔다. 사내는 이제 말도 못 했다. 이윽고 파출소 앞에 택시가 멈춰 섰고 박대구는 사내를 끌어내었다.

30분쯤 후에 박대구와 사내는 파출소를 나왔다. 박대구는 택시를 몰고 그냥 떠났고, 사내는 택시를 기다리며 서 있었다.

"나, 면회 다녀왔어요."

손명순 여사는 옷을 받아 거느라고 뒤쪽에 있었으므로 표정이 보이지 않았다.

"애는 건강합디다, 밥도 잘 먹고."

오후에 서울구치소에 수감된 김현철을 만나고 온 것이다. 저녁 8시 반이었다. 오늘은 별다른 행사가 없어 일찍 귀가한 편이다. 옷을 갈아입은 대통령이 응접실에 들어가 앉았을 때 손 여사가 녹차 잔을 들고 왔다.

"나더러 걱정 말고 아버지나 보살펴 드리라고 합디다."

찻잔을 내려놓은 그녀가 앞자리에 앉았지만 시선을 마주치지는 않았다. 대통령이 찻잔을 들었다.

"그놈이 약하지는 않아, 마음먹으면 견딜 수 있을 게야."

"얼마나 살게 되겠수?"

손 여사가 시선을 들었다. 지친 표정이다. 오늘도 그녀는 경호원 한

명을 대동한 채 서울구치소까지 택시를 탔다. 사생활에 관한 일이니 리무진을 타지 않겠다면서 택시로 다니는 것이다. 덕분에 손 여사는 매스컴의 집중 추적을 받았고 지금도 시간마다 택시에서 내린 초췌한 모습의 그녀가 방영되고 있다.

대통령이 잠자코 있었으므로 그녀도 더 이상 묻지 않았다. 희미하게 차량의 소음이 들려왔다. 옆집의 룸살롱 사장이 출근하는 모양이었다. 며칠간 행방을 감췄다가 돌아온 그는 이제 평시와 다름없이 지낸다. 손 여사가 문득 길게 숨을 뱉었다.

"택시를 타고 돌아오는데 사람들이 박수를 칩디다. 눈물이 나와서 혼났수."

택시 뒤를 중계차들이 따르고 있었던 것이다. 시민들은 그저 충동적으로 박수를 쳤겠지만 손 여사의 입장은 다르다. 자식을 잡아넣은 대가로 받는 박수로 들렸으니 애간장이 탔을 것이다.

찻잔을 쥔 대통령이 시선을 내렸다.

"임자, 미안해. 몇 년만 참아."

"몇 년이라니요?"

놀란 손 여사가 눈을 치켜뜨자 대통령이 입맛을 다셨다.

"내 임기 끝날 때까지 말이야."

"그럼, 그 앤 그때까지 감옥에 있어야 한단 말이에요?"

"그건 재판을 받아봐야 알지."

대통령이 정색을 했다.

"그리고 이젠 구치소 다니는 것 그만둬."

그러자 손 여사가 머리를 저었다.

"영부인 체면을 생각하라는 얘긴데 난 그렇게 못하겠소. 언제는 평

106

범한 주부가 되어야 한다고 하더니만."

일부 언론이 쇼를 한다고 했다가 여론의 항의를 받고 뚝 그쳤다. 관저에는 국민들의 위문편지가 하루에도 수백 통씩 쏟아지고 있다. 택시를 탄 영부인이 구치소의 아들을 면회 가는 장면은 특히 여자들의 심금을 울렸던 것이다.

"난 영부인이고 뭐고 다 싫소. 어서 이놈의 곳을 떠나고만 싶단 말이에요."

다음날 오전, 대통령은 집무실을 나와 옆방인 소회의실로 들어섰다. 방안에는 세 명의 장성이 그를 기다리고 서 있었는데 일제히 부동자세를 했다. 그들은 잔뜩 긴장하고 있었다.

앞에 선 장군은 합참의장 이한성 대장이다. 인사를 나눈 다음 그들은 원탁에 둘러앉았다. 이한성과 동행한 장군들은 두 명 다 중장이었다.

대통령이 입을 열었다.

"내가 지난번 러시아에 다녀왔는데."

그가 문득 쓴웃음을 지었다.

"이제 4강은 다 다녀온 셈이오."

지난해 11월에 미국, 금년 3월에 일본, 중국을 방문했던 대통령은 6월 초에 러시아를 다녀왔다. 한반도에 영향을 끼치는 주변 4개국을 모두 방문한 셈이다.

러시아 방문은 북한 핵에 초점이 맞춰졌지만 경제협력의 분위기도 높였다는 평을 받았다. 옐친은 대북 무기 금수를 약속했고 북핵 제재에 공감을 표시했던 것이다.

대통령이 말을 이었다.

"거, 사업도 그렇지만 국가 간의 외교도 주는 것이 있어야 받는 법이오. 러시아는 차관 상환을 연기해 달라고 합디다."

옆에 앉은 박관용이 부스럭대었다.

그는 긴장하면 그런다. 대통령이 이한성을 바라보았다.

"러시아는 우리의 약점을 알지요. 북한과 미국이 우리를 무시하고 핵 협상을 계속하는 바람에 우리가 느끼는 고립감도 알고 있습니다."

장군들은 숨소리도 죽이고는 그를 바라보았다. 그들은 대통령이 부른 이유를 아직 모른다.

대통령이 이한성을 바라보았다.

"그, 패트리트 미사일 말인데요."

이한성이 작대기처럼 상체를 세웠다.

"예, 각하."

앞으로 전군에 패트리어트를 패트리트로 개명 지시할 것 같은 자세다.

"미국이 우리더러 그걸 사가라고 하는 모양인데, 그렇지요?"

"예, 각하."

그러자 옆에 앉은 중장이 바짝 긴장했다. 국방부의 전력기획관 김용호 중장이다.

"그건 걸프전 때 명중률이 낮았다던데."

"예, 각하. 하지만 많이 보완했다고 합니다."

김용호가 말을 받았다. 미국은 패트리어트를 한국에 팔려고 로비를 집중하고 있었다. 로비라기보다 압력이다.

대통령이 머리를 끄덕였다.

"이번 러시아에 갔을 때 옐친한테서 러시아 미사일 이야기를 들었어요."

"…."

"값도 배나 싼 데다가 성능도 우수하다고 옐친이 장담을 합디다."

대통령이 어깨를 폈다.

"더구나 차관 상환용으로 대체해 주면서 기술도 이전해 준다는 거요. 그래서 나는 러시아 미사일을 받아들이고 우리도 미사일을 만들기로 했습니다."

이제야 상황을 알아차린 장군들이 몸을 굳혔다. 대통령의 결단이다. 이한성이 입을 열었다.

"알겠습니다, 각하."

"비밀리에 러시아로 구매단을 보내시오. 그리고 기무사령관과 상의해서 보안을 철저히 하도록 하시오."

이제까지 잠자코 앉아만 있는 또 하나의 장성이 기무사령관이다. 대통령이 말을 이었다.

"합참의장 주관으로 미사일의 생산조직을 만드시오. 공장은 어제 현대 정 회장이 짓는다고 했소. 예산은 충분하게 할당해 드릴 테니까, 아시겠습니까?"

"예, 각하."

장군들이 거의 동시에 대답했다. 그러나 엄청난 일이다. 만일 노출된다면 미국과의 관계가 악화되는 것은 물론 북한을 크게 자극할 것이다.

"말도 안 되는 수작을 하고 있어. 우리한테는 미사일을 만들지도 못하게 하면서 맞지도 않고 비싸기만 한 저희들 것이나 사라고 하니."

그가 장군들을 노려보았다.

"군사정권이 도대체 어떻게 약점을 잡혔길래 미국하고 그런 협정을 맺었는지 도무지 이해가 안 갑니다."

알고도 모른 척하는 것이다. 대통령이 턱을 들었다.

"러시아의 도움을 받는다면 우리 과학자들은 아마 금방 만들어낼 거요. 내 장담하리다."

"떼쓰는 것이라면 날 따라올 사람이 없다."

복도를 앞장서 걸으면서 대통령이 말했다. 박관용은 간이 졸아들었다. 목소리가 너무 큰 것이다.

"북한이 쓰는 떼하고는 유가 다를 테니 어디 두고 봐."

신민당 시절부터 3당 합당 이후까지 그는 숱한 역경을 뚫고 나온 사람이다. 혹자는 정치 9단이며 비상한 정치 감각의 소유자라고 말한다. 그러나 그는 뚝심이 있는 사람이다. 목숨을 던져 단식을 했고 정치 생명을 걸어 승부수를 둔다.

박관용은 서둘러 그의 옆에 따라붙었다. 대통령은 이제 미국과 북한을 향해 모험을 하려고 한다. 집권 1년 반이 되었으니 국제 정세는 대충 익혔겠지만 상대는 미국과 북한이다. 그는 야단났다는 생각이 들었다.

"각하, 그럼 안보회의에서 이 건을 말씀하시는 것이"

집무실로 따라 들어선 박관용이 말하자 대통령이 머리를 끄덕였다.

"물론이지, 위원들이 알고는 있어야 할 테니까. 하지만 추진 과정은 나하고 국방장관, 합참의장의 직통 라인으로 한정한다. 많이 알수록 좋지 않아."

소파에 앉은 그가 생각난 듯 박관용을 바라보았다.

"박 의원을 불러."

"예, 각하."

박철언이다. 그는 북한과의 밀사 역할을 하고 있는 것이다.

4장
3인의 대통령

서건철 상무는 50대 초반쯤의 나이에 건장한 체격이었다. 양복을 단정하게 입었고 머리 손질도 잘되어 있었다. 그가 조그맣게 헛기침을 했다.

"저, 우선 이것을…."

탁자 위에 노란색의 봉투를 올려놓은 그가 얼른 시선을 내렸다.

"이게 뭔데요?"

이연미가 묻자 그는 한 손으로 뒤통수를 쓸었다.

"저희 회장님께서 드리는 겁니다."

"…."

"봉투 안에 아파트 등기서류가 들어 있습니다. 서초동에 새로 지은 현대빌라 아시죠? 60평짜리인데 B동 702호입니다."

"…."

"그리고 20억짜리 자기앞 수표가 한 장 들어 있습니다."

그는 주머니에서 자동차 열쇠 하나를 꺼내더니 탁자 위에 올려놓았다.

"이번에 나온 뉴그랜저 3000cc짜리 한 대를 뽑아왔습니다. 흰색으로 했는데 마음에 드시는지요?"

"…"

"다른 색을 원하시면 금방 바꿔드리겠습니다."

"저는 도무지…"

얼굴을 굳힌 이연미가 멍한 시선으로 서건철을 바라보았다. 그는 현대건설의 상무로 정 회장의 심부름을 왔다는 것이다.

"회장님이 왜 저에게…"

"갖다 드리면 아신다고 하셨는데요."

서건철의 태도는 시종일관 정중했다. 딸 같은 이연미인데도 시선을 마주치려고도 하지 않는다.

이연미는 아랫입술을 물었다. 기억이 나긴 했다. 며칠 전 정주영 회장과의 술좌석이 끝날 때쯤 해서 대통령은 자신의 허리를 안으면서 말했던 것이다.

"정 회장, 얘가 내 파트너가 된 후로 손님을 못 받아 고생이오. 얘한테 팁이나 두둑이 주시오."

그때 정 회장은 씩 웃기만 했다. 그리고 그날 밤 팁은 대통령이 냈다. 정 회장의 파트너까지 두 사람 몫으로 봉투 두 개를 주었는데 봉투 안에는 7만 원씩 들어 있었다. 그러고는 그날 밤의 일을 잊었던 것이다.

서건철이 자리에서 일어서더니 허리를 90도로 꺾었다.

"그럼, 저는 이만 가보겠습니다."

당황한 이연미가 따라 일어나 절을 하자 그는 다시 절을 했다. 그러고는 몸을 돌렸다.

한동안 그렇게 서 있던 이연미는 어깨를 늘어뜨리면서 자리에 앉았다. 아직 정신이 얼떨떨했고 실감이 나지 않았다. 그 순간 문득 성원의 오 마담 얼굴이 떠올랐다. 40대 후반의 닳고 닳은 그녀가 지나가는 말로 말했었다.

"너는 이년아, 팔자가 편 거여. 그런 줄 알고 몸 잘 간수혀."

그런데 이런 식으로 뭔가가 쏟아질지는 미처 상상도 못 했었다. 커피숍 밖은 화창한 7월 초의 날씨였다.

1994년 7월10일, 북한은 김일성 주석이 사망했다는 공식 보도를 했다. 일순간에 한반도 전역을 긴장시킨 뉴스였다.

오후 5시, 직접 안보회의를 주관했던 대통령은 종합청사 안의 집무실로 돌아왔다. 세계의 이목이 한반도에 집중되어 있는 상황이다. 방문이 열리더니 비서실장 박관용과 박철언이 들어섰다. 두 사람 모두 표정이 굳어 있다. 그들이 앞쪽에 앉자 대통령이 입을 열었다.

"그 사람들, 정말로 사람을 놀라게 하는구먼. 내 깜짝쇼는 발끝에도 미치지 못하겠어."

박철언이 머리를 들었다. 여전히 굳어진 표정이다.

"각하, 제가 가봐야 될 것 같습니다만."

그동안 그는 대통령의 비밀특사로 두 번이나 북한에 다녀왔었다. 정상회담이 추진되고 있었던 것이다.

"이럴 때일수록 북한과의 접촉을 유지하는 것이 중요하다고 생각합니다."

"안보위원회에서도 그런 결론이 났소."

박철언이 상체를 세웠다.

"김정일을 만나겠습니다, 각하."

정부 내에서 박철언의 대북협상을 알고 있는 사람은 두 명의 총리를 포함한 안보위원인 각료들과 안기부장과 기무사 고위급 등 열 명 안팎이다. 그러나 내용은 정확히 모르고들 있다.

대통령이 녹차 잔을 들었다.

"극비로 움직여야 할 거요. 그리고 조심해야 되고."

"예, 각하."

"김일성이 죽었다고 남북협상을 중지시킬 수는 없지. 우리 측의 변함없는 자세를 보이는 것도 중요하고."

박철언을 문밖까지 배웅하고 돌아온 박관용이 다시 자리에 앉았다.

"각하, 민주당 일부에서 김일성 조문사절을 보내자는 의견이 나오고 있습니다만."

"그건 생각해볼 문제야."

대통령이 이맛살을 찌푸렸다.

"주사파 학생들도 그러는 모양이니 말이야."

관저에서 집무실까지는 승용차로 10분 거리에 있다. 집무실에 출근한 대통령에게 비서실장 박관용이 다가와 섰다.

"각하, 이회창 총리가 면담을 신청해 왔습니다만."

대통령이 시선을 들었다. 이 총리로부터 매주 화요일에 정무보고를 받고 있었던 것이다.

"무슨 일로 만나자는 거야?"

"제가 여쭤봤습니다만 뵙고 말씀드릴 일이라고 하는데요."

"무슨 문제가 있나?"

신중한 박관용은 대답하지 않았다.

이회창이 집무실에 들어선 것은 그로부터 두 시간쯤 후인 11시 정각이다. 정중하게 인사를 한 이회창이 자리에 앉았다. 언제나처럼 단정한 모습이었다.

따라 들어온 박관용이 옆에 앉아 노트를 펼쳤다. 이회창은 독대를 원하는 눈치였으나 박관용은 시치미를 떼었다. 날씨 이야기가 오간 후에 곧 이회창이 정색을 했다.

"각하, 말씀드릴 것이 있습니다."

이회창이 대통령을 똑바로 바라보았다.

"남북관계에 대해서 정부의 책임자인 제가 모르는 일이 있어서는 안 된다고 생각합니다만."

"…."

"박철언 의원의 대북관계 사업에 대해서 말씀드릴 것이 있습니다."

몸을 굳힌 박관용이 곁눈으로 대통령을 바라보았다. 대통령이 잠자코 머리를 끄덕이자 이회창이 말을 이었다.

"각하, 국가의 최고협의체인 안보회의도 모르는 대북관계 사업은 위험하다고 생각합니다. 따라서 박 의원의 사업을 안보회의에 알려 주시기를 바랍니다."

"옳은 말씀이오."

대통령이 부드럽게 말했다.

"하지만 아직 사업이라고 할 것까지도 없습니다."

의자에 등을 기댄 대통령이 얼굴에 웃음을 띠었다.

"김일성의 사망으로 아직 뚜렷한 성과는 없습니다. 하지만 지속적인 대화가 필요하다고 생각되어서…."

"잘 알겠습니다, 각하. 그렇다면"

"곧 박 의원을 총리께 보내어서 이제까지의 진전 사항을 보고토록 하지요."

"감사합니다, 각하."

이회창이 다시 머리를 들었다.

"각하, 군 수뇌부에 러시아 무기 구입을 지시하셨다고 들었습니다만."

"그래요."

이번에는 대통령의 안색이 조금 굳어졌다. 그가 이회창의 시선을 받았다.

"차관 상환용으로 대체하도록 S-300을 구입할 생각입니다. 게다가 싸고 성능도 좋다는 거요."

"…."

"그리고 기술 이전도 합의를 했습니다. 이제 우리도 곧 미사일을 생산할 겁니다."

"각하, 이것은 대단히 심각한 문제라고 생각합니다."

이회창이 정색을 했다.

"한미 공조체제를 일시에 무너뜨릴 수 있는 사안입니다. 그래서 저는 각하께서 이 문제도 안보위원회에 상정시켜 충분한 토의와 대책을 세운 후에 결행하시는 것이 낫다고 생각합니다만."

"옳으신 말씀."

숨을 죽였던 박관용이 커다랗게 머리를 끄덕이는 대통령을 바라보았다.

대통령이 말을 이었다.

"허나 이미 북한과 미국 양국은 경수로 문제로 한국인의 자존심을 짓밟고 있는 상황이오. 나는 이대로 당하고만 있지는 않을 겁니다."

"각하, 그러시다면."

"북한과는 끊임없이 접촉하면서 쌀도 원조해 줄 것이오. 러시아와 중국하고도. 하지만 그들 뜻대로 호락호락 넘어가지는 않을 겁니다."

대통령이 얼굴에 웃음을 띠었다.

"뭐, 미국과 북한, 러시아, 중국을 상대로 정치를 하는 게지. 주면서 받고, 튕길 때는 튕기면서 실속을 차려야지. 총리께서도 잘 아시다시피 난 감이 빠릅니다. 이제까지 큰 수를 두어서 별로 놓친 적이 없지요."

"…."

"곧 미사일 개발문제가 미국은 물론이고 북한과 일본 등에 노출되겠지요. 그땐 이해 당사자인 북한과 일본, 중국보다 미국이 길길이 뛸 겁니다. 그렇지?"

대통령의 시선이 옮겨졌으므로 박관용이 허리를 세웠다.

"예, 각하."

"한미 공조가 어떻구 하겠지. 저희들 물건 팔아먹으려는 수작인데 말이야."

"…."

"난 그대로 밀고 나갈 작정이오."

대통령이 정색한 얼굴로 이회창을 바라보았다.

"내 직권으로, 그래서 이 일은 아직 안보위원회에 상정시킬 생각이 없어요. 총리께선 그렇게 아시고."

이회창이 정면으로 대통령을 바라보았다. 그러나 선뜻 입을 떼지는 않았다. 잠시 후에 이회창이 집무실을 나갔다.

그를 배웅하고 돌아온 박관용이 대통령을 바라보았다.

"각하, 총리는 불안하게 생각하고 있는 것 같습니다만."

"내가 독단하고 있다고 생각하겠지."

"러시아 미사일 구입과 개발 건은 독단하신 겁니다, 각하."

"이런 독단은 백 번 해도 좋다."

자르듯 말한 대통령이 박관용을 노려보았다.

"내가 요즘 독단하는 것 보았어? 오만하던가? 독주하더냔 말이다."

"각하, 그건 그렇습니다만…."

"이 일은 놔둬. 이것저것 따지다간 다시 원점으로 돌아간다. 내한테 맡기란 말이다."

문밖이 수선스럽더니 방문이 열렸다. 들어선 사내는 외교부장 김영남이다. 그의 표정은 어두웠는데 요즘의 북한 사람들은 다 그렇다.

"박 선생, 아무래도 지도자 동지는 만나시지 못할 것 같습니다."

앞자리에 앉은 그의 목소리는 낮았다.

"상황이 좋지 않아요. 남조선 측과 협상할 분위기가 아닙니다."

김일성의 장례식은 닷새 전에 끝났지만 북한 전역은 아직도 깊은 애도의 분위기에 휩싸여 있었다. 안내원과 함께 평양 시내를 걸어보면 시민들은 모두 슬픔에 잠겨 있었다. 절망한 모습들이다.

자신도 모르게 박철언은 다른 표정의 사람을 찾아보려고 애를 썼지만 결국은 포기하고 말았다. 그러고는 동포에 대한 연민의 정이 조금씩 옅어지는 중이다. 50년 세뇌면, 반세기를 이런 상황에서 살아온 셈이다. 반세기면 이대(二代)가 된다. 통제사회의 감시가 두려워서가 아니라 진정인 것이다.

박철언이 시선을 들었다

"그럼 군사정전위의 재개는 조금 기다려야 되겠습니까?"

"그래야 될 것 같습니다."

"그렇다면 정상회담도."

"당연히."

당연히 쌀 지원도 보류다. 초대소에 머문 지도 벌써 일주일이 되어가고 있었다. 그동안 김영남만 세 번 찾아왔을 뿐 김정일과는 연락도 하지 못했다.

"남북관계가 조금 경색되지 않겠습니까?"

박철언이 마음먹고 물었다. 이런 식의 질문은 이쪽 사람들에게 전혀 어울리지 않았지만 상대는 김영남이다. 북한 외교를 10여 년간 총괄하고 있는 노련한 외교관인 것이다.

힐끗 박철언을 바라본 김영남이 머리를 끄덕였다.

"수령 동지의 유업을 이어야 하겠지만 우선 내부정리부터 해야"

"…"

"하지만 지도자 동지께서는 계속 대화를 잇고 싶다고 하셨습니다."

물론 비공식이다. 이번에 박철언은 대통령 특사 자격이었지만 비공식으로 김일성의 조문을 했다. 시신 앞에 꽃도 가져다 놓지 않았고 서 있지도 않았으나 문상은 온 것이다. 박철언이 머리를 끄덕였다.

"알겠습니다. 그럼 기다리지요."

김정일의 당면문제는 아버지의 공백을 메우는 것이다. 권력 장악과 정권 안정이 최우선 과제일 것이었다.

차관 상환용으로 러시아제 미사일 S-300의 도입이 확정된 것은 그로부터 열흘이 지난 1994년 10월 초순이다. 러시아의 전신인 구소련은 본래 오래전부터 대공 미사일을 중시하여, 실용화된 종류나 생산기 수가 서방측을 크게 능가해 왔다. 소련은 미사일의 제식명을 공표하지 않아서 나토군이 소련의 대공 미사일에 붙인 SA(Surface to Air)라는 명칭이 사용되었는데 S-300은 최신형이었다.

전력기획관 김용호 중장은 우크라이나의 삼림에서 S-300 3기를 직접 시험 발사해 보았는데 우연인지 3기 모두가 120km 지점의 목표물에 명중했다. 평균 명중률 70퍼센트라는 통계를 실감했던 것이다. 미국의 패트리어트는 걸프전 때의 명중률이 48퍼센트였다.

주한 미국대사 제임스 레이니가 외무장관 한승주를 찾아온 것은 도입 결정이 된 그 다음날이다. 친한파이며 한국 정부와 원만한 관계를 유지해 오던 레이니의 얼굴은 굳어져 있었다. 그는 의례적인 인사도 대충 넘기고는 한승주를 똑바로 바라보았다. 외무장관의 귀빈실 안이다.

"장관, 대통령의 돌출 행동을 이해할 수가 없습니다. 한미 공조가 더욱 절실한 이 상황에서 미국 정부를 자극하면 어떤 결과가 될지 아십니까?"

레이니가 말을 이었다.

"경수로 회담에서 한국 측은 더욱 무시를 받게 됩니다. 그뿐만이 아니오. 미국 정부와의 관계가 악화될 거요. 대통령은 경솔한 행동을 했습니다."

한승주가 머리를 끄덕였다. 그는 뉴욕 시립대 부교수까지 지낸 사람으로 영어가 유창하다.

"알고 있습니다, 대사. 대단히 유감스러운 일입니다."

"각하를 만나도록 해주시오. 난 클린턴의 전갈을 갖고 있습니다."

"말씀드려 보지요."

"10억 달러어치의 S-300 구입에 기술 이전 계약까지 체결했다니, 장관께선 미국 군수산업체의 영향력을 알고 있을 거요. 한국은 곧 갖가지의 압력을 받게 될 겁니다."

레이니의 말은 협박으로 들리지 않았다. 그는 진심으로 한국을 걱정해주는 사람이다.

"알겠습니다, 대사. 곧 각하께 연락해서 시간을 정하지요."

한승주가 정중하게 말했다.

"위치가 딱 좋다."

최석봉이 턱으로 아래쪽을 가리켰다. 그가 가리킨 곳은 산 아래로 500m쯤 떨어진 주택가였다.

"뒤쪽 담만 넘어가면 이층 계단으로 해서 집안으로 들어갈 수가 있어. 유리창만 뚫으면 되거든."

"꽤 잘사는 집 같은데, 형님."

옆에 엎드린 홍영구가 머리를 끄덕였다.

"이제 그만 돌아다니고 텁시다."

저택은 주위의 도로가 잘 뚫려 있는 데다 통행량이 적어서 한적했다.

최석봉이 담배에 불을 붙였다.

"집이 나란히 붙어서 두 집을 연달아 털 수도 있어. 왕년에는 내가 인천에서 세 집도 연달아 털었다."

"형님, 저기 전경 초소가 있는데."

홍영구가 손끝으로 가리킨 곳은 도로 앞쪽에 세워진 전경 초소였다. 전경 두 명이 초소 앞에 서 있었는데 행인들이 적었기 때문인지 한가한 모습이었다.

"저것들이야 상관없어. 저녁때 되면 초소 안으로 들어가 버릴 테니까."

그들은 교도소 동기로 출옥한 지 닷새밖에 되지 않았다. 모두 강도 전과를 기록하고 있었는데 최석봉은 별이 셋이었고 홍영구는 둘이다. 최석봉이 결심한 듯 말했다.

"씨발, 이제 골라잡았다."

닷새 동안 털 곳을 찾으려고 돌아다녔던 것이다. 교도소 동기인 데다 출옥한 날 나와 준 사람도 없는 같은 신세의 최석봉과 홍영구이다. 출옥할 때 갖고 있던 몇만 원의 돈도 다 떨어진 절박한 상황이었다.

저녁 무렵이었다. 그들이 엎드려 있는 곳은 관악산의 한쪽 줄기로, 등산로에서 조금 벗어난 곳이다. 점심도 굶은 터라 기운도 떨어졌다.

등산객을 털려고 산에 올랐지만 평일이어서 사람도 드물뿐더러 가끔 만난 것은 단체 등산객이었다. 그들은 이제 집 털이를 하려고 마음을 바꾼 것이다.

"형은 돈 모으면 술집 차릴 거요?"

엎드린 홍영구가 풀잎을 씹으면서 물었다. 그는 중학교 3학년 때 계부 밑에서 뛰쳐나온 후로 안 해본 일이 없다. 스물셋의 나이에 교도소에서 보낸 세월이 5년이었으니 오히려 교도소가 고향 같다.

"난 세차장 할 거다."

최석봉이 풀숲에 드러누웠다.

"마음 바꿨어. 세차장 차려서 깨끗하게 살 거다."

"난 통닭구이집을 할 거요."

"그래, 잘해봐라. 내가 가면 통닭 값은 받지 말고."

관저에서 300m 떨어진 지점의 감시카메라에 두 사내가 잡힌 시간은 밤 11시 반이었다. 그곳은 관악산에서 내려오는 길목이었는데 두 사내는 길을 벗어난 곳에서 나타났다.

"이건 뭐야?"

경호실의 담당직원이 바짝 긴장을 했다. 그가 옆에 놓인 스위치를 누르자 금방 직원들이 그를 둘러쌌다. 화면에 비친 두 사내는 곧장 대통령의 관저 쪽으로 다가온다.

"경계 태세."

뒤에 서 있던 담당계장이 소리치자 모두들 재빨리 흩어졌다. 저택이 비좁았으므로 경호팀은 뒤쪽에 단층집을 지어 상주하고 있었는데 곁에서 보면 창고였다. 그러나 안에는 항상 50명이 넘는 경호원이 상주했고 각종 첨단장비가 주변에 장치되어 있다.

두 사내는 이제 C포인트로 다가왔다. 주위에 10여 채의 민가가 있었지만, 그들은 좁은 길을 돌아 이쪽으로 다가오는 중이다.

"등산객 아닐까요?"

화면을 바라보며 하종태 계장이 옆에 선 이덕수 과장에게 물었다.

가끔 길을 잃은 등산객이 대통령의 관저 옆을 지날 때가 있다. 대통령은 주위에 경호원들이 흩어져 있는 것을 좋아하지 않았으므로 관저를 구경하러 오는 사람들은 대개 500m쯤 앞의 대로에서 전경의 주의를 받았다. 그러나 요즘은 국민들의 의식이 높아져서 대통령의 사생활을 침범하지 않으려고 했기 때문에 관광객이 드문 편이었다.

사내들은 이제 B포인트까지 다가왔다. 관저와 직선거리로 70~80m 떨어진 곳이다. 이덕수가 입을 열었다.

"아마 길을 잃은 등산객일지도 모르겠군."

124

B포인트에 설치된 카메라에 그들의 모습이 제법 선명하게 나타났다. 두 사람 모두 젊었다. 그리고 조심스러운 동작으로 지나가고 있다. 이제 그들의 목적지는 앞쪽에 있는 세 채의 저택으로 좁혀졌다. 대통령 관저와 일용제약의 권 상무, 그리고 룸살롱 대원의 이 사장 저택이다.

"과장님."

하종태가 초조한 얼굴로 이덕수를 바라보았다.

"기다려, 관저 안에는 비상대기를 하고."

대통령 관저 안의 모니터와 연결되어 있었으므로 직원이 스위치를 누르자 관저 안의 경호원은 당장에 비상대기 상태가 되었다.

사내들은 이제 A포인트로 다가가고 있었다. A포인트는 관저와 10m 거리에 설치되어 있다. 상황실 안은 긴장으로 숨소리도 나지 않았다.

이윽고 사내들은 감시카메라의 바로 앞에 섰다. 그러자 사내 하나가 입을 열었다.

"형님, 불은 켜져 있지만 집안은 조용한데."

속삭이듯 말했지만 상황실 안의 마이크에 그의 목소리가 울렸다.

"우선 담을 넘어 들어가자. 불을 켜고 자빠져 잘 수도 있으니까."

다른 사내의 목소리다. 그가 말을 이었다.

"너, 절대로 큰 물건은 손대지 마, 알았지?"

"알았어요, 형."

"카메라 같은 것 말이야."

"알았다니까요."

입과 눈을 커다랗게 벌린 하종태가 이덕수를 바라보았다. 도둑놈들인 것이다. 이놈들은 대통령 관저에 도둑질을 하려고 왔다.

이덕수가 입을 열었다.

"담을 넘으면 바로 잡아."

직원이 서둘러 마이크를 쥐었다. 관저의 담장 안쪽에서 기다리고 있을 경호원에게 연락하려는 것이다.

"아이고."

발이 땅에 닿는 순간 최석봉은 짧은 비명을 지르며 무릎을 꿇었다. 그는 자신의 배를 친 것이 무엇인지 아직 알지 못했다. 담장 위에 올라 앉아서 막 뛰어내리던 홍영구는 더 심한 꼴을 당했는데 다리를 잡아채는 바람에 네 활개를 펴고 땅바닥에 떨어진 것이다.

"아이고머니."

경호원들은 신속하게 움직였다. 그들은 두 사내의 두 팔을 뒤로 돌린 채 곧장 한 무더기가 되어 끌고 갔다. 그러나 최석봉은 악질이었다. 처음에는 정신을 차리지 못하다가 한순간이 지나자 고함을 쳤다. 미처 입을 막지 못한 것이다.

"야, 이 새끼들아! 이것 놔! 놓으란 말이야!"

그의 고함이 밤하늘을 울리자 경호원 하나가 수도로 그의 목을 쳤다. 소리가 뚝 끊겼을 때 관저의 유리창이 열렸다.

"거기, 무슨 일이야?"

대통령이다. 그들은 일제히 움직임을 멈췄다.

그로부터 10분쯤 후에 최석봉과 홍영구는 대통령 앞에 앉아 있었다. 관저의 응접실 안이다. 그들이 앉은 바로 그 자리에 국무총리가, 당대 표가, 또는 안기부장이 앉아 있었다.

그들 뒤쪽에는 급하게 달려온 경호실장 박기호가 이덕수와 함께 나란히 서 있었다. 박기호는 군 출신의 우직한 사내였다. 어깨를 부풀리고 서 있었는데 대통령이 나간다면 당장에 두 사내를 쏘아죽일 기세였다.

대통령이 입을 열었다.

"그래, 도둑질을 하려고 들어 왔다고?"

부드러운 목소리였다.

"이 사람들아, 대통령 집이니까 값나가는 것이 많을 것 같았나?"

최석봉과 홍영구는 사지를 오그린 채 머리를 박고 있었는데 떨림은 조금 멈춰졌다. 그러나 처음 대통령의 얼굴을 본 순간 최석봉은 죽어야겠다고 마음먹었고, 홍영구는 오줌을 조금 쌌다.

"열심히 일하고 성실하게 살아야지. 남의 것을 뺏거나 훔치면 안 돼."

대통령이 그들을 둘러보았다.

응접실의 문이 열리더니 경호실 차장이 다가와 박기호에게 쪽지를 건네주었다. 쪽지를 읽은 박기호가 한 걸음 다가섰다.

"각하, 이자들은 닷새 전에 전주교도소에서 출옥했습니다. 두 사람 모두 강도 전과가 있습니다.

대통령이 머리를 끄덕였다.

"어디, 사연이나 듣지."

그로부터 30분쯤 후에 최석봉과 홍영구는 허청거리는 걸음으로 대통령 관저를 나왔다. 그들은 조금 진정되어 있었는데 문밖으로 나온 순간 심장 박동 수가 두 배쯤 빨라졌다.

문 앞에는 신문이나 텔레비전에서만 보던 사람들이 모두 있었다. 내무부 장관에 검찰총장, 그리고 옆쪽에 눈을 치켜뜨고 서 있는 사람은 경찰청장이 틀림없었다. 게다가 차 옆에 팔짱을 끼고 그들을 바라보고 있는 사내는 안기부장이었고, 그 옆에 선 군인은 어깨에 별이 네 개나 되는 대장이었다.

오금이 저린 그들의 등을 이덕수가 밀었다.

"자, 어서 가자."

그들은 수백 명의 사이를 어떻게 지났는지 모른다. 이윽고 이덕수가 발을 멈췄다.

"자, 여기서 꺼져."

그가 앞쪽의 길을 가리켰다. 깊은 밤이어서 차량의 통행은 뜸했다.

"어서 가, 이 자식들아."

그러자 최석봉이 한 걸음을 옆으로 떼었다.

"선생님, 저 정말로…."

"어서 가래두."

"저, 각하께…."

"개소리 말고 꺼져."

다시 옆으로 한 걸음을 더 뗀 때 최석봉이 홍영구의 소매를 잡아끌었다.

대통령은 그들을 풀어 주었던 것이다. 그리고 손 여사를 불러 집에 있던 돈 30만 원을 쥐어 주었는데 다음에 벌어서 갚으라고 했다.

최석봉과 홍영구는 처음 몇 걸음을 떼다가 차츰 걸음이 빨라지더니 이제는 날듯이 달렸다. 홍영구는 조금 앞서 뛰었는데 아직 제정신이 아니었고, 최석봉은 그저 죽고 싶은 마음뿐이었다. 그래서인지 뛰면서도 자꾸 눈물이 쏟아졌다.

"아니, 이럴 필요까지는 없지 않아?"

경찰청의 차장인 치안정감 유기수가 놀란 듯 눈을 크게 떴다.

"그 일 때문이라면 우리한테 직접적인 책임도 없어. 경호실 소관이야."

"과천은 경기도 관할입니다."

이대용은 물러서지 않았다. 그는 유기수에게 한 걸음 다가섰다.

"수리해주십시오, 차장님."

경기 경찰청장인 그는 어젯밤 사건에 대한 책임을 지고 사표를 낸 것이다.

"아, 이 사람이 왜 일을 만드나 모르겠네. 각하께서도 덮어두신 사건인데 말이야."

"저는 덮어둘 수 없습니다."

경찰청의 차장실 안이다. 아침에 출근하자마자 경기 경찰청장인 치안감 이대용이 찾아온 것이다. 아마 새벽에 출발했을 것이다.

이대용이 똑바로 유기수를 바라보았다.

"누군가가 책임질 사람이 있어야 합니다, 차장님. 그래서 제가 사표를 내겠다는 겁니다."

"아, 그렇게 따지자면 과천 경찰서장이 직접 책임자야, 그렇지 않아?"

"제가 책임을 지겠습니다."

"도대체 요즘은 왜 그런지 모르겠어."

어깨를 늘어뜨린 유기수가 길게 숨을 뱉었다.

"옛날에는 서로 책임을 넘기더니 요즘은 서로 책임을 지겠다고 난리니."

그 시간에 과천 경찰서장 오세만 총경은 경기 경찰청에 들어와 있었다. 그와 마주앉은 사람은 경찰청의 제1차장 장용배 경무관이다. 장용배가 천천히 머리를 끄덕였다.

"하긴 관악산 경계는 과천 경찰서에서 맡았으니까 이해는 가는데"

그가 부드러운 시선으로 오세만을 바라보았다.

"하지만 각하께서 없었던 일로 하시고는 그놈들을 돌려보내셨단 말이야. 만일 당신의 사표를 수리한다면 그놈들의 행각이 공공연하게 돼. 검찰에서 수사지시가 나올지도 모르고, 그러면 각하의 뜻에 거슬리게 되지 않겠어?"

장용배가 말을 이었다.

"책임을 느낀다면 분발해서 이런 일이 다시 일어나지 않도록 하는 거야."

오세만이 머리를 들었다.

"그런 식으로 넘어갈 수 없습니다, 차장님. 각하께선 그렇게 하셨더라도 경찰의 위상은 세워야 한다고 생각합니다."

"이봐, 내 말은"

"제 사표로써 책임 있는 경찰상을 보이게 해주십시오, 차장님."

머리를 숙여 보인 오세만은 몸을 돌렸다.

다음날 아침, 운전기사 박대구는 조간신문을 펼쳐들고 멍한 표정으로 앉아 있었다. 신문에는 대통령 관저에 강도 두 명이 침입했다가 풀려난 것과 경기 경찰청장과 과천 경찰서장 둘이서 자진해서 사직원을 냈다는 기사가 사회면에 대서특필 되어 있었던 것이다.

"허어, 나 참, 기가 막혀서."

그가 방안을 둘러보았지만 아내는 부엌에 있었고 아이들은 옆방에 있다.

"이런 때려줘일 놈들이."

그는 강도들을 욕했다가 눈을 끔벅이며 두 경찰간부의 사진을 내려다보았다. 대통령이 불문에 부쳤는데도 그들은 책임을 져야 한다면서 만류를 무릅쓰고 사직원을 냈다.

"참말로 아까운 사람들인디."

혼잣소리로 말했을 때 아내가 밥상을 들고 들어섰다. 아내는 거의 신문을 읽지 않는다. 밥상을 내려놓은 그녀가 박대구를 바라보았다.

"내일 15만 원이 있어야겠는디, 거시기."

"알았어."

박대구가 선뜻 말을 잘랐다.

"내가 어뜨케든지 맹글어 올 팅게."

아내가 눈을 껌벅이며 그를 바라보았다. 잔소리도 하지 않고 이러는 건 처음이다.

"거시기, 아들 핵교에"

"아, 글씨, 걱정 마러."

수저를 든 박대구가 결연한 얼굴을 했다.

"아, 나도 가장으로 책임을 질팅게로."

신문을 내려놓은 김대중은 창밖으로 시선을 돌렸다. 가지만을 드러낸 가로수가 빗발에 젖어 반들거렸다. 아침부터 가랑비가 내리고 있었다. 기온이 뚝 떨어져서 금방 비가 눈으로 변할 것 같은 날씨여서 행인들의 어깨가 움츠러들어 있다. 11월 중순이다. 영국에 온 지 벌써 1년이 넘어가고 있었다.

커피 잔을 든 이희호 여사가 다가와 앞쪽 의자에 앉았다. 스웨터 차림의 그녀는 평범한 주부였다.

"추적추적 비 오는걸 보면 꼭 고향 생각이 난다니까."

혼잣소리처럼 말한 그녀가 창밖으로 시선을 주었다.

"한국도 쌀쌀하겠네."

그의 앞에서 정치 이야기는 일절 하지 않는 이 여사다. 그녀가 힐끗 탁자 위의 신문에 시선을 주었다. 이틀 전의 한국 신문이다.

"좋은 기사 났어요?"

"미국이 강력하게 나오는 모양이야, 한국이 러시아제 미사일을 구입했다고."

"그 사람들, 왜 그리 야단인지, 남의 나라에서 하는 일을 갖고."

"김 대통령이 잘해."

이 여사가 잠자코 머리를 끄덕였다. 그녀도 신문의 광고란까지 샅샅이 읽고 가끔 찾아오는 동지들로부터 한국 이야기를 빠짐없이 듣고 있는 것이다. 김영삼이 아끼던 둘째 아들 김현철은 아직 감옥에서 나오지도 않았다.

정직하고 사심 없는 지도자로 부각된 김영삼은 국민들의 절대적인 지지를 받고 있는 것이다. 더욱이 경제는 전국을 휩쓴 새바람에 힘입어 무섭게 성장하는 중이다. 대기업 총수들은 자진하여 국가정책에 호응해 주었고 관리들은 솔선수범을 한다. 꿈틀거렸던 노조는 국민들의 강력한 지탄을 받는 이유도 있었겠지만, 스스로 임금인상을 억제하는 운동이 일어나고 있었다. 세계가 놀라고 있는 상황인 것이다.

"정말 그 양반이 이럴 줄은"

이 여사가 문득 말을 멈추자 김대중이 빙긋 웃었다.

"훌륭한 지도자야. 국민들이 잘 뽑은 거야."

전화벨이 울렸으므로 이 여사가 일어섰다. 벽 앞의 탁자에 놓인 수화기를 든 이 여사가 곧 김대중을 바라보았다. 놀란 듯 눈을 크게 뜬 얼굴이다.

"여보, 김윤환 의원이에요."

"아니, 그 사람이 왜."

김대중이 자리에서 일어섰다. 그도 조금 허둥거리고 있었다.

"파리에서 국제의원총회가 있었습니다."

김윤환이 밝은 표정으로 말했다. 그는 근처에서 전화를 하고 방문했기 때문에 머리가 조금 비에 젖었다. 수행원도 없이 혼자 찾아온 것이다.

"다른 의원들한테는 파리의 친지를 만나겠다고 하고는 곧장 영국행 비행기를 탔지요."

"허, 어쨌든 애쓰셨소. 이렇게 만나서 반갑구먼요."

김대중의 표정도 밝았다.

킹메이커로 불리는 김윤환이다. 그는 흔들리던 구민정계를 김영삼의 진영으로 끌어들여 대선을 승리로 이끈 일등공신이었다. 그리고 지금도 민자당 내에서 핵심 역할을 한다.

이 여사가 그들 앞에 찻잔을 내려놓고는 방을 나갔다. 30평이 조금 넘는 단층 벽돌집이다. 케임브리지의 평범한 중산층 주택으로 전 주인은 그릇가게를 하던 사람이라고 했다.

한 모금 녹차를 삼킨 김윤환이 김대중을 바라보았다.

"한국 소식은 자주 듣고 계시지요?"

"아, 그럼. 잘하고들 있습디다."

"새바람이 불고 있거든요."

"그렇지, 모두 대통령의 공이오. 그 양반, 훌륭해요. 나는 감복했습니다."

"저도 가끔 놀랄 때가 있습니다."

김윤환이 이를 드러내며 웃었다.

"5·16 직후에 잘살아보세 운동이 일어났을 때도 겪어보았지만 지금은 그때보다 더 활기와 의욕이 넘칩니다."

"암, 우리 민족이 얼마나 위대한지 곧 알게 될 것이오. 세계 제일의 민족이야."

"좋은 영도자를 만나면 말이지요."

"그렇지."

김윤환이 찻잔을 내려놓았다.

"이제 연구 기간은 다 끝나가지요?"

"1년 반이었지만 이번 주에는 연구가 끝납니다."

"각하께서 들어오셨으면 좋겠다고 하셨습니다."

정색을 한 김윤환의 말에 김대중이 찻잔을 내려놓았다.

"들어오라니?"

"예, 각하께서 표현하신 대로 말씀드린다면, 한국에 오셔서 각하를 도와 달라고 하셨습니다."

한동안 그를 바라보던 김대중이 이윽고 머리를 저었다.

"생각해주셔서 대단히 고맙다고 전해 주시오. 하지만 사양하겠습니다."

"아니, 총재님."

다급한 김윤환이 그를 총재라고 불렀다.

"각하께선 진정 도움이 필요하신 겁니다. 총재님께서 사양하실 줄로 알고는 꼭 그렇게 말씀드리라고 하셨습니다."

"…."

"직접 찾아올 형편이 못 되어서 저를 보내신 겁니다. 총재님께선 각하를 도와주셔야 합니다."

"아니, 잘하고 계신데 내가 무얼 돕는단 말이오?"

"총재님의 역량이 필요합니다. 우선 미국과의 갈등을 해소시켜야겠고."

"…."

"각하께선 총재님이 미국으로 건너가셔서 여러 사람들을 만나 주셨으면 합니다. 정부에서 전폭적으로 지원해 드릴 것입니다."

러시아제 S-300 미사일을 구입하고 기술 이전을 받아 연구소를 세운 한국과 미국의 관계는 악화되어 있었다. 김대중이 머리를 들었다. 어느덧 얼굴이 굳어져 있다.

"국가와 국민을 위하는 일이라면 나도 목숨을 바칠 용의가 있는 사람이오."

"알고 있습니다, 총재님."

"갈랍니다. 대통령이 지시한 대로 하겠다고 전해 주시오."

한동안 서류를 내려다보던 대통령이 머리를 들었다. 테이블 앞에는 박관용과 이원종이 나란히 서 있다.

"이기 뭐꼬?"

대통령이 턱으로 서류를 가리켰다. 그는 가끔 측근들에게 사투리 그대로를 뱉을 때가 있다.

박관용이 서류를 내려다보았다.

"뭐 말씀입니까?"

"이거, 세계화라는 것 말이다."

"아, 예."

박관용이 허리를 폈다. 1995년의 국정지표를 세계화로 정했던 것이다. 나날이 심화되어 가는 국가 간의 경쟁에서 살아남으려면 세계화 작업이 적극 추진되어야 한다. 이것이 정부 부처는 물론 당과 국민들도 충분히 공감할 것이었다.

"각하, 거기 적혀 있습니다만, 내년엔 세계화 작업에 역점을 두시는 것이, 곧 OECD 가입도 될 것이고 해서."

"치아라."

서류를 덮은 대통령이 그들을 바라보았다.

"올해는 국제화 원년이라고 하더니만 내년은 세계화라고? 그럼 다음해에는 우주화가 되겠구마. 그 다음은 뭐꼬? 은하수화라고 할 끼가?"

말이 길어짐에 따라 점점 굳어지던 박관용과 이원종의 얼굴은 대통령이 말끝에 웃음을 띠자 일시에 풀어졌다. 듣자 하니 은하수화라는 말이 우습기도 했다. 그러나 곧 대통령이 정색을 했으므로 그들은 몸을 굳혔다.

"씰데없는 구호나 거창하게 내걸 필요가 없다. 내년 국정지표도 정직한 사회, 신바람나는 사회건설이다. 우리 국민은 우주화는 물론이고 은화수화까지 단숨에 이룰 능력이 있는 국민들이다."

그는 앞에 선 두 사람을 똑바로 바라보았다.

"그리고 OECD인가 뭔가, 서둘 필요가 없데이. 여건이 되면 저그들이 가입하라고 매달릴 것 아이가? 왜 그리 서두르는 기고?"

"…."

"OECD 가입하면 그기 모두 이 김영삼이 공이라고 피알할라꼬 했나?"

"각하, 그것은…."

박관용이 나섰다가 주춤 입을 닫았다. 대통령이 부드럽게 말을 이었다.

"이젠 그걸 믿을 국민도 없고 또 그럴 내도 아니다. 정부 쪽에 괜히 내 비위 맞추려고 씰데없는 낭비하지 말라꼬 해."

이회창이 대통령의 집무실에 들어온 것은 오후 3시경이었다. 오늘도 세 시간 전에야 면담을 신청했기 때문에 박관용은 짜증이 나 있었다. 아무리 총리라도 너무한다 싶었으므로 그는 이회창을 10분쯤 대기실에 박아두었다.

집무실에 들어선 이회창은 굳은 표정이었다. 입술을 꾹 다문 채 대통령을 마주보고 앉았다. 옆쪽의 박관용이 시계를 보는 시늉을 했다. 3시 반에 카메룬 대통령과의 회담이 있다. 대통령의 시선을 받은 이회창이 입을 열었다.

"각하, 죄송하게 생각하고 있습니다만 저는 사표를 써 왔습니다."

대통령은 잠자코 그를 바라보았지만 박관용이 상체를 세웠다. 난데없는 일이었던 것이다. 이회창이 말을 이었다.

"각하를 모시고 새 한국 창조에 끝까지 동참하고 싶었습니다만 제 개인사정으로"

"…."

"각하, 허락해 주십시오."

"이거 정말 뜻밖입니다."

대통령의 목소리는 가라앉아 있었다. 그가 말을 이었다.

"개인 사정이라고 하셨는데 제가 알면 안 될까요?"

"각하, 죄송합니다."

"…."

"하지만 언제건 다시 각하를 모시고 일할 기회가 오기를 바라고 있겠습니다."

대통령이 의자에 등을 기댔다. 초점이 흐린 시선으로 앞쪽을 바라보던 대통령이 이윽고 입을 열었다.

"총리께선 내각에서 처음 자진 사퇴하는 분이 되시는군요."

"죄송합니다, 각하."

집권 2년이 가까워오는 지금, 장관들의 임기는 대부분 1년이 넘었다. 정책의 일관성을 갖추도록 대통령이 내각의 인사를 거의 하지 않았기 때문이다.

"조금 쉬셨다가 같이 일하도록 하지요."

대통령이 말하자 이회창의 얼굴에 잔잔한 웃음이 떠올랐다.

"감사합니다, 각하."

이회창이 가벼운 걸음으로 방을 나가자 대통령은 창가로 다가가 섰다. 과천의 집무실이어서 예전의 청와대처럼 그럴듯한 정원과 숲은 보이지 않았다. 대신 앞쪽의 대로에는 차량들이 바쁘게 오가고 있다.

이회창을 배웅하고 돌아온 박관용이 그의 뒤로 다가와 섰다.

"각하, 경제총리와의 마찰 때문인 것 같습니다만"

대통령이 몸을 돌렸다.

"그럴 사람이 아냐, 이 총리는."

시선이 마주치자 대통령이 쓴웃음을 지었다.

"국가를 위한다면 자존심이나 욕심은 얼마든지 억제할 수 있는 사람
이다."

"각하, 그렇다면"

"내가 독주하는 것에 경고를 한 것이다."

"…"

"안보회의를 무시하고 북한에 특사를 보냈을 뿐만 아니라 미사일
연구소를 세웠어. 총리는 정부의 질서체계를 잡아야 한다고 경고한
것이야."

"각하, 하지만"

"살신성인의 자세다."

눈만 껌벅이는 박관용을 향해 대통령이 웃었다.

"이것으로 국가질서에 대한 위상이 다시 세워졌다. 내 독선적인 국
정 운영 스타일에 반발한 총리가 사표를 던짐으로써 정부는 대외적으
로 위상이 섰을 뿐만 아니라 미국과 협상의 여지도 만들어졌다."

대통령이 다가와 섰다.

"대변인을 불러서 그렇게 발표하도록 해. 이 총리의 뜻을 그대로 전
하도록."

"각하, 그렇다면…."

"대통령도 뉘우치고 있다고 해. 그래야 이 총리의 의도가 살아난다."

"아니, 이렇게 빨리 오실 줄은 몰랐는데."

이운호 사장이 놀란 듯 눈을 껌벅이며 사내들을 맞았다.

"하지만 어쨌든 잘 오셨습니다."

세경무역의 사장실 안이다. 사내들은 두 사람 모두 40대 중반쯤으로 단정한 양복 차림이었는데 경제총리실 직속의 기업진단 위원들이다.

자리에 앉자 한 사내가 부드러운 표정으로 말했다.

"이곳에 대통령께서 들르셨다고 들었습니다만, 저희들이 그래서 빨리 온 것은 아닙니다."

"대통령께선 지나다가 들르셨어요. 솔직히 저하고 아무 연관이 없습니다."

"알고 있습니다."

사내가 가방을 열더니 서류 몇 장을 꺼내놓았다.

"자료 준비하실 것은 이것입니다. 그리고 회사 측에서 적어주실 건 이곳에."

이운호가 인터폰을 눌러 업무과 영업담당 이사를 불렀다. 아침 10시였다.

기업진단 담당직원은 앞으로 3, 4일간 회사에 머물면서 회사의 진단을 할 것이다. 그들은 적자 요인을 분석, 해결방안을 제시해 주고 향후 계획에 대한 조언과 함께 행정적 문제, 은행 관계의 문제를 해결해 준다. 사장실이 분주해졌다.

기업진단 위원들은 전문가들로, 경제총리실에 특채된 별정직 공무원이다. 그들은 진단 신청을 한 회사에 파견되어 무보수로 일해 주었는데 성과가 대단했다. 신청이 쇄도하고 있었으므로 경제총리 박태준은 정부 각 기관의 공무원으로 진단위원을 대폭 보강하고 있었다.

"경제가 활기 있게 움직이고 있지 않습니까?"

잠시 짬을 낸 그들에게 이운호가 물었다.

"저는 그것을 피부로 느낍니다."

사내들이 동시에 웃음을 띠었다.

"모두 같은 이야기를 하시더군요."

한 사내가 말하자 다른 사내도 머리를 끄덕였다.

"전 은행감독원에서 파견 나왔는데 솔직히 요즘처럼 신명나게 일한 적이 없습니다."

다음날 오전, 과천 대통령 집무실에서 주돈식 공보수석은 기자들을 향해 말했다.

"이회창 총리는 대통령의 독단 정치에 대하여 행정부의 책임자로서 가로막지 못한 책임을 지고 사퇴 의사를 밝혔습니다."

다음 순간, 기자들은 멍한 표정으로 주돈식을 바라보았다. 이런 식의 사임 발표는 처음이다.

주돈식이 말을 이었다.

"대통령께서는 이 총리의 사퇴 이유를 깊게 이해하시고 만류하셨지만 사퇴 의사를 꺾을 수가 없었습니다."

짤막한 원고를 읽고 난 주돈식이 머리를 들었을 때 기자들이 벌떼처럼 일어섰다. 속이야 어떻든 겉을 부드럽게 포장하여 발표하는 것이 정상이다.

주돈식이 장내를 진정시켰다.

"자, 한 분씩 질문을 받습니다."

그가 여유 있는 표정으로 기자 한 사람을 지명했다. 한겨레신문 기자가 거침없이 물었다.

"그렇다면 대통령의 독단 정치에 반발하여 사표를 냈다는 말입니까?"

"그렇습니다. 사표를 냄으로써 대통령 각하를 일깨워 주신 것입니다."

"아니, 도대체."

오영준의 옆에 앉은 조선일보 박 기자가 소리 죽여 투덜거렸다.

"지금 무슨 수작을 하고 있는 거야?"

"독단 정치를 한 사례를 대 주십시오."

지명된 기자가 묻자 주돈식이 빙긋 웃었다.

"그것까지는 알 수 없습니다."

오영준이 손을 들었고 주돈식이 지명했다. 자리에서 일어선 오영준이 똑바로 주돈식을 바라보았다. 그는 조선일보 기자에서 출발하여 편집국장, 논설위원까지 지낸 언론계의 대선배이다.

"각하께선 독단 정치를 하셨다고 스스로 인정하신 겁니까?"

"총리의 사표를 받고 그것을 느꼈다고 하셨습니다."

주돈식이 부드럽게 말을 이었다.

"그래서 이렇게 솔직히 발표하라는 지시를 내리셨지요."

"그렇다면 총리의 사표를 반려하고 각하께서 잘못을 고쳐야 할 것 아닙니까?"

"각하께선 총리가 살신성인의 자세를 보이셨다고 하셨습니다."

주돈식이 얼굴에 희미한 웃음을 띠었다.

"그리고 총리의 사표를 반려하는 것은 총리를 모욕하는 것과 같다고 말씀하셨습니다. 요즘 일어난 일련의 사태에 대하여 총리께선 책임을 도맡으신 겁니다."

회견을 마치고 돌아오는 차 안이다. 오영준은 이동만 기자의 전화를 받았다.

"금방 이쪽도 끝났어."

이동만이 말했다. 그는 이임식을 마친 이회창을 취재하고 있었다.

"이 총리한테 공보수석의 이야기를 전해 주었더니 그냥 웃기만 해. 맞느냐고 물어도 웃기만 한단 말이야."

"맞는다는 표현이오, 그거. 자신이 살신성인의 자세로 나섰다고 할 수가 있나."

오영준이 말하자 그의 목소리가 높아졌다.

"아닌 게 아니라 이것으로 러시아 미사일 도입에 대한 미국과의 분쟁이 조금 숙여지겠는데, 그렇지 않아?"

"그렇죠. 그렇지 않아도 경수로 문제로 반미 여론이 일어나는 판인데 총리가 정부를 대표해서 사표까지 냈으니 말이오."

"영삼이가 대단해. 마치 벌거벗고 내닫는 것 같단 말이야. 도무지 가식이 없어."

그러더니 혼잣소리처럼 말을 이었다.

"가만두면 박 총리하고의 불화설이나 대통령의 독단 정치에 대한 불만 등 갖가지 추측 기사가 터졌을 텐데 원샷에 날려버렸어."

"CNN 애들도 옆에 있었는데 법석을 떱니다. 걔들도 놀란 모양이오."

오영준은 의자에 등을 기댔다. 국민들도 마찬가지일 것이다. 스스로 독단 정치를 했다고 대통령은 공보수석을 통해 시인했다.

그러나 대통령을 비난할 국민은 거의 없을 것이다. 러시아 미사일 도입은 국민들의 전폭적인 지지를 받고 있다. 국민들은 이것으로 대통령의 정직성에 다시 한 번 갈채를 보낼 것이었다.

"이거, 졸지에 영웅을 만들었는데."

박태준이 입을 크게 벌리며 웃었다.

"이 총리도 아마 놀랐을 게라."

경제총리의 집무실에는 모처럼 당대표 김종필이 찾아와 있었다. 그들 둘이는 3당 합당 시절에는 민정당과 공화당의 주역이었다. 박태준이 김종필을 조금 감개어린 표정으로 바라보았다.

"김 선배, 이 총리가 사표 냈다는 말을 듣고는 은근히 걱정됩니다. 내가 조금 거칠었나 하는 생각도 들었고."

"이 총리가 그런 일에 사표 던질 사람은 아니오."

김종필이 찻잔을 들었다.

"각하 말씀이 맞는 것 같구먼. 정부를 대표해서 책임을 지면서 각하의 주의를 환기시키려고 한 거요."

"글쎄, 영웅이 되었다니까. 물론 YS가 만들었지만 말이오."

박태준은 이제까지 공무원을 15퍼센트 정도나 감축했고 내년에는 다시 10퍼센트의 인원을 더 감축할 예정이었다. 그는 경제를 위해서는 가차가 없는 사람이다. 며칠 전에는 총리실의 인원을 반으로 줄인 데다 일방적으로 현재의 총리 공관을 150평형 단독주택으로 옮긴다는 결정을 내렸다. 이회창이 군소리는 하지 않는 사람이지만 이미 다 결정해놓고서는 상의한답시고 찾아오는 박태준에 대해 좋은 기분이 될 리가 없었다.

김종필이 정색을 했다.

"박 총리, 김대중 씨가 미국으로 떠난 것 아시오?"

"아니, 언제?"

"어제 곧장 워싱턴으로 떠났어요."

"그래요? 하긴 영국 유학 기간도 다 되었다니까. 이제는 미국인가?"

"각하의 부탁으로 미국에 간 거요."

그러자 박태준이 눈을 크게 떴다.

"각하의 부탁이라니요?"

"미국 정부 요인들을 만나보라고 각하께서 부탁하셨습니다."

"…."

"말하자면 중량급 특명전권 대사의 역할이지. 정부는 곧 그 양반한테 전폭적인 지원을 할 거요."

"그렇다면"

"박 실장이 어제 날 찾아와서 이야기해 줍디다. 그러고는 나더러 박 총리께 말씀을 드려 달라고 하더구먼."

박태준이 생각에 잠긴 시선으로 김종필을 바라보았다.

"뭐야, 정치에 복귀하는 건가?"

"그건 나도 모르겠소."

"이기택이는 어떻게 된단 말이오?"

"글쎄, 그것도."

머리를 저은 김종필이 얼굴에 웃음을 띠었다.

"이제 난 별로 놀라지 않아요. 내가 각하처럼 마음을 비워서 그런지, 아니면 면역이 되어서 그런지 그건 아직 아리송하지만."

"도대체 어떻게 된 거요?"

이기택이 묻자 권노갑이 머리를 한쪽으로 기울였다.

"글쎄, 저도 잘, 어른께서 그냥 미국에 들르겠다고만 하셔서."

"아, 소문이 쫙 퍼졌는데, 대통령 특사로 미국에 갔다고 말이오. 곧

공식 발표를 할 거라고도 합디다."

"그럼 그때 내막을 알게 되겠습니다."

입을 꾹 다문 권노갑이 의자에 등을 기댔으므로 이기택이 입맛을 다셨다. 동교동계를 이끌고 있는 권노갑이다. 그가 모를 리가 없다.

총재실에는 한동안 정적이 흘렀다. 김대중이 정계 은퇴선언을 하고 영국으로 떠난 이후 이기택은 민주당을 이끌고 있었지만 마음 편한 날이 드물었다. 이윽고 이기택이 입을 열었다.

"아, 미국 가신다면 나한테라도 연락을 하실 것이지. 그렇게 슬쩍 떠나면 어떻게 해?"

"…"

"그리고 정계를 떠난다고 하시고는 무슨 특사를 맡으신 거야? 더구나 YS한테서 말이오."

권노갑이 머리를 들었다.

"아, 김 대통령이 부탁을 하신 것 같은디 모양이 좋지 않습니까?"

"모양이 뭐가 좋단 말이오? 특사라면 잘해야 장관급인데 하필이면 YS 밑에서 그 어른이 장관을 맡으신단 말이오?"

"그 어른은 자리에 연연하시지 않습니다. 뭐, 나라 일을 하는데 장관이면 어떻고 차관이면 어떻습니까?"

"부총재는 내 말을 이해 못하시는데, 나는 당을 이끌고 있는 입장에서 한때 우리 당의 총재였던 어른이 YS 정권의 특사가 된 것이 어울리지 않는다는 말이오. 나는 그 어른도 생각하지만 당의 체면도 생각해야만 합니다."

"아, 글쎄, 나라 일을 하는 데 여야 가릴 것 있습니까? 도울 건 도와야…"

김대중에 관한 일이면 기를 쓰고 멍석부터 까는 권노갑인 줄 알고 있었으므로 이기택은 입을 다물었다. 그러나 정치경력이 30년 가까운 이기택이다. 그는 어쩐지 개운치가 않았다.

김 대통령은 착실하게 치적을 쌓아가고 있었다. 그는 경제와 사회에 새바람을 일으켰고 정치도 눈에 띄게 안정되어 가는 중이다. 이런 상황이면 야당은 선명성과 명분을 잃게 마련이다. 그런 와중에 터진 것이 김대중의 특사설이었으니 뒤숭숭해지는 건 당연한 일이었다.

"아이고, 어서 오십시오."

전두환 전 대통령은 반색을 했다. 그는 대통령의 손을 잡더니 힘차게 흔들었다.

"반갑습니다, 각하."

"각하께서도 건강하시지요?"

덕담을 주고받으며 그들은 응접실로 들어섰다. 밤 10시가 넘은 시간이었다.

이순자 여사가 응접실로 들어서더니 대통령에게 머리를 숙였다. 밝은 얼굴이다.

"각하, 어서 오세요."

"이거 밤늦게 결례하고 있습니다."

"아녜요. 잘 오셨어요."

전두환의 연희동 저택으로 대통령이 비밀리에 찾아온 것이다. 대통령은 경호과장 이덕수와 운전사만을 대동하고 왔다.

차와 과일을 가져다 놓은 이 여사가 눈치 빠르게 자리를 비켰으므로 그들은 곧 둘이 되었다. 1년이 넘도록 끌어왔던 12·12가 기소 유예 방침으로 굳어진 것이 지난달 말이었다. 그러나 고소인은 물론이고 피고소인 측도 반발을 했고 국민 여론이 악화일로에 있었다. 민주당과 재야 세력은 기소 유예의 부당성을 공개적으로 제기하고 나섰으므로 정치권은 12·12사건으로 들끓고 있다.

전두환이 입을 열었다. 여전히 밝은 얼굴이다.

"각하, 여러 가지 사건으로 국정에 폐를 끼치고 있습니다. 죄송하기 짝이 없습니다."

그도 어쨌든 전직 대통령이다. 대통령이 그의 친구이자 후임자였던 노태우를 궁지에서 구해낸 것을 잘 알고 있었다.

만일 대통령이 민주당의 폭로를 방관했다면 노태우는 이미 감옥에 들어가 있을 것이다. 그러나 대통령에 이어 검찰에 출두한 노태우는 화를 면했다. 비자금을 국고에 반납하고는 목하 근신 중인 것이다.

대통령이 입을 열었다.

"각하, 12·12사건 때문에 왔습니다."

정색을 한 전두환을 향해 그가 말을 이었다.

"원체 큰 사건이라 검찰에서는 기소 유예 방침을 정했지만 정치권의 압력을 받고 있지요."

"…"

"지난 8월에 보내주신 답변서만으로는 국민들이 납득하지 않고 있습니다."

대통령은 작년 1993년 5월 14일에 12·12는 쿠데타적 사건이라고 특별담화문을 통해 규정지었다. 그러나 진상 규명은 역사에 맡기겠다고 했던 것이다. 머리를 다치기 전의 일이다. 대통령이 머리를 들었다. 술기운에 두 눈이 조금 충혈되어 있다.

"각하는 대한민국의 대통령이셨습니다."

"…"

"제 선임자이셨지요."

그러자 전두환이 빙그레 웃었다. 그러나 입을 열지는 않았다.

그로부터 사흘 후인 1994년 11월 5일 아침, 전두환 전 대통령의 연희동 자택 앞에는 수백 명의 내외신 기자들이 진을 치고 있었다. 검찰이 지난달 27일에 내렸던 기소 유예 처분판정을 취소하고 전두환에게 소환 통보를 내렸기 때문이다. 전두환은 선선히 소환에 응하여 아침 10시 정각에 자택에서 대검으로 출발할 예정이었다.

전직 대통령이 쿠데타적 음모사건의 주범으로 검찰에 소환된다는 것은 한국 역사상 초유의 일이다. 국민들은 가슴을 떨고 혹은 분개하거나 감개에 젖었으며 부끄러워했다. 텔레비전으로 생중계되는 실황을 거의 모든 국민들이 일손을 놓은 채 보고 있었으므로 거리도 한산했다.

10시 5분 전이 되었을 때였다. 연희동 골목 입구에 테이블까지 가져다 놓고 실황중계를 하던 MBC의 정동영 앵커는 기자가 전해 주는 쪽지를 건네받고는 자리를 고쳐 앉았다. 시청자들은 그의 얼굴이 조금 상기된 것처럼 느꼈다.

"시청자 여러분, 지금 김영삼 대통령께서 이곳으로 오고 계십니다."

그가 조금 큰 목소리로 말을 이었다.

"약 3분 후에는 대통령께서 이곳에 도착하실 것입니다."

화면이 돌연 바뀌면서 이미 아수라장이 된 골목의 입구를 비췄다. 기자들이 전경들의 벽을 뚫고 조금이라도 더 좋은 위치를 잡으려고 몸부림을 치고 있었다. 그 순간 경찰 모터사이클 두 대가 골목으로 들어

섰고 곧 순찰차가 뒤를 이었다. 그 뒤쪽을 따르는 차량이 대통령의 검
정색 승용차이다.

"대통령의 전용차가 들어섰습니다."

정동영이 소리치듯 말했다.

전용차는 곧 전두환 저택의 정문 앞에서 멈춰 섰다. 그러고는 뒤쪽
의 문이 열렸다.

"아, 김영삼 대통령이 내리시는 것 같습니다."

차에서 내린 대통령은 멈춰 서서 주위를 둘러보았다. 카메라의 플래
시가 수없이 번쩍이자 그는 저택의 정문 앞으로 다가갔다. 그 순간 정
문이 열리더니 전두환의 모습이 나타났다. 단정한 양복 차림의 그는 대
통령을 향해 활짝 웃었다.

"아, 여러분, 두 분이 악수를 나누고 있습니다."

정동영의 목소리가 방마다 거리마다 울렸다. 악수를 마치자 대통령
은 전두환을 안내하여 전용차의 뒷좌석에 나란히 앉았다. 경찰차의 선
도로 그들이 골목을 빠져나간 것은 금방이었다.

"대통령은 전두환 전 대통령과 함께 대검청사로 향하고 있습니다."

이제 설명은 없었지만 대통령이 온 이유를 모르는 국민은 없다. 다
음 순간 화면에는 20여 대의 차량이 대검청사를 향해 질주하는 모습이
나타났다.

"두 분 전현직 대통령은 차 안에서 무엇인가 이야기를 나누고 있습
니다."

기를 쓰고 옆을 쫓아 달리는 차에서 기자가 숨가쁘게 말했다. 그의
뒤쪽으로 CNN의 차량이 보였다.

대검청사에 전용차가 도착한 것은 20분쯤 후였다. 그들은 나란히 계

단을 올라 현관 안으로 들어섰고 기자들의 사진촬영을 위해 포토라인에서 멈춰 섰다. 두 사람 모두 굳은 표정이었다. 이윽고 대통령은 전두환에게 악수를 청했다. 두 사람은 굳은 악수를 나눈 다음 제각기 몸을 돌렸다. 대통령은 현관의 회전문으로, 전두환은 승강기 쪽으로.

5장
모로코의 26인

1995년 1월 초, 민자당의 김종필 대표는 과천의 대통령 집무실에 들어섰다. 창밖의 햇살이 환한 오전 10시경이다.

대통령이 반갑게 그를 맞았다.

"어서 오십시오, 김 대표."

"각하, 부르셨습니까?"

그들은 이틀 전에도 당 중역들과 함께 오찬을 겸한 주요 현안을 협의했다. 올해 6월은 지방자치단체장 선거를 치르게 되는 것이다. 국민들에게 중간평가를 받는 것이나 다름없다.

박관용이 들어섰고 곧 차가 날라져 왔다.

"올해는 대형사고가 없어야 할 텐데 말이오."

대통령이 혼잣소리처럼 말했다.

"천재는 어쩔 수 없다고 하더라도 인재는 막아야 할 텐데…."

대통령이 김종필을 바라보았다.

"김대중 씨가 밥 돌 상원의원과 만난 모양입니다."

"잘되었군요. 밥 돌은 미국의회에서 영향력이 큽니다."

김대중은 아예 워싱턴에 상주하면서 미국 정부의 유력 인사들을 만나고 있었다. 이제까지 그가 만난 사람들만 해도 50명이 넘는다. 정부에서는 대사관의 참사관을 언제나 수행시키고 있는 데다 한국에서 날아간 민주당의 중진의원 대여섯 명이 보좌역을 맡고 있었으므로 거물급 로비 활동이다.

또한 김대중은 시간이 있을 때마다 강연과 세미나를 열었다. 그가 주장하는 것은 한미의 공존이었는데, 그 속에는 한미군사협정의 불평등조약 철폐와 한국의 미사일 개발의 당위성, 그리고 경수로 회담에 미국이 치우치고 있다는 것 등이 포함되어 있었다. 아예 백악관의 코앞에서 시위를 하는 것이나 마찬가지였는데 공화당은 호의적으로 돌아설 기미를 보였다.

물론 민주당 출신 대통령 클린턴을 견제하려는 의도도 있었겠지만 미국 역사상 한국 측의 이런 집중적인 로비는 처음이었던 것이다. 대통령 선거에서 낙선한 야당 출신 인사가 나서서 정부의 정책을 옹호하는 경우는 한국 역사상에도 처음이었다.

대통령이 김종필을 바라보았다.

"김 대표, 행정부에 구멍이 생겨서 걱정이오."

김종필이 잠자코 머리를 끄덕였다. 이회창이 사표를 낸 후로 행정총리는 공석이 되어 있었다. 곧 선거가 다가올 터인데 정부를 대표하는 총리 직이 비어 있어서는 곤란한 것이다.

"그래서 말씀인데…."

대통령이 의자에 등을 기댔다. 이 문제로 부른 것임을 알아챈 김종필이 긴장을 했다.

"김 대표가 총리를 맡아 주시지 않겠습니까?"

순간 김종필이 퍼뜩 머리를 들었다.

"제가 말씀입니까?"

"왜요? 안 됩니까?"

되물은 대통령이 얼굴에 웃음을 띠었다.

"김 대표만 한 적임자가 없을 것 같은데요, 이 상황에서는."

"…."

"이것은 내가 행정부를 김 대표께 맡긴다는 뜻입니다."

한동안 대통령을 바라보던 김종필이 머리를 끄덕였다.

"알겠습니다."

"박 총리와도 호흡이 잘 맞으실 겁니다."

"열심히 하겠습니다."

이것은 수평 이동도 아니다. 이제까지의 전례로 보아도 당이 행정부보다 우위에 있었기 때문이다.

김종필이 국무총리에 취임한 것은 사흘 후인 1월 12일이다. 그리고 민자당의 새 대표에는 최형우가 임명되었다.

뜻밖의 인사였지만 대통령은 물론이고 본인들도 당연한 듯한 태도였고 당내에서도 반발하는 사람은 없었다. 게다가 사사건건 꼬투리를 잡던 민주당까지 대변인 성명을 내어 잘되기를 바란다는 호의적인 반응을 보였다.

동아일보의 편집국 안이다. 정치부 기자 오영준이 다가서자 정치부장 조민식이 머리를 들었다

"이봐, 이거 무슨 트릭이 있는 거 아닐까?"

조민식은 자타가 공인하는 정치통이다. 그의 육감과 추측은 대부분

적중해 왔는데 요즘은 가끔 틀렸다.

"트릭이라뇨?"

모른 척 오영준이 되묻자 그가 짜증을 냈다.

"이번 총리와 대표 취임 말이야. 너무 부드러워, 예감이 이상해."

"글쎄요, 저는⋯."

"김대중이 영삼이하고 무슨 말이 있는 것 같더니만, 이젠 종필이하고도 통했을까?"

"무엇을 말입니까?"

"차기 말이야."

"글쎄요⋯."

"이번 인사를 봐, 종필이가 다시 총리가 된 것을."

"저는 무난한 인사라고 보는데요."

"뭐가 무난해?"

이제까지 정치 술수에 익숙해진 조민식이다. 그가 머리를 기울이자 오영준이 한 걸음 다가섰다.

"김종필은 3공 시절부터 총리를 지낸 행정의 달인입니다. 그리고 최형우는 트릭이 없는 우직한 정치인으로 평이 나 있고요."

"⋯."

"아주 상황에 맞는 인사입니다."

"제기랄."

입맛을 다신 조민식이 머리를 돌렸다.

"이젠 정치부 기자도 못해 먹겠어. 도무지 재미가 없단 말이야, 돌아가는 것들이⋯."

그가 오영준을 흘겨보았다.

"아마 바보가 되어야 돌아가는 것들을 이해할 모양이다."

그 소리를 이동만이 지나다 듣고는 테이블로 돌아온 오영준에게 말했다.

"곧 부장자리 비게 생겼다."

그가 목소리를 낮췄다.

"정치인들 물갈이를 했으니 정치부 기자들도 물갈이를 하는 것이 정상이야. 그래야 맞는 기사를 쓴다. 넌 어떻게 생각해?"

오영준은 대답하지 않았다.

손 여사는 밝은 표정이었다. 대통령의 옷을 받으면서 그녀가 물었다.

"현철이를 곧 불러서 식사나 해야죠?"

"그래야지."

넥타이를 건넨 대통령이 힐끗 그녀를 바라보았다.

"하지만 내가 유럽에 다녀온 다음에 합시다."

김현철은 지난주에 징역 2년에 집행유예 3년의 형을 받고는 집에 돌아와 있었다. 그가 구치소에 들어가 있는 동안 손 여사는 1만 통이 넘는 위로 편지를 받았는데 대부분 여성들이 보낸 것이다.

YS 집권 1년 만에 구속된 김현철의 조사와 재판은 꽤 길었다. 지난 1심에서 실형을 선고받았다가 항고심에서 집행 유예를 받아 거의 1년 만에 풀려난 것이다.

검찰의 위상은 정부수립 이후 최상이다. 이제 그들은 정치권의 영향을 거의 받지 않는 상태였다. 밤 10시가 되어갈 무렵 그들은 아래층에 있는 응접실에 마주앉았다.

"현철이한테 전화하셨수?"

손 여사가 물었으므로 대통령이 머리를 들었다.

"그래, 나온 날 밤에 했어."

하지만 아직 만나지는 못했다. 김현철은 구이동에 전셋집을 얻어 살고 있었으므로 이곳에서 꽤 멀다.

"난 오늘도 만나고 왔어요. 그런데 그 애가 당신께 할 말이 있다고 합디다."

손 여사가 옆에 놓인 수화기를 들었다.

"바꿔 드릴 테니 자식 이야기를 들어보세요."

전화는 금방 통화가 되었고 대통령에게 수화기가 건네졌다. 손 여사가 꼼짝 않고 대통령을 바라보고 있었다.

"어, 현철이냐?"

"아버님…."

대통령은 밝게 말했으나 김현철의 목소리는 조금 굳은 것 같았다.

"하마터면 큰 누를 끼칠 뻔했습니다. 그 정도에서 그친 것이 얼마나 다행인지 모릅니다, 아버님."

"내가 니한테 면목이 없다."

이제 대통령의 목소리도 가라앉아 있었다.

벨이 울렸으므로 배성규는 수화기를 들었다.

"예, 배성규 기잡니다."

"거기 동아일보 사회부 맞지요?"

"예, 맞습니다."

그러자 사내는 두 호흡쯤 지나서야 말을 이었다.

"저, 정보를 드릴 것이 있는데…."

"정보라니요?"

"특종기사가 될 만한 것이오."

"말씀하세요."

배성규는 심드렁했다. 별의별 정보가 제보되는데 우주인을 만났다는 것에서부터 사람을 죽여 묻었다는 것까지 다양했다. 그중에서도 모함성 제보가 가장 많다.

사내가 다시 조금 뜸을 들이더니 말했다.

"저, 대통령에 관한 정보란 말입니다."

"예, 그래서요?"

"대통령이 요정의 아가씨한테 60평짜리 빌라를 사줬고 그랜저 3000cc짜리를 사줬단 말입니다."

"…."

"어느 요정이고, 아가씨 이름이 무엇이고, 빌라가 어디에 있고 차 번호가 무엇인지 내가 다 압니다."

이건 심상치가 않았으므로 배성규의 얼굴이 긴장되었다. 그가 헛기침을 했다.

"그렇다면 선생님께선 그 사실을 제보해 주시겠단 말입니까?"

"언론이 발표한다면 제보하지요. 물론 당신들이 정치적으로 처리할지 알 수 없지만 말이오."

"그럼 말씀해 주실랍니까?"

그로부터 10분 후에 배성규는 편집국장 김수곤의 앞에 서 있었다. 옆에 서 있는 사내는 정치부장 조민식이다. 김수곤이 쪽지를 내려다보았다.

"우선 이놈의 빌라하고 차를 확인해 봐. 이연미라는 여자가 성원에

158

있는지도 말이야."

김수곤의 얼굴은 밝지가 않다.

"나도 소문은 들었어. 성원에 YS의 애인이 있다는 것 말이야. 근데 60평짜리 빌라에 그랜저라니, 대단하군."

조민식이 한 걸음 다가섰다.

"제보자가 우리한테만 알려줄 리가 없습니다. 아마 주요 일간지에 좍 뿌렸을 것 같은데요."

"당연하지. 그리고 곧 저쪽 정보망에도 잡힐 것이고…."

저쪽 정보망이란 정부 쪽이다. 김수곤이 배성규를 바라보았다.

"배 기자, 우선 자네가 뛰어. 확인부터 하란 말이야."

"알겠습니다."

이건 재미없는 건이군 하고 생각하며 배성규는 쓴 입맛을 다셨다. 자신도 그렇지만 다른 사람도 마찬가지인 모양이었다. 대통령의 여자 관계라니, 더구나 현대빌라 60평형이면 10억이 넘는다. 이제까지 대통령이 쌓아올린 공적이 일순간에 무너져버릴 수도 있는 일이다.

"주요 일간지는 물론 주간지와 잡지사에도 같은 제보가 들어왔습니다."

안기부장 김 덕이 가라앉은 목소리로 말했다. 그는 지금 대통령 집무실의 비서실장 박관용과 통화를 하는 중이다. 배성규가 제보를 받은 지 한 시간쯤이 지난 오후 5시경이었다. 그가 말을 이었다.

"제보자는 서울 말씨를 쓰는 남자라는 것밖에 모릅니다. 자신의 신원을 밝히지 않았습니다."

"그래서 우선 이연미 씨에게 저희 직원을 붙여 대구로 이동시키도록 했습니다. 아마 지금쯤 출발했을 겁니다."

"그건 잘하셨습니다."

수화기를 고쳐 쥔 박관용이 막혔던 숨을 뱉었다.

"도대체, 어떤 놈이 그런…."

"정치권에 소문이 퍼져 있었지요. 그리고 성원에 한 두 사람이 다닙니까? 알 만한 사람은 다 알고 있습니다."

"아니, 그래도 각하께서 빌라하고 차를 사주셨다는 건 금시초문이오."

"그건 현대 정 회장이 준 겁니다."

박관용은 모르고 있었던 일이다. 김 덕이 말을 이었다.

"어쨌든 이연미가 잠적하면 확인할 길도 없고 그리고 증거도 없습니다. 우린 그동안에 그놈을 잡겠습니다."

"수고하셨습니다."

어깨를 늘어뜨린 박관용이 수화기를 내려놓았다. YS가 속을 썩이는군 하고 그는 생각했다. 어두운 과거를 마무리 지었고 문민정부의 꽃을 피우려는 이 마당에 여자에게 살림을 차려 주다니, 날벼락이다. 하긴 자주 요정에 다니는 것이 처음부터 찜찜하긴 했었다.

오후 6시 정각이 되었을 때 대통령 집무실에 민자당 대표 최형우가 들어섰다. 그는 굳은 표정이었다. 인사를 마치고 앞자리에 앉았는데 턱을 조금 들어 올리고는 옆쪽만 바라보았다.

대통령이 눈을 끔벅이며 그를 바라보았다.

"최 대표, 무신 일이 있나?"

30년 호흡을 맞춰 온 사이인 것이다. 방귀만 뀌어도 무슨 음식을 먹었는지 짐작한다. 최형우가 힐끗 대통령을 바라보았다.

"기집이 문제인기라요."

"그기 무신 말이고?"

"그, 성원에 기집 말입니더."

"이 사람이⋯."

이맛살을 찌푸린 대통령이 혀를 찼다.

"와 그라노?"

"언놈이 신문사마다 제보를 했다 안 캅니꺼. 안기부장이 그 기집아를 얼릉 처리했으니 망정이지, 큰일 날 뻔했능기라요."

"⋯."

"지금도 현대빌라 앞에는 기자들이 진을 치고 있다 캅니더."

"⋯."

"인자 가 그만 만나이소."

"가는 지금 어디에 두었노?"

그러자 최형우가 머리를 저었다.

"지는 모릅니더."

"안기부장이 알겠구마."

"각하, 인자 그만 만나이소."

최형우가 정색을 했다. 말하기가 거북한 박관용이 최형우를 불러들인 것이다.

"이제까지 쌓아올린 각하 업적이 수포로 돌아갈 수도 있능기라요."

"허, 내가 별일을 다 보겠구마."

대통령이 어이가 없다는 듯 반쯤 입을 벌렸다.

"니, 내가 어쨌다고 그러노?"

"어느 놈이 각하께서 60평 빌라하고 그랜저를 뽑아 주었다고 했단 말입니더."

"정 회장이 주었다."

"그냥 주었다고 국민들이 믿겠십니꺼? 무신 대가로 주었다고 하겠지요."

"정 회장이 인사로 준 거야. 난 대가로 준 것이 없다."

"국민들은 그렇게 안 볼 껍니더."

"시끄럽다."

이제는 대통령이 정색을 했다.

"당장에 가 데려온나. 가가 무신 죄가 있노?"

"안 됩니더."

최형우가 똑바로 대통령과 시선을 맞췄다.

"내, 영부인께라도 말씀 올릴 작정으로 온 기라요. 각하께선 예전엔 안 그러셨는데 요즘 와 그러시능교?"

"니가 무신 권리로."

"지는 각하를 모시고 있는 입장인 기라요. 가실라믄 아주 지를 쥑이고 가이소."

"내가 가하고 무신 관계가 있는지 니가 어뜨케 아노?"

"그건 알 필요가 없심더."

어깨를 부풀린 최형우가 자르듯 말했다.

"가는 것이 중요한 기라요."

"아니, 여보쇼. 난 전혀 모르는 말이오."

성원의 안수남 사장이 눈을 부릅떴다.

"각하께서 이곳에 오시다니, 정말 그런 일이 있었다면 오죽이나 좋겠소."

"다 알고 왔는데 왜 이러십니까?"

기자 하나가 말하자 안수남이 그에게로 한 걸음 다가섰다.

"야, 이 씨벌놈아, 니가 멀 알고 왔다는 거여? 이런 개새끼가 있나?"

안수남이 와락 기자의 멱살을 잡았을 때 주위에 둘러섰던 남자 종업원들이 그것이 신호라도 된 듯이 달려들었다. 성원의 마당에 들어와 있던 대여섯 명의 기자들은 불문곡직하고 주먹과 발길질을 해 대는 종업원들에게 맞아 카메라가 부서졌고 코피가 났다. 기자들을 밖으로 몰아낸 안수남이 대문 앞에서 악을 썼다.

"개새끼들아! 대통령 모함했다가는 쥐도 새도 모르게 뒈질 것이다!"

문이 부서질 듯이 안에서 닫아 걸은 안수남이 이를 갈았다. 고자질한 놈은 옆쪽 요정인 화원이거나, 아니면 뒤쪽의 도향 사장놈일 것이다. 그놈들은 이쪽이 잘되는 것에 창자가 꼬일 정도로 배가 아파했었다.

어쨌든 당분간은 휴업해야 될 상황이었다. 기자들이 이렇게 몰려온 걸 보면 심상치가 않았다.

"나는 절대로 그런 일이 없습니다."

박기창이 두 손까지 저었다. 그는 앞에 선 사내들을 번갈아 바라보았다.

"내가 미쳤습니까? 상대가 따로 있지 대통령을 걸고 넘어지게?"

인천 월미도의 횟집 안이다. 경마장에서 사라진 박기창은 월미도에서 두문불출하고 있었던 것이다.

사내 하나가 쓴웃음을 지었다.

"하긴 당신 말에도 일리가 있어. 일이 생기면 일단은 당신부터 이렇게 찾아올 테니까 말이야."

"그럼요, 그럼요."

박기창이 머리를 끄덕였다.

"그리고 신문사에 전화해서 내가 뭘 하겠습니까? 난 다 잊었습니다."

"…."

"그리고 난 이연미가 어디에 사는지도 모릅니다, 정말입니다."

"곧 놈이 잡힐 거야."

이제까지 잠자코 있던 다른 사내가 입을 열었다.

"그놈 목소리를 녹음해 둔 신문사가 있었어. 잡으면 어느 놈의 사주를 받았는지 밝혀질 거야."

"아, 밝혀야지요."

서로 얼굴을 바라본 사내들이 자리에서 일어섰다.

"이거 시간 빼앗아서 미안한데."

따라 일어선 박기창이 머리를 숙였다.

"형님들, 안녕히 가십시오."

박기창이 한 것 같지는 않았다. 횟집을 나온 민영준이 입맛을 다셨다. 그는 경호실 직원으로 이덕수의 부하였다.

다음날 오전, 민주당의 총재실에는 이기택을 중심으로 당의 간부들이 거의 모여 있었다. 긴장된 분위기였다.

"기자회견을 해서 이것을 발표해 버립시다."

누군가가 말하자 이기택이 주위를 둘러보았다. 의견을 묻는 것이다.

164

권노갑이 상체를 세웠다.

"시방 누가 뒤통수를 치자고 혔는디, 나는 반대여."

그가 이기택을 바라보았다.

"쪼깨 비겁한 방법이라는 생각이 드는구만이라, 그것은."

"그렇다면 묻어 두잔 말씀이오?"

이기택이 묻자, 그는 입맛을 다셨는데 김상현이 나섰다.

"그렇게 서둘 필요는 없다고 봅니다. 우선 확인부터 한 다음에 다시 방법을 생각해 봅시다."

이기택의 앞에는 10여 장의 사진이 놓여 있었는데 이연미와 그녀의 빌라, 그리고 타고 다니는 차 등을 찍은 것이다. 오늘 아침에 그에게 배달된 것으로, YS의 애인에 대한 모든 자료가 놓여 있다.

"하긴 작년부터 성원에 YS의 애인이 있다는 소문이 짜하게 흘렀지."

누군가가 말했고 다른 사람이 말을 받았다.

"하지만 60평짜리 빌라에다 그랜저를 사주다니, 만일 이것이 사실이라면 YS는 도덕적으로 치명상을 입을 거요."

그러자 김상현이 혀를 찼다.

"그 양반, 어쩐지 이상하게 나가더니만 결국은 이런 짓을 벌이려고 했단 말인가?"

"그렇다면 우선 이것을 확인부터 해봅시다."

이기택이 주위를 둘러보았다.

"확인된 다음에 대책을 세웁시다."

"확인이 안 됩니다."

동아일보의 편집국 안이다. 배성규가 말하자 편집국장 김수곤이 혀를 찼다.

"먼저 손을 쓴 모양이야, 그쪽에서."

"빌라의 문을 잠가놓고 어디로 사라져 버렸습니다."

그랜저도 없어진 데다 성원에 취재하러 갔던 기자는 종업원에게 얻어맞기만 하고 돌아왔다. 그쪽은 아예 이연미의 존재조차도 부정하는 입장이었다.

김수곤이 쓴웃음을 지었다.

"어떤 놈인지는 모르지만 우리 정보기관을 얕보았어. 그쪽이 한 발 빠르게 움직이리라곤 생각지 못한 모양이야."

"국장님, 이연미를 찾을까요?"

배성규가 묻자, 김수곤이 멍한 시선으로 그를 바라보았다. 그러고는 머리를 끄덕였다.

"찾아봐, 아마 다른 데서도 찾고 있을 테지만 말이야."

"알겠습니다."

"하지만 쉽지 않을 거야. 정보기관들을 상대로 해야 할 테니까."

이미 그도 이연미를 정보기관이 숨겨두었다고 믿고 있었다. 그것은 제보 사실을 그대로 믿고 있다는 증거였고 다른 신문사들도 마찬가지일 것이었다.

"야단났다."

이맛살을 찌푸린 정주영 회장이 정몽구 회장을 바라보았다.

"내가 실수한 것 같다. 현대빌라하고 그랜저를 주는 것이 아니었는데, 그냥 돈으로 줘도 되었을 것을….."

"그래도 마찬가지입니다, 아버님."

166

정몽구가 차분하게 말했다.

"어차피 차도 사고 집도 샀을 테니까요."

"삼성아파트에 대우차를 샀을 수도 있지 않아?"

혀를 찬 정주영이 눈을 부릅떴다.

"어떤 때려줘일 놈이 그따위 제보를 했는지 모르겠다. 혹시 삼성이 아닐까?"

"글쎄, 그럴 리가요…."

"우리가 YS하고 다시 괜찮은 관계가 된 것이 몹시 배가 아플 거야. 자동차 사업문제로 방해를 할 것 같으니까."

"그럴 사람들은 아닙니다, 아버님."

"그렇다면 어떤 도둑놈들이…."

"어쨌든 그 여자가 종적을 감췄다니, 아마 기관에서 보호하고 있을 겁니다. 안심하셔도 될 겁니다, 아버님."

"나보다도 YS한테 피해가 가면 안 돼."

"물론이지요."

"만일 문제가 터진다면 내가 나설 테다. 이건 순전히 우의의 징표로 준 것이지 내가 뭘 바라고 그런 것도 아니라구."

"압니다, 아버님."

"그, 언론의 주둥이를 막아야 돼. 특히 대책 없이 폭로기사만 쓰는 삼류 놈들을."

"알겠습니다, 아버님."

조금 진정이 되었는지 정주영이 의자에 등을 기댔다.

"아 영웅호색이라고, 자고로 영웅한테는 여자가 꼬이는 법이여. 그런데 어떤 고자 같은 놈이…."

말을 멈춘 그가 헛기침을 했다. 표현이 조금 심하다고 느낀 모양이었다.

1995년 3월 8일, 대통령은 유럽 방문을 위해 김포공항을 출발했다. 이번 유럽 방문은 유럽과의 협력관계를 증진시키기 위한 것이었고, 코펜하겐에서 열리는 유엔 사회개발 정상회의에 참석할 예정이었다. 박태준 경제총리의 경제정책에 맞춰 미·일에 치우쳤던 경제외교를 유럽과 개발 국가 쪽으로 비중을 옮기는 작업에 대통령도 나선 것이다.

코펜하겐에는 190여 개국의 정상과 각료들이 모인다. 대통령은 일본의 무라야마 총리와 중국의 이붕 총리와도 단독 회담을 가져 한반도 정세 안정을 위한 협력 방안을 논의할 예정이었다.

영국을 떠나 덴마크의 코펜하겐으로 날아가는 전용기 안이다. 프랑스와 영국 방문을 마친 대통령은 이제 코펜하겐에서 정상외교의 대미를 장식할 작정이었다. 이미 사스 스칸디나비아 호텔에서 10일 저녁에 개발도상국 정상들과의 만찬회동이 예정되었고, 다음날에는 유엔 사회개발 정상회의에서 기조 연설을 해야만 한다. 무라야마 총리와의 회담은 그날 오후이고, 이붕 총리와는 다음날 오전이다.

전용기의 뒤쪽에 마련된 기자석은 조용했다. 대부분 지친 듯 의자를 눕히고 잠에 취해 있었는데 이동만은 코를 골았다.

"내가 이 양반 때문에 요즘 불면증에 걸렸다니까."

참다못한 오영준이 투덜거렸을 때 이동만이 번쩍 눈을 떴다.

"불면증은 무슨, 잠만 잘 자더라."

"아니, 그럼 일부러 코를 곤 거요?"

"잠은 잔 거야. 하지만 옆에서 바스락거리는 소리까지 다 들어."

"그거, 이제는 욕도 못 하겠네."

이동만이 오영준이 들고 있는 신문을 넘겨보았다.

"흥, 이젠 일단 기사로 취급했구먼그래."

그의 시선이 멎은 곳은 사회면 아랫부분에 조그맣게 박힌 사건이다.

"공보수석이 한 말씀 하신 모양이다."

모로코 해군이 근해에서 조업 중이던 한국 어선을 나포한 사건이다. 해군 경비정이 기관포를 발사하여 한국인 선장이 사망했고 26명의 선원과 배는 해군기지로 끌려가 있었다. 오영준이 신문을 접었다.

"그거야 당연한 일 아니오? 새삼스럽게….."

얼마 전만 해도 톱기사로 실렸던 사건이다. 텔레비전 방송국은 재빠르게 모로코에 특파원을 파견하여 생방송까지 했지만 협상은 지지부진했고, 따라서 흥미가 떨어졌다. 이제까지의 관례처럼 현지 주재 대사관이 나서서 처리하면 될 것이었다.

"각하, 모두 13개국의 정상이 만찬에 참석하게 되겠습니다."

기체 앞쪽의 대통령실 안이다. 외교안보수석 유종하의 얼굴은 환했다.

"참석 국가는 네팔, 몽골, 방글라데시, 페루, 니카라과, 라트비아, 중앙아프리카, 에티오피아, 탄자니아, 말리, 가봉, 케냐, 보츠와나입니다."

성실한 유종하가 국가 이름을 하나도 빼지 않고 읽어 내려갔다.

당초에 만찬을 계획했을 때 몇 나라 정상이 참석할지 불안했던 유종하다. 이것은 빌 클린턴 등 선진국 지도자들이 자주 사용하는 정상외교 방법인데, 한국 대통령으로서는 처음인 것이다. 그만큼 한국의 위상이 높아졌다는 증거였으므로 유종하가 생기 있게 말을 이었다.

"각하, 각국 정상들이 차관이나 식량 원조를 요청할 것입니다. 모두 후진국이니 만치."

"그럴 테지"

말을 자른 대통령이 들고 있던 신문을 내려놓았다.

"그거 바라고 만찬에 참석할 테니까, 그렇지 않소?"

"예? 예, 각하."

"이 김영삼이가 뭐가 좋아서 밥 먹자고 부른다고 덥석 오겠소?"

대통령이 눈만 껌벅이는 유종하를 향해 빙긋 웃었다.

"모두 일국의 대통령이나 수상으로 그 나라의 일인자들이야. 아마 초청을 받고는 그랬을 기라. 흥, 거들먹거리기 좋아한다는 김영삼이 비위나 슬슬 맞춰 주고 원조나 받자 하고…"

"…"

"지난 정권 때 러시아한테 덥석 돈 준 것도 알고 있겠다, 한국 대통령은 호구로 소문이 났는지도 모르겠다."

머리를 든 대통령이 유종하를 바라보았다. 유종하의 얼굴은 이미 딱딱하게 굳어져 있다.

"만찬 취소해요. 그렇지, 여행 경비가 모자라서 취소했다고 하시오."

"…"

"이제까지 가만뒀더니 내 숙소를 초특급 호텔로만 정했는데, 그렇지, 지금부터 삼급 호텔로 가겠어."

"각하, 그것은…"

"특급 호텔에 묵는다고 특급 대통령이야? 내가 클린턴하고 같은 호텔에 묵는다고 위상이 같아? 여관에 묵는다고 삼류 대통령이야? 그 따위 허세는 없애자구."

"…."

"당장 시행하시오."

"예, 각하."

대통령이 탁자 위에 내려놓은 신문을 들었다.

"그리고 사회개발회의에서 기조연설이 끝나면 바로 떠나겠어. 무라야마하고 이붕 총리 회담도 취소시켜요."

"…."

"할 말도 전에 다 했는데 괜히 사진 박으려고 만나는 거야, 안 그래요?"

"각하…."

그러자 대통령이 자르듯 말했다.

"난 급히 갈 데가 있어요."

사스 스칸디나비아 호텔은 초특급 호텔로 국왕이나 대통령 등 국가의 정상들이 자주 묵는 곳이다. 덴마크 주재 한국대사관 측은 대통령의 방문 두 달 전부터 호텔 측과 접촉해서 7층의 전체를 예약하는 개가를 올렸다.

유엔 사회개발 정상회의에 참석하는 국가가 190여 개국이며 모두 국가 정상들이 각료와 수행원들을 이끌고 스톡홀름에 모여든 것이다.

특급 호텔은 서너 개뿐이어서 초특급인 사스 스칸디나비아에 묵는 것은 곧 국력과 외교력을 나타내는 것과 다름없었다.

따라서 특급 호텔 쟁탈전은 그야말로 살벌하기까지 했다. 사스 스칸디나비아 호텔만 해도 일본과 중국이 달려들었는데 결국 방을 차지한 것은 한국 측이었다. 담당 영사는 성취감과 희망에 부풀어 있었을 것이다.

스톡홀름 교외의 허리업 인(Hurry Up Inn)이다. 교외라 한적하고 조용해서 한국 대통령의 경호를 맡은 경호팀은 갑자기 숙소가 바뀌었음에도 그곳의 경호 문제로 그다지 짜증은 내지 않았다.

그러나 이곳은 여관이라고도 볼 수 없는 여행자의 간이숙소였다. 이름도 이상해서 한국의 '빨리빨리' 약점을 그대로 나타낸 것 같아 덴마크 주재 한국 대사는 여관 간판을 뗄 생각까지 했다는 것이다.

오영준도 여관의 귀퉁이 방 하나를 차지했는데, 대통령의 방도 마찬가지겠지만 그야말로 싸구려 여인숙이었다. 숙박료를 알아보니 하루 45달러로 특급 호텔의 대통령실인 스위트룸 하나 값으로 이곳의 방 35개를 모두 빌릴 수가 있었다.

"하여튼 나는 저 양반이 마음에 들어."

침대 두 개에 탁자와 의자 두 개, 그리고 작은 냉장고 하나에다 텔레비전 세트뿐인 방안을 둘러보던 오영준이 웃었다.

"이게 한국 대통령의 숙소라니, 이것만으로도 김영삼은 히트를 쳤다."

"도무지 이건 장난도 아니고…."

이동만이 이맛살을 찌푸렸다. 그는 오영준과는 생각이 다른 모양이었다. 낡은 의자에 털썩 앉았다가 의자가 삐거덕거리자 그는 불안한 듯 엉덩이를 들었다.

"쇼맨십이 다시 발동한 거야. 매스컴 타려고…."

아닌 게 아니라 한국 대통령이 여인숙으로 숙소를 옮긴 것에 대하여 세계의 이목이 집중되어 있었다. 지금도 여관 밖에는 CNN을 위시하여 각국의 텔레비전 기자들이 분주하게 이쪽을 촬영하고 있다.

"더구나 만찬도 취소해버린 데다가 일본과 중국과의 정상회담도 보류시켰어. 도대체 무슨 큰일이 있다는 건지…"

"암, 저래야 되어."

박대구가 커다랗게 말하자 옆쪽 식탁에 앉아 있던 택시기사들이 웃었다. 그들은 기사식당에 모여 앉아 저녁을 먹으면서 텔레비전을 보는 중이다.

텔레비전에 비친 허리업 인은 그야말로 한국의 지방도시에 있는 삼류 여관과 다를 바가 없었다. 주위의 경관은 조금 달랐지만 한 쌍의 남녀가 그려진 낡은 간판은 철자 몇 개가 떨어졌고 밖에는 담쟁이 넝쿨이 무성하게 엉켜 있는 2층 벽돌집이다. 여관 현관 앞에 급히 만든 것처럼 보이는 깃봉에 대형 태극기가 걸려 있었다.

"여인숙에서 잔다고 어떤 놈이 우리 대통령을 무시하겠어? 안 그려?"

"암면."

그렇게 대답한 것은 음식점 주인 순천댁이다. 그녀는 고기가 한줌은 더 들어간 국밥을 그의 앞에 내려놓았다.

"돈을 쪼깨 가꼬 간 모양여. 암만 혀도 우리가 세금을 더 내야 하는 갑다."

"아따, 저 양반이 돈이 읍서서 저런 디에 있간디?"

박대구가 턱으로 텔레비전을 가리켰다.

"우리더러 절약허라고 쇼 허는 거여. 저 양반이 어떤 사람인디."

"하이칸 가슴이 찡 허고만잉?"

옆자리의 기사가 말하자 앞쪽의 사내가 머리를 끄덕였다.

"일류 호텔에 들어가서 클린턴 옆에 붙어 설라고 옛날에는 지랄들을 했었지."

처음 보는 이 사내는 꽤 유창하게 말을 이었다.

"그러고는 카메라가 확 오면 되지도 않는 한국말로 씨부렁거리면서 손가락으로 이쪽저쪽을 가리켰어, 국민들한테는 영어로 이야기하는 것처럼 보이려고."

모두의 시선을 받은 그가 쓴웃음을 지었다.

"영삼이는 달라. 저것도 쇼긴 하지만 대단한 용기요. 그리고 정직해야 저런 용기도 나오는 법이고…."

대통령은 44개국 정상 가운데 열네 번째로 등단하여 개도국에 대한 한국 정부의 지원 확대 방침에 대해 7분여 동안 기조연설을 했다. 연설을 마친 대통령이 차에 오른 시간은 오후 3시였다.

대통령이 옆자리에 앉은 유종하 외교안보수석을 바라보았다.

"이제 공식 일정은 모두 끝난 것 같은데, 그렇지 않소?"

"아닙니다, 각하."

유종하가 긴장을 했다.

13개국 만찬과 중·일과의 정상회담을 취소시키고 거지같은 여인숙으로 숙소를 옮긴 대통령이다. 또 무슨 난데없는 일이 벌어질까 두려운 듯 그가 눈을 크게 떴다.

"벨기에의 알베르 국왕과 오찬 약속이 내일 있습니다만…."

"왕하고 점심 먹는 것보다 더 중요한 일이 있어요."

대통령이 유종하를 똑바로 바라보았다.

"내일 아침에 모로코로 갑시다."

"각하, 모로코라면…."

"아, 거기, 우리 선원 스물여섯 명이 잡혀 있지 않소?"

"아아, 예…."

"거기 대통령을 만나야겠소."

모로코는 핫산 2세 국왕이 통치하고 있었으나 유종하는 그걸 정정해줄 정신이 아니다. 그가 침을 삼켰다.

"각하, 그러시다면…."

"그쪽 대통령한테 우리 선원을 내달라고 해서 전용기에 태워 가겠어."

"…."

"신문을 보았더니 한 달 가까이 잡혀 있는 모양이야. 보상금을 100만 달러나 내라고 하고, 순 날강도 같은 놈들."

"각하, 하지만…."

"만찬도 취소시키고 호텔경비도 줄였으니 100만 달러쯤은 남았을지 몰라. 모자라면 빌리든지, 대통령하고 담판을 지어서 깎든지."

숨을 들이마신 유종하가 고개를 끄덕였다.

"알겠습니다, 각하."

다음날 정오 무렵, 대한민국 대통령의 전용기 보잉 747은 기수의 태극기를 펄럭이며 모로코의 수도 라바트 공항에 착륙했다. 한국 대통령의 첫 방문이다.

눈부신 태양이 작열하는 공항에는 모로코 주재 한국대사 안웅열이 대사관 직원을 인솔하여 영접을 나와 있었다. 그의 옆에는 모로코 왕국의 관리 서너 명이 서 있었는데 모두가 얼떨떨한 표정들이다.

"저 자식들, 외무부의 과장급 정도밖에 안 되어 보이는데, 개새끼들,

다 어디 간 거야?"

비행기의 트랩에서 내리면서 이동만이 오영준에게 말했다.

대통령은 아랍인 서너 명과 악수를 나누고 있다. 의장대도 없을 뿐더러 트랩 밑에 카펫도 깔려 있지 않았고, 환영 플래카드는 물론이고 환영객도 없었다.

"국왕이 어떤 시러베 아들놈인지는 모르지만 씨발, 공수부대를 불러다가 이놈의 나라를 쑥밭을 만들까 보다."

이제 이동만이 오영준보다 더 열을 받고 있었다.

어제 저녁에 모로코행 통보를 받은 후부터 이동만은 더 이상 구시렁대지 않았다. 개도국과의 만찬을 취소하고 숙소를 여인숙으로 옮긴 이유가 바로 이것이었던 것이다.

전세기에 끼어 탔던 CNN 기자들이 저희들끼리 말하는 소리가 들렸다.

"마치 망명객이 도착한 것 같군그래."

그러면서 그들은 촬영에 열중했다. 흥이 난 표정들이다. 세계에서 모인 190여 개국의 정상 중에서 한국 대통령만큼 화제를 몰고 다니는 정상이 없었다.

이제 대통령은 일단의 수행원을 이끌고 공항 청사로 다가가고 있었다. 뙤약볕이 눈부시게 비추고 있었지만 당당한 모습이다.

"망명객은 무슨, 정복자의 모습이다."

이동만이 큰소리로 CNN 기자들의 뒤에 대고 말했지만 물론 그들은 한국말이라 알아듣지 못한다. 그가 다시 말했다.

"니네 대통령 열 놈하고도 안 바꾼다."

176

공항에서 시내로 달리는 차 안이다. 운전석의 옆자리에 앉아 있던 안웅열 대사가 몸을 돌려 대통령을 바라보았다. 얼굴이 뻣뻣하게 굳어져 있다.

"각하, 핫산 국왕은 마호메트 탄생 기념일을 전후해서 페스의 왕궁에서 두문불출하는 것이 전통입니다."

그가 더듬대며 말을 이었다.

"그래서 오늘 저녁에 압둘 황태자와 만찬 약속을 해놓았습니다만."

옆자리의 유종하가 거들었다.

"각하, 압둘 황태자는 총리 겸 국방장관에다 정보부장으로 실력자입니다. 선원 문제도 해결해 줄 수 있는 사람입니다."

"우리 선원들이 어디에 있다고 했지?"

"모로코의 남단인 탈파야라는 군항에 있습니다."

안웅열이 대답했다.

"이곳에서 1000km 가량 떨어진 곳에…."

"난 선원들하고 같이 귀국할 거요."

자르듯 말한 대통령이 의자에 등을 기댔다.

"몇 달이 걸리더라도. 나쁜 놈들, 총을 쏘아 사람을 죽이고는 시체도 못 가져가게 하다니."

"…"

"황태자라면 왕 아들놈인데, 난 그놈 안 만나겠어. 그렇게 통보하시오. 난 호텔에서 왕이 오기를 기다리겠어."

"…"

"왕 멱살을 잡고 흔들 끼라. 이놈들이 대한민국 국민을 우습게보았어. 어디 두고 보라고."

새파랗게 질린 안웅열이 유종하를 보았으나 유종하는 시치미를 뗀 얼굴로 시선을 마주치지 않았다. 차 안에는 무거운 정적이 흘렀는데 차의 엔진 소리만 희미하게 들릴 뿐 숨소리도 나지 않았다.

슬쩍 주위를 살펴본 박대구는 손등으로 눈물을 씻었다. 오늘은 쉬는 날이어서 동네의 카센터에 나와 있었는데 텔레비전에서는 대통령의 라바트 공항 도착 상황이 방영되고 있었던 것이다.

대통령은 뜨거운 뙤약볕을 맞으며 공항 청사로 들어가는 중이었다. 주위에는 40~50명의 수행원과 대여섯 명의 아랍인, 그리고 10여 명의 군인이 어수선하게 흩어져 있어서 지방 군수의 행차보다 나을 것이 없다. 그러나 대통령은 어깨를 펴고는 당당하게 걸었다. 그는 그것에 더 가슴이 미어졌다. 대통령은 수모를 무릅쓰고 선원들을 구해내려고 적지에 들어선 것이다.

아나운서의 열띤 목소리가 다시 울렸다.

"대통령은 핫산 2세 왕과의 직접 면담을 요구하고 호텔로 들어갔습니다. 선원들과 선장의 유해를 싣고 모로코를 떠나겠다는 굳은 의지를 모로코 정부 측에 전달했습니다."

박대구가 숨을 들이마셨을 때 카센터의 직원이 들어섰다. 그가 힐끗 텔레비전에 시선을 주었다.

"영삼이 대단해요, 그죠?"

"영삼이가 뭐여? 영삼이가."

눈을 부릅뜬 박대구가 그를 노려보았다.

"너는 이놈아, 아비도 없냐? 엇따 대고 함부로 이름을 불러, 새꺄."

압둘 황태자는 40대 초반으로 잘생긴 미남이다. 그는 검은 눈동자로 유종하를 응시하고 있었는데 무표정한 얼굴이었다.

"내가 몇 번이나 이야기를 했지만 한국 어선은 모로코 영해를 침입했소. 우리 해군은 발포하고 나포할 권리가 있습니다."

그가 유창한 영어로 부드럽게 말했다. 어렸을 때 프랑스와 영국에서 10년 가깝게 유학생활을 해서 서구의 생활양식에 익숙한 사내다. 그가 말을 이었다.

"일국의 대통령이 이곳에 왔다고 해도 적법한 절차를 거쳐야만 석방됩니다."

"이해합니다, 전하."

"일국의 대통령이 외교 관례를 무시하고 이렇게 상대국을 방문할 수 있는 겁니까?"

"전하, 공식방문이 아닌 것을 이해해 주십시오."

"그렇다면…."

황태자가 입술 끝만 올려 웃어 보였다.

"나하고의 만찬 약속을 일방적으로 취소하셨는데 그런 매너로 석방이 이루어지리라고 생각하십니까?"

"전하."

상체를 세운 유종하가 정색을 했다.

"저희 대통령 각하의 말씀을 전해 드리겠습니다."

"말하시오."

"24시간 내에 사망자를 포함한 선원들을 저희에게 인도해 주십시오. 그것이 불가능하다면 저희 대통령을 강제 추방해 달라고 하셨습니다."

"…."

"각하께선 전 세계 언론을 라바트로 부르셨습니다. 그래서 24시간 안에 선원들이 석방 안 되면 이곳에서 모로코를 비난하는 성명을 발표하실 예정입니다. 그러니 그 전에 추방당해야 하지 않겠느냐고 말씀하셨습니다."

압둘이 쓴웃음을 지었다.

"생각해 주셔서 고맙다고 전하시오."

"전하, 전 세계 언론이 모여 있습니다. 100만 달러를 받아내시려고 일국의 국가 원수를 추방한다면…"

"잠깐."

이제 눈썹을 추켜올린 압둘이 그의 말을 막았다.

"모로코 제국을 모욕하지 마시오. 우리는 돈 때문에 이러는 것이 아니요."

"한국인이 죽었습니다. 저희 대통령 각하께선 비무장 어선에 총격을 가한 것에 분노하고 계십니다."

압둘이 자리에서 일어섰다.

"실례하겠소."

이야기는 끝났다는 표시였으므로 유종하는 자리에서 일어섰다.

"잘했어요."

보고를 받은 대통령이 머리를 끄덕이고는 텔레비전에 시선을 주었다. 아랍 가수가 노래를 하고 있었는데 지루한 음률이었다.

"텔레비전이 별로 재미가 없군."

손 여사는 대한항공 편으로 곧장 서울로 돌아가게 했으니 대통령은 혼자였다. 그는 길게 두 다리를 뻗었다.

"내가 정치 9단 소리 들은 사람이야. 대대로 이어받아 왕 해먹은 놈들이 정치 수를 어떻게 알겠나? 기다려 봅시다."

"저런 정신병자 같은!"

핫산 2세가 흰 눈썹을 추켜올렸다.

"아니, 대통령이라는 작자가 남의 나라에 대뜸 날아와서는 뭐라구?"

페스의 왕궁 안이다. 그는 앞에 선 압둘이 한국 대통령이나 된 것처럼 노려보았다.

"지금 당장 추방시켜버려!"

"전하, 그렇게 되면 그의 잔꾀에 넘어가는 것이 됩니다."

압둘이 낮은 목소리로 말했다.

"그자는 추방당하기를 바라고 있는 것 같습니다. 그렇게 되면 세계 언론의 초점이 되는 데다 한국 국민들의 폭발적인 지지와 동정을 받게 될 테니까요."

"이런 거지같은…."

왕은 기가 막힌 듯이 긴 숨을 뱉었다.

"그자는 지금 어디에 있나?"

"카사블랑카에서 관광을 하고 있습니다, 전하."

힐끗 왕의 눈치를 살핀 압둘은 더 이상 입을 열지 않았다. 한국 대통령은 지금 옛날 험프리 보가트 주연의 영화 '카사블랑카'를 찍은 곳을 보겠다면서 하얏트 리젠시에 들어가 있었다. 그것까지 말해 주면 왕은 더욱 격분할 것이었다.

압둘 황태자에게 통보한 대통령의 최후통첩은 유종하가 돌아온 즉시 전 세계에 보도되었다. 이제 라바트의 하얏트 리젠시에 묵고 있는 김영삼 대통령은 전 세계 화제의 초점이 되었다. 구름처럼 몰려온 기자들이 대통령의 일거수일투족을 보도했고 다음날 아침의 조깅 때는 수백 명의 기자들이 뒤를 따라 달렸다.

한국은 난리가 났다. PC통신에는 대통령을 추방한다면 모로코 왕국에 선전포고를 해야 한다는 전문이 수만 통이나 올라왔고, 보상금 100만 달러를 만들지 못했던 영세업자인 선주와 선원 가족들은 텔레비전에 나와 흐느껴 울었다. 국민들도 따라 울었는데 그것은 감동의 울음이다. 건국 이래 이런 지도자가 없었을 것이다.

김대중이 빌 클린턴 미국 대통령을 만난 것은 그날 오후였다. 장소는 백악관 2층의 소접견실이었는데 배석자는 밥 돌 상원의원이다. 클린턴은 얼굴에 웃음을 띠고 있었다. 비공식 만남이었으므로 부담이 없기 때문일 것이다.

"김 대통령이 모로코에서 전 세계 매스컴의 주목을 받고 있던데…"

클린턴이 이를 드러내며 웃었다.

"모로코 왕국의 입장이 난처한 모양입니다, 미스터 김."

"김 대통령은 자신 없는 일은 하지 않는 사람입니다, 대통령 각하."

김대중이 부드럽게 말을 이었다.

"그리고 전 국민의 절대적인 지지를 받고 있지요. 모로코 정부가 그를 추방시키는 잘못을 저지르면 안 됩니다."

"글쎄, 모로코 국왕도 화가 나 있다고 들었는데 …."

클린턴이 밥 돌에게로 시선을 돌렸다.

"밥, 당신은 어떻게 생각합니까? 김 대통령이 사건을 크게 만들었다고 생각지 않습니까?"

"그런 생각도 듭니다. 하지만…"

"하지만 뭐요?"

"궁지에 몰린 것은 모로코 정부입니다. 아무래도 누군가가 중재에 나서야 될 것 같은데요."

"이미 미테랑과 옐친이 중재를 약속했습니다."

김대중이 그의 말을 받았다.

"김 대통령이 무모하게 보이지만 철저한 데가 있지요. 모로코로 출발하기 전에 미테랑과 옐친에게 미리 손을 써두었습니다."

"…"

"제 아무리 핫산 왕의 고집이 세다고 해도 그들의 부탁을 거절할 수 없을 겁니다."

"그렇군요."

천천히 머리를 끄덕인 클린턴은 생각하는 얼굴이 되었다. 프랑스와는 수억 달러짜리 테제베 고속열차의 구매건이 걸려 있고, 러시아로부터는 미사일 구매가 있다.

의자에 등을 기댄 김대중이 클린턴을 바라보았다.

"각하, 제가 듣기로는 옐친이 모로코를 방문할 용의가 있다고 했다는군요."

클린턴과 밥 돌이 서로 얼굴을 마주보았다. 이윽고 클린턴이 쓴웃음을 지었다.

"옐친이 적극적이군."

"각하, 대한민국 국민의 90퍼센트 이상이 김 대통령을 지지하고 있습니다."

김대중이 정색을 했다.

"미국이 계속 정치적, 경제적 압력을 가한다면 이 50년간 닦아온 한미관계가 극도로 악화될 가능성이 있습니다."

국민의 절대적인 지지를 받고 있는 정권에 외국의 세력이 압력을 가한다면 그 결과는 말할 필요도 없다. 전 국민이 그 외압에 대항하게 된다. 혼탁한 정권이나 사회를 가진 국가에서나 외압의 효과가 나타나는 것이다. 김대중이 말을 이었다.

"각하, 한국의 미사일 개발은 필수적인 일입니다. 그리고 한국은 미국의 전통적인 맹방입니다. 오천년 역사의 한국은 지금까지 한 번도 국가 간의 신의를 배신한 적도, 타 국가를 침략한 적도 없습니다."

상체를 반듯이 세운 김대중이 말을 이었다.

"그리고 이 문제를 끌게 되면 한국군의 차세대 전투기 구매에도 나쁜 영향이 올지 모릅니다, 각하."

의자에 등을 기댄 클린턴이 밥 돌을 바라보았다.

"이봐요, 밥. 김 대통령이 정치 9단이라고들 하던데 여기 있는 미스터 김은 몇 단입니까?"

1995년 3월 15일 오후 3시, 대한민국 대통령이 탄 보잉 747기는 모로코의 라바트 공항을 이륙했다. 기내에는 모로코 해군의 총격을 받아 사망한 어선 선장의 유해와 함께 26명의 선원들이 탑승해 있었다. 탈파야 군항에 억류되어 있는 어선은 근처에 있던 다른 한국 어선에 곧 인도될 예정이었다.

기체 후미의 기자실은 떠들썩한 소음에 덮여 있었는데 모두들 들뜬 표정이었다. 핫산 2세 국왕은 20시간 만인 오늘 오전 10시경에 선원들을 석방시켜 주었던 것이다. 그러자 김 대통령은 왕궁으로 들어가 왕을 만났다. 왕은 김 대통령에게 순금으로 만든 칼을 선물했는데 무게가 5kg이나 되었다. 기자들에게는 대특종의 연속이다.

정신없이 뛰어다니다가 이제야 한숨 돌리게 되었으므로 몇 명은 술병을 꺼내들고 있었다. 이동만이 위스키를 병째로 들고 한 모금을 삼키더니 더운 숨을 뱉었다.

"난 각하가 자랑스럽다. 그리고 내가 한국인인 것이 자랑스럽다."

그가 커다랗게 말했으므로 주위의 기자들이 웃었다. 그것은 공감하는 웃음이다.

"이것이 쇼건 어쩌건 간에 각하를 존경한다."

그가 선언하듯 말하자 주위의 몇 명이 박수를 쳤다. 오영준은 그가 건네준 위스키 병을 받았다.

창밖으로 대서양이 내려다 보였다. 이제 오대양 육대주에 한국인이 모두 깔려 있는 것이다. 그들 모두가 그렇게 느낄 것이다. 자랑스럽고 존경받는 지도자를 가졌다는 것이 이렇게 가슴 뿌듯할 줄은 상상하지도 못했었다. 이것은 곧 국가발전은 물론이고 국민들의 생활에 무한한 힘과 꿈을 줄 것이다.

오영준은 위스키를 크게 한 모금 삼켰다. 실컷 취하고 싶었다.

6장
스캔들

5·18과 12·12사건은 마침내 전두환 전 대통령의 소환과 구속을 시작으로 노태우 전 대통령을 포함한 30여 명이 구속되어 재판을 받는 상황에 이르렀다. 국회는 공소시효를 연장하기 위해 5·18특별법을 제정했고, 재판은 일사천리로 진행되는 중이었다. 전직 두 대통령은 수사에 적극 협조해 주었지만, 그들은 12·12가 쿠데타라는 것은 결코 인정하지 않았다.

1995년 5월 2일, 6개월 만에 5·18과 12·12에 대한 선거공판이 열렸다. 전두환은 무기징역, 노태우는 17년 형을 선고받았는데 그들은 항고를 포기했다.

다음날 아침, 대통령은 과천의 청사에서 기자회견을 했다. 먼저 손을 들고 지명을 받은 기자는 동아일보의 오영준이다.

"각하, 두 전직 대통령에 대한 사면계획을 말씀해 주십시오."

오늘의 기자회견 목적은 이것이다. 대통령이 머리를 끄덕였다.

"5월 18일 이전에 사면시킬 계획이오."

이미 소문은 돌았지만 이제 사실로 확인이 되었다. 다른 기자들이 벌떼처럼 손을 들었다. 조선일보 기자가 지명을 받았다.

"5월 18일 이전에 사면시키는 것에 무슨 의미가 있습니까?"

"그 두 분과 함께 망월동 국립묘지에 가기로 약속이 되어 있거든."

"가실 수 있다고 생각하십니까?"

그는 한 가지 질문만 해야 하는 것을 무시했다. 그러자 대통령이 쓴 웃음을 지었다.

"그분들이 못 간다면 나도 안 가겠소."

다른 기자가 손을 들었다.

"왜 그렇습니까?"

"우리는 어쨌든 간에 정권을 이어받은 한국의 지도자들입니다. 잘못이 있다면 역사와 국민 앞에 함께 잘못을 빌 것이고 국정의 난관은 협조해야 될 것이오."

"그렇다면 지금 정권은 6공의 연장이란 말씀입니까?"

누군가가 소리치듯 묻자 대통령이 얼굴을 펴고 웃었다.

"그렇게 극단으로 몰지 말아요. 좋은 점은 택하고 나쁜 점은 버리고 있지 않습니까? 평가는 내가 임기를 마친 다음에 해주시오."

대통령이 손을 들어 기자들의 질문을 막았다. 그는 정색을 했다.

"나는 행정과 경제는 전문가인 두 총리에게 맡겨 놓았습니다. 나는 인기에 연연하지 않으며 오직 사심 없는 정치, 정직하고 효율적인 정치에 남은 임기를 바치려고 합니다."

대통령이 회견장을 떠나자 오영준이 옆자리의 조선일보 기자를 바라보았다.

"광주에 갈 수 있을까?"

"그건 알 수 없지만 어쨌든 그날 신문 타이틀은 저 양반이 맡아 놓앉어."

맞는 말이다. 광주의 5·18 유족들은 전직 두 대통령의 망월동 묘소참
배를 결사적으로 저지할 것이 뻔한 것이다.

그로부터 닷새 후인 5월 7일 오후 4시였다. 서울구치소 앞에는 수백
명의 내외신 기자들이 법석을 떨고 있었다. 전경이 정문 양쪽을 엄중하
게 차단하고 있었는데 그 중심부에는 서너 대의 승용차가 세워져 있다.

이윽고 구치소의 정문이 열리면서 전직 두 대통령이 모습을 드러냈
다. 모두 양복 차림으로 밝은 얼굴이었다. 그러자 승용차 한 대의 뒷문
이 열리더니 대통령이 나왔다. 카메라는 일제히 그에게로 초점을 맞
췄다.

대통령의 웃음 띤 얼굴 앞으로 전두환이 서두르듯 다가왔다. 대통령
이 손을 내밀었다.

"고생하셨습니다."

"아닙니다. 당연히 죗값을 받는 것이어서…."

전두환이 밝게 웃었다.

"이렇게 오시지 않아도 되는데요, 각하."

노태우가 다가와 대통령의 손을 잡았다.

"각하, 고맙습니다."

그들은 잠시 그렇게 모여 서 있었으므로 기자들의 카메라가 수없이
번쩍였다. 누군가가 이쪽 좀 보시라고 소리치자 그들은 제각기 쓴웃음
을 짓고는 차로 다가갔다.

전경들이 방패로 밀어붙이는 사이로 기자들이 아우성을 치며 밀려
왔다. 그 순간이다. 어디선가 날아온 달걀이 전두환의 어깨에 부딪치며

188

깨졌다. 그러고는 연이어서 10여 개의 달걀이 날아와 대통령의 머리와 가슴, 노태우의 얼굴과 목에 맞았다. 대경실색한 경호원들이 그들을 둘러쌌지만 달걀은 더 날아왔다.

놀란 전경들이 기를 쓰고 기자들을 밀어붙였으나 달걀을 던진 것은 기자 뒤쪽의 사람들이었다. 5·18 동지회와 유족들이다.

"모두 비켜!"

대통령이 짧게 소리치자 경호원들이 서너 발짝씩 둥글게 물러섰으므로 전현직 대통령 세 사람은 원 속에 모여 서 있었다. 다시 달걀이 날아왔고 그들의 얼굴과 온몸은 달걀 범벅이 되었다.

대통령이 전직 두 대통령을 바라보았다. 눈썹 밑으로 달걀 노른자위가 흘러내리고 있었다. 그는 정색한 얼굴이었다.

"이거 망월동에는 올해도 가지 못하겠는데요."

"각하, 죄송합니다."

뺨에 붙은 달걀을 손끝으로 털어내면서 전두환이 말했다.

"저희들은 못 가게 되겠지만, 우선 각하만이라도…."

그는 군 출신이다. 마치 총알이 빗발치는 전장에서 전우를 구해내려는 듯이 대통령의 몸을 가로막았다.

"어서 먼저 차에 타십시오."

총알 대신 달걀이었으나 대신 맞겠다는 시늉이었다.

"쇼하는구면."

혀를 찬 이기택이 좌우를 둘러보았다.

"마치 개선장군을 맞는 것 같구면그래."

"저 양반 어쩔라고 저러는지 모르겠네."

권노갑이 쓴웃음을 지었다.

"12·12는 어떨지 몰라도 5·18은 그냥 넘어가면 안 되는디 말이오잉."

민주당의 총재실에는 당의 중역들이 모여 텔레비전을 보는 중이었다. 세 명의 전현직 대통령을 태운 대형 리무진은 경찰의 호위를 받으며 달려가는 중이었다.

대변인 박지원이 조심스럽게 입을 열었다.

"YS는 인기에 연연하는 것 같지가 않습니다. 만일 그랬다면 그렇게 달걀 세례를 뻔히 받을 곳에 나왔을 리가 없지요."

"모르는 소리."

이기택이 그의 말을 잘랐다.

"일부러 달걀 맞으려고 온 거야. 그래야 국민들의 동정을 받을 테니까. 아마 광주에서도 저건 너무했다고 지금쯤 말들이 많을 걸?"

"그건 그렇습니다."

신순범이 커다랗게 머리를 끄덕였다.

"나도 시방 그런 생각을 하고 있었으니까요."

이기택이 좌우를 둘러보았다.

"어쨌든 이번의 특별사면에 대해서 당에서 공식 논평을 해야겠어요. 현 정권이 5, 6공 군부세력과 연합한 괴뢰정권이라는 것이 오늘 저 장면으로 국민들은 똑똑히 알게 되었을 거요. 그렇게 발표하시오."

부지런히 노트하는 박지원을 향해 그가 말을 이었다.

"우리 민주당은 국민과 5·18 희생자를 대신하여 끝까지 투쟁하겠다고 하시오."

당 중역들이 가만있었으므로 박지원은 노트를 덮었다. 누군가가 입을 열었다.

"이것으로 노태우, 전두환의 심판이 끝났구먼. YS 집권 딱 2년 만에."

김상현의 목소리였다. 그가 말을 이었다.

"이제는 국력을 새 한국 건설의 한 곳으로 쏟겠다는 것이여. 지난 일에 낭비하지 않고 말이여."

그가 이기택을 향해 머리를 돌렸다.

"총재님, 지자제 선거가 이제 얼마 남지 않았습니다. 오늘 일로 전라도의 YS에 대한 지지도가 조금 흔들리긴 했겠지만 근본적인 대책이 있어야 할 것이오."

오늘의 모임도 이것 때문이다. 중역들은 긴장을 했다. 당의 사활이 걸린 문제인 것이다.

대통령이 들어서자 이연미는 자리에서 일어섰다. 짧게 자른 머리에 밝은 색 정장 차림이어서 한복을 입고 있을 때와는 분위기가 전혀 다르다. 다가선 대통령이 얼굴에 웃음을 띠었다.

"그동안 고생을 많이 했겠다."

대답 대신 이연미는 머리를 숙였다. 과천 교외의 갈빗집에 딸린 방갈로 안이다. 대통령은 가벼운 점퍼 차림으로 이덕수만 데리고 관저를 몰래 빠져나온 것이다.

그들은 탁자를 사이에 두고 마주앉았다. 밤 9시가 가까워져 주위는 조용했다. 아래쪽 갈빗집에도 손님이 없는 모양이었다.

대통령이 부드러운 시선으로 그녀를 바라보았다.

"그동안 대구에서만 있었다면서?"

"예."

"나가지도 못하고 힘들었겠다."

"아니에요, 괜찮습니다."

이연미가 머리까지 저었다.

"저는 각하께 누가 될까봐 걱정이 되었습니다."

"내가 이야기할 것이 있어서 너를 오라고 했다."

대통령이 낮은 목소리로 말을 이었다.

"너도 알고 있겠지만 누군가가 일을 만들어서 말이다."

"…."

"나는 국민들께 떳떳하게 해명하려고 했는데 사람들이 말리더구나. 그들 말에도 일리가 있었다."

"…."

"덮어두자는 거야. 아무 일도 아닌 것을 확대시킬 필요도 없다는 게지."

시선을 내리깐 채 이연미는 숨소리도 죽이고 있어서 표정을 알 수가 없다.

"그래서 말인데…."

대통령이 정색을 했다.

"어디 외국으로 나갈 생각은 없느냐? 니가 가고 싶은 곳에 보내줄 테니."

"…."

"내 임기가 끝날 때까지만이라도."

이연미가 머리를 들었다. 두 눈가가 붉어져 있다.

"LA에 이모가 살아요, 그곳에 가 있겠어요."

"그러려므나, 아마 한국보다는 자유롭게 생활할 수 있을 테니."

"…."

"이렇게 숨어 살 수는 없는 일 아이가?"

"걱정 끼쳐 드려서 정말 죄송해요…."

마침내 이연미가 손끝으로 눈물을 훔쳤다.

"그리고 이렇게 직접 말씀해 주시고…."

"…."

"바쁘실 텐데 사람 시켜서 말씀해 주셨어도 따랐을 텐데요."

"야 이놈아, 내가 그렇게 무책임한 사람이 아이다."

입맛을 다신 대통령이 말을 이었다.

"그리고 네 얼굴을 한번 보고 싶기도 했다."

머리를 든 이연미와 시선이 마주치자 대통령이 빙그레 웃었다.

"당대표는 물론이고 비서실장까지도 내가 너하고 깊은 관계인 줄 아는 모양이야."

얼굴을 붉힌 이연미가 다시 머리를 숙이자 대통령이 다시 웃었다.

"아무려면 어떠냐? 마음대로 생각하라고 놔두자꾸나."

"…."

"내가 준비를 시킬 테니 너도 준비하거라."

대통령이 손을 뻗어 이연미의 볼을 가볍게 쓸었다.

"잘 가그래이. 그리고 좋은 남자 만나서 잘살아야 된다."

샤를 드골 공항을 이륙한 에어프랑스 249편은 기착지인 마드리드를 향해 남서쪽으로 기수를 돌렸다. 날씨는 쾌청했고 기체 상태도 양호했으므로 보나르 루소 기장은 옆에 앉은 부기장 라파엘을 바라보았다.

"이봐, 라파엘. 난 눈 좀 붙일 테니 자네가 맡아."

"알겠습니다, 기장님."

라파엘은 30대 중반이지만 곧 기장이 되어 보잉 737기를 맡기로 되어 있었다. 249편은 보잉 757로 구입한 지 1년도 안 되는 신형이었다.

루소는 의자의 등받이에 머리를 기댔다. 어젯밤 과음을 했던 것이다. 그 순간 기체의 비상벨이 울렸으므로 그는 튕겨지듯이 상반신을 세웠다. 스튜어디스 누군가가 누른 것이다.

"무슨 일이야?"

"글쎄요, 아직."

비상등은 계속해서 깜박이고 있었는데 라파엘은 당황한 듯 인터폰의 스위치를 눌렀다. 이제까지 이런 경우는 처음인 것이다. 누군가가 인터폰을 들자 그가 짜증스럽게 소리쳤다.

"무슨 일이냐?"

"조종실 문을 열어라."

낯선 사내의 목소리가 조종실을 울렸다. 뒤쪽에 앉아 있던 항법사 마르틴과 기관장 오베르가 놀라 일어섰다. 사내의 목소리가 다시 울렸다.

"이미 승객은 모두 우리가 장악하고 있다. 어서 조종실 문을 열어."

루소가 손을 뻗쳐 구난 스위치를 눌렀다. 납치사건 때만 사용되는 스위치로 현재의 위치가 자동적으로 발신되는 것이다.

"당신은 누구야?"

라파엘이 소리치듯 묻자 사내의 목소리는 높아졌다.

"10초 안에 열지 않으면 승무원 한 명을 죽이겠다. 자, 승무원 이야기를 들어."

"기장님, 공중납치입니다."

스튜어디스의 다급하고 떨리는 목소리가 들려 왔다.

194

"손님들은 모두 장악되었습니다."

그로부터 10초 후에 조종실 문이 열렸고 두 사내가 들어섰다. 두 명 모두 손에 권총을 쥐고 있었다.

"항로를 알제리의 알제로 바꿔라."

짙은 콧수염을 기른 사내가 총구로 루소를 겨눴다.

"지금 당장."

사내의 시선을 받은 루소는 조종간을 쥐었다. 우선 놈들의 지시에 따르는 것이 승객들의 안전을 위하는 길이다.

탑승객과 승무원 312명을 태운 에어프랑스 249편이 납치되어 알제리의 알제로 날고 있다는 소식은 한 시간도 되지 않아서 전 세계로 퍼져나갔다. 납치범들은 신분을 밝혔는데 알제리의 혁명 운동세력인 모파즈의 일당이었다. 그들은 지금 알제리의 감옥에 수감된 모파즈를 포함한 35명의 동료와 승객들을 교환하자고 제의했다.

비행기가 지중해상을 날고 있을 때의 일이다. 당연히 알제리 정부는 제의를 즉각 거부했고 공항을 폐쇄하겠다는 통보를 했다. 그러자 납치범들은 승객들을 하나씩 처형하겠다고 맞섰다.

비행기가 알제리 상공에 들어섰을 때 마침내 알제리 정부는 착륙을 허가했다. 납치범들보다도 서방국가들의 압력에 꺾인 것이다. 탑승객은 프랑스와 영국, 독일과 스페인, 미국 등의 국적을 가진 승객들이 대부분이었기 때문이다. 그들 중에는 일본과 중국인 등 동양인들도 섞여 있었는데 비행기가 알제 공항에 착륙하고 나서야 한국인 승객 네 명의 명단이 확인되었다. 이제는 우리 문제도 된 것이다. 국민들은 긴장했고 외무부는 바쁘게 움직이기 시작했다.

그로부터 세 시간 후, 납치범들은 노약자와 아이, 여자를 포함한 인질 123명을 석방했다. 그런데 트랩을 허둥지둥 빠져 내려오는 인질의 맨 마지막에 네 명의 동양인 사내가 전 세계의 텔레비전 화면에 나타났다. 한국 국민들도 물론 위성중계로 그 장면을 보았지만 특파원은 보내지 않았다.

그러나 30분쯤 후에 연속극을 중단한 텔레비전에 아나운서가 나타났다. 긴급뉴스다.

"긴급뉴스를 말씀드립니다. 납치범들은 한국인 승객 전원을 석방했습니다. 한국인 승객 네 명은 지금 모두 건강한 상태로 알제시로 들어가고 있습니다."

아나운서는 더 이상의 설명을 하지 않았고 다시 '내 사랑 다시 한 번'이라는 연속극의 장면이 화면을 채웠다. 슬픈 얼굴을 한 사내가 비를 억수로 맞으면서 기타를 치는 장면이었다.

그러나 대부분의 시청자는 그것을 보지 않았다. 시선을 주고 있었지만 생각에 빠졌다는 표현이 맞을 것이다. 한 달쯤 전에 옆쪽 모로코에서 한국 대통령이 선원 26명을 구해내 갔다. 세계에서 그것을 모르는 사람은 없다. 납치범도 예외가 아닐 것이다.

지자제 선거가 한 달여로 다가온 5월 13일 오후, 국무총리 김종필은 오랜만에 당대표 최형우와 점심식사를 했다. 오늘은 최형우가 만든 자리로 그가 단골로 드나드는 인사동의 한정식집 안이다.

물론 그들의 주요 화제는 지자제 선거였는데 크게 걱정할 일은 없었다. 대통령에 대한 국민들의 절대적인 지지에 힘입어 민자당이 추천한 후보 대부분의 당선이 유력시되었기 때문이다.

수저를 내려놓은 김종필이 최형우를 바라보았다.

"지난 2년 반 동안 경제는 구조조정을 끝내고 이제 비약적인 발전단계에 들어섰습니다. 모두 각하께서 멀리 내다보신 덕분이오."

"김 총리의 추진력이 빛을 보았지요."

"공무원의 솔선수범과 국민들의 의욕이 따라주었기 때문입니다."

김종필은 선임총리로 내각 수반의 위치에 있었다. 그가 대통령으로부터 내각에 대한 인사권을 위임받았다는 소문이 끊임없이 나돌고 있었지만 최형우는 그것에 대한 진위는 모른다.

"총리님, 북한에 대한 쌀 지원 문제 때문인데요."

최형우가 본론을 꺼냈다.

"그쪽은 상당히 심각한 모양입니다."

"나도 들었습니다."

머리를 끄덕인 김종필이 정색을 했다.

"박철언 의원의 말을 들으면 지자제 선거 전에 50만 톤을 달라고 했다는군요."

안보회의에 참석하지는 않지만 북한문제에 대해서는 박철언이 총리와 당대표 등에게 수시로 협의하고 있는 것이다.

"나는 북한이 선거 전에 쌀을 달라는 의도가 우스워요."

김종필의 말에 최형우가 피식 웃었다.

"그 사람들, 우리가 선거 때 많이 이용해 먹은 것을 알고 있을 테니까요."

2월 26일 북한의 무력부장 오진우가 사망한 후로 북한 군부는 세대교체의 조짐을 보여 왔다. 그런 상황에서 북한 측은 박철언을 통해 쌀 지원을 요청한 것이다.

"미국과의 관계도 원만해지고 있으니까 이젠 북한문제가 남았는데…."

혼잣소리처럼 김종필이 말을 이었다.

"꼭 선거 전에 서둘러서 줘야 할까요?

"각하께선 총리하고 상의해 보라고 하셨습니다."

최형우가 정색을 했다.

"지자제 선거 전에 김대중 씨가 귀국합니다. 만약 그 양반이 나서면 서울과 전라도는 바람을 타게 돼요. 김대중 씨 지지자들은 기를 쓰고 그 양반을 차기 대통령으로 삼으려고 하거든요."

김종필이 잠자코 머리를 끄덕였다.

대통령을 도와 미국에서의 활동을 성공적으로 마친 김대중은 곧 귀국할 예정이었다. 민주당 총재 이기택은 그의 귀국을 학수고대하고 있었는데 당 전력이 극도로 약화되었기 때문이다. 그러나 김대중이 그를 도와 민주당의 선거전에 나서 줄지는 아직 알 수 없었다.

"그렇군, 김대중 씨하고 지자제 선거가 물렸군. 그리고 북한문제하고."

낮은 소리로 말한 김종필이 쓴웃음을 지었다.

"난 정부 일만 보느라고 신경을 못 썼습니다. 어쨌든 김대중 씨는 꼭 북한문제하고 맞물리는구먼그래."

"총리께서도 도와주셔야지요."

일주일 전의 기자회견 때 김종필은 지자제 선거에 정부는 엄정 중립을 지키겠다고 선언했다. 말뿐인 선언이 아니라 전국의 공무원에게 지침을 내려 보낼 예정이며, 각 지방마다 감독기구와 고발센터를 만들어 선거를 감시한다고 했던 것이다.

상체를 편 김종필이 최형우를 바라보았다.

"이 일은 각하의 지시를 받아야겠습니다. 내가 결정할 일이 아닙니다."

"어제 나하고도 통화했지만 가타부타 말씀을 안 하셔서…."

이기택이 입맛을 다셨다. 마포의 민주당사 총재실에는 그와 권노갑 최고위원 둘이 마주앉아 있었다.

"이 상태로 나가다가는 목포시장도 민자당이 차지할 거요. 그렇지 않습니까?"

쓴웃음을 지은 권노갑이 머리를 끄덕였다.

"그럴 것 같기도 헌디…."

"이러다가는 당이 깨져요. 도대체…."

이기택은 김대중이 대통령을 도와 일을 해준 것이 결정적인 해당(害黨) 행위라고 분개했는데 맞는 말이었다.

이제 김대중의 성이었던 전라도에 민자당 공천을 받으려는 유력인사가 줄을 이었고 유권자들도 그들에게 거의 거부감을 내보이지 않는 것이다. 더구나 내년에는 총선이 있다. 이런 상황이라면 전라도에서도 민주당이 몇 석이나 건질지 알 수 없었다.

"이런 상황에서 아태재단 일이나 한가롭게 하실 작정이라니, 난 이해할 수가 없어요."

이맛살을 찌푸린 이기택이 말을 이었다.

"야당이 건강해야 민주주의가 살아나는 법입니다. YS가 지금은 국민의 지지를 받고 있지만 야당 없는 YS 정권은 결국 독재정권이 되고 말겁니다. 두고 보시오."

"그거야 그렇지요."

"그리고 절대로 지역감정을 건드리는 말은 하지 말라고 하셨다는데 이건 물에 빠진 사람의 머리를 물속으로 박아 넣는 거요. 아, 우리가 전라도에서 몰지 않으면 어디서 표를 얻습니까?"

"어쨌든 어른께서는 이번에 전라도에서 경상도 후보가 당선되어야 한다고 하셨습니다."

"그게 마음대로 되는 일인가?"

"좌우간 어른께선 이번 선거가 지역감정을 없애는 계기가 되어야 한다고 하시더만요."

"당을 깨실 작정이군."

이기택이 어금니를 물었다. 권노갑은 김대중의 대리인으로 아직도 민주당 전체 의원의 70퍼센트 이상을 장악하고 있다. 그는 휘하의 의원들에게 김대중의 의도를 전달할 것이었다.

"어른이 오시면 상의해 봅시다."

이기택이 자르듯 말했다. 역사 이래 일당체제에서 독재로 빠지지 않았던 정권이 없다. 이번에 전라도와 서울에서 표를 모으지 못하면 내년의 총선은 끝장이다. 그러면 YS 정권의 일당체제가 되는 것이다. 생각만 해도 끔찍한 일이었다. 이것은 전 당원에 대한 배신이다. 그는 일주일 후에 귀국하는 김대중과 담판을 벌일 작정이었다.

1995년 5월 18일 아침, 광주비행장에 착륙한 대통령 전용기에서 전현직 대통령 세 명이 내렸다. 모두 굳은 얼굴이었고 경호원들의 표정은 살벌하기까지 했다. 이미 언론에 발표를 한 터라 취재기자들은 멀리서부터 카메라의 플래시를 터뜨렸지만 경찰의 경비망이 철저해서 다가오지는 못했다. 그들은 곧 두 대의 승용차에 나누어 탔는데 앞차에는 대통령이, 뒤차에는 전임 두 명이 나란히 앉았다.

망월동 5·18 묘지로 가려면 시내를 관통해야 한다. 헬기로 국립묘지 근처에 내릴 수도 있었지만 대통령은 주위의 권고를 물리쳤다. 김종필과 박태준 두 총리도 광주행을 만류했으나 대통령의 고집을 꺾지 못했다.

언론은 다시 YS의 쇼가 시작되었다고까지 비난을 했다. 광주시민의 정서를 무시하고 참배를 강행해서 득이 될 것이 없다는 논평이었다. 광주시민에게 두 사람은 5·18을 만든 원흉이다. 무고한 시민을 대량살육하고는 정권을 창출해 낸 원수나 다름없었다. 그런 두 사람을 특사로 사면하여 같이 망월동의 5·18묘역에 참배를 오다니, 대통령도 결코 용납할 수 없는 인물이 되어 있었다.

차량 행렬이 시내로 접근해 가면서 긴장감은 더욱 짙어졌다. 대통령의 옆자리에는 당대표인 최형우가 앉아 있었는데 그는 대통령의 만류를 물리치고 고집을 부려 따라왔다. 그는 굳게 입을 다문 채 창밖만 바라보았다. 이제까지 뜻이 맞지 않는 경우가 수도 없었지만 결국에는 군소리 없이 YS를 따라온 최형우이다.

운전사 옆자리에는 경호과장 이덕수가 이어폰을 낀 채 누군가와 쉴 새 없이 통화하고 있었다.

"서구청 앞길이 막혔다구?"

광주 경찰청장 한용수가 무전기를 잡고 악을 썼다. 그의 차는 대통령의 승용차보다 50m쯤 앞서서 달려가고 있었다.

"기습전술을 쓴 겁니다, 청장님."

서구 경찰서장이 숨가쁘게 말했다.

"학생 숫자가 3,000명 가까이 되는 데다 시민들까지 합세하고 있어서…."

아랫입술을 깨문 한용수가 무릎 위에 펼친 작전 지도를 보았다. 10분 전만 해도 서구청 앞길에는 학생들의 그림자도 보이지 않았던 것이다. 근처의 호남대와 가톨릭대 학생들이 틀림없다. 학교 앞은 막아놓았으니 도로 근처에 숨어 있었을 것이다.

옆에 앉은 경찰청 차장이 지도의 한 곳을 가리켰다.

"이쪽으로 돌아가는 수밖에 없습니다."

"영샘이가 옆길로 샜다."

5·18 유족회장 고영근이 소리쳤다. 그는 앞에 선 유족회 간부들을 바라보았다.

"허지만 이쪽은 어림도 없당께."

망월동의 묘지 앞이다. 이미 5,000명이 넘는 유족들과 시민, 학생들이 묘지의 입구를 메우고 있어서 경찰은 해산시킬 엄두도 내지 못하고 있었다. 만일 경찰이 진입한다면 묘지가 수라장이 된다. 그것은 있을 수도 없는 일이었다.

"도대체 알 수가 없고만이라."

옆에 섰던 유족회의 사내가 혼잣말처럼 말했다. 60대의 머리가 백발인 사내였다.

"아, 여그를 아득바득 오겠다는 이유가 뭣이데여?"

"고집이 황소 고집여, 영샘이가."

누군가가 뱉듯이 말했고, 다른 사내가 말을 받았다.

"즈그들이 여그서 절만 허몬 응거리가 풀리는지 아는개벼, 미친

놈들”

고영근에게로 학생대표 이순형이 다가왔다.

“회장님, 전두환이는 장세동이도 데리고 왔답니다. 아주 각오를 단단히 하고 온 모양입니다.”

“장세동이도 왔어?”

고영근이 놀란 듯 눈을 크게 떴다. 장세동도 며칠 전에 대통령의 사면을 받았던 것이다.

“이놈들이 다시 광주를 말아 먹을라고 작정을 헌 모양이고만잉.”

이덕수가 몸을 돌려 대통령을 바라보았다.

“각하, 시내 통과는 불가능합니다. 앞쪽이 또 막혔습니다.”

차량 행렬은 도청 근처를 달려가고 있었다. 대통령이 길게 숨을 뱉었다.

“도청으로 들어가도록 하게.”

이덕수가 서둘러 무전기를 들었다. 영문을 모르는 최형우가 대통령을 바라보았다.

“각하, 어떻게 하시려고….”

도청에서 전남지사와 광주시장이 대통령을 맞았다. 그들은 공항에도 영접을 나가지 않았는데 대통령이 만류했기 때문이기도 했지만 나갈 수도 없는 분위기였다. 전현직 세 대통령을 맞았으나 도청의 분위기는 가라앉아 있었다. 성으로 쫓겨 온 패장을 맞는 분위기인 것이다.

“각하, 이쪽입니다.”

도지사가 그들을 안내한 곳은 도청의 회의실에 마련된 분향소였다. 기자들이 찰거머리처럼 달려들고 있었지만 경호원들은 공항에서처럼 심하게 제지하지는 않았다.

대통령이 공항에 도착했을 때부터 텔레비전은 전국으로 생방송을 하는 중이다. 세 명의 전현직 대통령은 지사가 마련해 놓은 5·18희생자의 제단 앞에 서서 향을 피우고 경건한 자세로 묵념을 올렸다. 그들의 뒤에는 최형우와 장세동을 비롯한 수십 명의 수행원이 서 있었다.

"도청에서 분향을 했다고?"

유족회장 고영근이 눈을 치켜떴다. 그는 5·18 때 동생을 잃고 자신은 배에 총을 맞았다.

"그놈들, 계획적이었어. 이곳에는 올 생각이 없었던 거여."

고영근은 쓴 입맛을 다셨지만 크게 화가 난 것 같지는 않다.

못 오게 막았으니 할 수 없이 도청으로 들어갔다고 볼 수도 있다.

"도청으로 쳐들어가자."

누군가가 외쳤지만 호응하는 사람은 보이지 않았다. 고영근이 학생 대표 이순형을 바라보았다.

"자네는 어떻게 할라는가?"

"돌아가겠습니다."

이순형도 맥이 풀린 모습이었다.

"뭐, 이미 끝내고 돌아갈 사람들한테 악을 써 봐야…."

"허긴 그려."

입맛을 다신 고영근이 묘지를 둘러보았다.

"영령들이야 어디서 제를 지내건 받을 테니까 말이여."

돌아가는 비행기 안이다. 대통령이 앞쪽에 앉은 두 사람을 바라보았다.

"내년 이날에도 셋이 같이 가십시다. 그땐 망월동 근처까지 갈 수 있을지도 모르겠습니다."

"그동안 노력해야지요."

선뜻 대답한 것은 전두환이다.

"각하 임기 전까지는 꼭 5·18묘역에 들어가겠습니다."

그것은 상징적인 의미로 화해와 화합의 표시가 될 것이다. 전두환이 말을 이었다.

"저희들만 아니었으면 각하께선 가실 수가 있는데 죄송하기 짝이 없습니다."

대통령이 머리를 저었다.

"저도 책임이 있습니다."

"역사가 판단해 주겠지만 내 임기 중에 갈등과 과거를 씻겠다고 너무 서두른 감도 없지 않습니다. 저도 노력을 해야지요."

그날 저녁, 광주 금남로의 조그만 카페에서 동아일보기자 오영준이 이동만과 맥주잔을 들고 있었다. 이미 저녁 7시여서 창밖은 네온의 불빛이 휘황했다.

"소득이 있었어."

잔을 내려놓은 이동만이 정색을 했다.

"광주시민의 거부감이 눈에 띄게 줄어들었단 말이야. 전현직 세 명의 대통령이 참배차 왔다가 도청에서 분향만 올리고 쫓겨 올라갔다는 사실만으로."

맥주잔을 든 그가 두어 모금을 삼켰다.

"벌써 일부 시민들은 참배를 하도록 두었어야 했다는 반응이 나온다. 영삼이는 그것을 노린 거야."

"난 그렇게 안 봅니다."

오영준이 들었던 술잔을 내려놓았다. 취재차 내려왔으니 오늘은 광주에서 실컷 마시고 내일 올라갈 작정이었다.

"YS가 그런 걸 바랐다면 아예 그자들을 사면시키지도 않았어요. 내버려두었다면 문제될 것이 아무것도 없었단 말이오."

"대구·경북의 인심을 얻고 있지 않아?"

"사면 안 시켰어도 비슷한 결과가 되었을 거요."

오영준이 그를 똑바로 바라보았다.

"우리 앞뒤 재지 말고 YS를 봅시다. 그래야 그 양반이 제대로 보일 것 같습니다."

사임한 이병태 국방장관의 후임으로 장세동이 임명장을 받은 것은 그로부터 이틀 후였다. 며칠 전부터 정가는 물론 언론에서도 장세동의 국방장관 임명설이 계속해서 흘러나왔는데, 진원지는 총리실이었다. 김종필이 강력히 추천했다는 것이다.

장세동 국방장관은 기자들이 취임 소감을 묻자 간단히 국가와 국민께 충성을 바치겠다고만 말한 것이 유행어가 돼버렸다. 메마른 사회분위기가 원인일 것이다. 경쟁사회에서 상대방이 쓰러져야 자신이 일어난다고 믿는 요즘 시대의 젊은이들에게 충성이라는 단어가 신선하게 들렸는지도 모른다.

물론 재야단체와 민주당은 성명을 통해 현 정권을 격렬하게 비난했다. YS는 군부세력의 추종자이며 후계자라는 증거가 다시 한 번 입증되었다는 것이다. 그들은 서명운동과 시위를 벌였으나 정부와 민자당은 일절 대응하지 않았다.

5월 하순의 어느 날 아침, 집무실 앞에서 기다리고 있던 박관용은 대통령과 함께 방안으로 들어섰다. 대통령이 자리에 앉기를 기다려 그가 입을 열었다.

　"각하, 한겨레신문 보셨습니까?"

　"읽었어."

　대통령이 쓴웃음을 지었다.

　"아직 마누라는 모르고 있어."

　아침에 미리 보고를 했던 것이다.

　"각하, 사실무근이라고 강력히 항의해야 됩니다."

　박관용이 바짝 다가와 섰다.

　"물적 증거는 하나도 없습니다. 모두 추측기사이고 증인도 나서지 않을 것입니다."

　"…"

　"아침에 수석회의를 했고 당과도 상의를 했습니다. 한겨레를 제소하자는 의견이 지배적입니다."

　"그럴 수야 있나. 모두가 허위보도는 아니야, 반은 진실이다."

　"각하."

　박관용이 눈썹을 추켜올렸다. 좀처럼 보기 드문 일이었다.

　"가볍게 생각하시면 안 됩니다. 이제까지 각하께서 이루신 일들이 한순간에 허물어질 수도 있습니다."

　"그 애가 안 됐다."

　이맛살을 찌푸린 대통령이 혀를 찼다.

　"그 애한테는 날 만난 것이 화근인가 보다."

　한겨레신문 기자들은 어떻게 정보를 얻었는지 미국 이연미의 산타

모니카 저택까지 찾아가 장시간의 인터뷰를 했다. 물론 억지 인터뷰였을 것이다. 그녀는 LA 근교의 산타모니카 해변에 시가 100만 달러가 넘는 저택에서 이모와 함께 살고 있었다.

신문에는 그녀와 저택의 전경이 큼지막하게 실려 있었다. 물론 이연미는 대통령과의 관계를 완강히 부인했지만 성원에서 일한 것은 부인하지 않았다. 기자가 사진을 보여 주며 물었던 것이다.

신문에는 그녀의 서울 생활이 샅샅이 보도되어 있었는데, 갑자기 백만장자가 되어 미국에 간 이유를 그녀는 정확히 밝히지 못했다. 대통령의 스캔들인 것이다. 군사정권 시절에는 있을 수도 없는 일이었고 문민정부 집권 초기에도 이런 식의 보도는 할 수 없었다. 그러나 국민들은 그런 일은 쉽게 잊는다.

"각하, 오전에 대변인 성명을 발표하겠습니다."

"김 총리도 그렇게 하는 것이 낫겠다고 하셨습니다."

머리를 든 대통령이 박관용을 바라보았다. 정색한 얼굴이다.

"난 그 애하고 아무 일 없다."

"각하, 하지만…."

"그 애한테 집과 생활비를 대준 건 정 회장이야."

"알고 있습니다, 각하."

"정 회장한테 특혜 준 것도 없다."

"그것도 알고 있습니다, 각하."

자리에서 일어선 대통령이 창가로 다가가 섰다.

"대통령의 스캔들을 조사하려면 검찰이 나서야 되겠지."

혼잣소리처럼 말한 대통령이 창밖을 바라보았다.

"뭐, 특별검사도 필요 없다. 한국 검찰은 이제 정치권에 흔들리지도 않으니까. 검찰에 수사를 의뢰해야겠다."

"여론이 좋지 않습니다."

동아일보의 편집국 안이다. 오영준이 말하자 이동만이 머리를 들었다.

"당연하지, YS는 난데없는 복병을 만난 셈이야. 더구나 지자제 선거가 코앞으로 닥쳐온 상황에."

한겨레의 폭로를 시발로 거의 모든 언론매체는 대통령의 스캔들을 특집으로 보도하고 있었다. 동아일보도 예외가 아니다. 이제 이연미가 대통령의 애인이었고 현대빌라를 구입한 데다 뉴그랜저를 끌고 다녔던 것은 확인이 되었다.

야당은 연일 대변인 성명을 내어 대통령의 해명을 요구하는 등 공세를 늦추지 않는 상황이다. 호기를 만난 것이다. 여론조사에서도 국민의 70퍼센트가 대통령의 해명을 요구하고 있었다.

술집에서 만난 여자에게 시가 10억이 넘는 빌라를 사주고 최고급 승용차를 선물한 대통령인 것이다. 이제까지 쌓아온 그의 청렴과 정직성이 한순간에 무너지고 있었다.

"YS가 입을 꾹 다물고 있는 것이 이상해. 차라리 모르는 일이라고 부정이라도 했다면 잠잠해지겠는데."

이동만이 혼잣소리처럼 말했다. 건국 이후로 대통령이 스캔들에 휩싸인 예는 없다. 확인되지 않은 소문이 무성했을 뿐 기사화된 적은 없었던 것이다. 그만큼 지금 언론의 언로가 트여 있다는 증거이기는 했다.

"빌어먹을, 다 된 밥에 코 빠뜨린다고, YS가 여자 때문에 수렁에 빠지다니."

이동만은 이제 YS맨이 되어 있었다. 뱉듯이 말한 그가 오영준을 바라보았다.

"한겨레 고 기자 말이야. 그 친구는 정보원을 밝히지 않아. 익명의 제보자라고 한단 말이야."

"성원에 자주 다닌 사람 중의 하나일 겁니다. 정부나 의회의 고위직에 있는 사람일 확률이 많아요."

"배신자는 YS의 측근일 가능성도 있어."

이동만이 목소리를 낮췄다.

"소문으로는 YS의 반(反)개혁에 불만을 가진 자가 정보를 제공했다는 거야."

"어쨌든 그자는 목적을 이룬 셈이오. 사상 최초의 대통령 스캔들이 터졌으니."

담배를 피워 문 오영준이 길게 연기를 내뿜었다.

"여성단체들도 들고 일어나고 있어요. YS는 여자들의 지지도를 이번에 대폭으로 잃게 되었습니다."

창가로 다가간 이연미는 커튼을 젖혔다. 잔디밭 건너편의 도로에는 대여섯 대의 차가 주차되어 있을 뿐, 차량의 통행도 끊겨 있었다. 새벽 2시 반이다. 샌프란시스코의 유니언 스트리트에 위치한 아파트 안이었다.

LA를 떠나 이곳으로 온 지 일주일이 되어가고 있었는데 슈퍼마켓에 두 번 다녀온 것을 빼고는 외출도 하지 않았다. 특히 동양인만 보면 가슴이 덜컥 내려앉았으므로 200m도 안 되는 슈퍼마켓까지 다녀오는 동안에도 신경이 곤두섰다. 신문에 보도된 직후에 LA를 도망치듯 떠났던 것이다. 이 아파트는 LA 총영사관의 강 선생이 주선해 주었는데, 지금은 그가 유일한 연락원이다.

소파로 돌아와 앉은 이연미는 마시다 만 위스키잔을 들었다. 술을 마셔야 잠이 들었고 그것도 바깥 소음에 놀라 자주 깨기 일쑤였다. 한겨레 기자의 취재에 응한 것은 대통령과의 무관함을 알려 주려는 뜻이었지만, 그것이 오히려 의혹만 증폭시키는 효과를 가져왔다. 대통령을 추잡한 스캔들에 휘말리게 만든 것이다.

전화벨이 울렸으므로 이연미는 깜짝 놀랐다. 이쪽 전화번호를 알고 있는 사람은 강 선생뿐이다. 그녀가 수화기를 들었다.

"여보세요."

"밤늦게 죄송합니다."

강 선생이었다. 영사관 직원이라고 했지만 그가 안기부 요원이라는 것쯤은 알 수 있었다.

"저, 오늘 오후에 뵐 수 있을까요?"

대뜸 그가 말했으므로 이연미는 긴장했다.

"오늘 오후에요? 무슨 일인데요?"

"서울대검찰청에서 담당검사가 왔습니다."

"…"

"각하께서 사건을 검찰에 의뢰하셨습니다."

"…"

"이연미 씨께서는 있는 그대로만 말씀해 주시면 됩니다."

한겨레신문 기자에게는 LA의 저택은 셋집이고 한국에 있는 빌라는 자신이 모은 돈으로 샀다고 말했었다. 현대의 정 회장 이야기도 하지 않았던 것이다. 강 선생의 목소리가 부드러워졌다.

"염려하실 건 없습니다. 오히려 의혹을 해명하실 수 있는 좋은 기회입니다."

"그렇다면 사실대로…."

"예, 사실대로 말씀하십시오. 각하께서도 그것을 바라고 계십니다."

"그럼 가겠어요."

이연미의 목소리가 또렷해졌다.

"시간과 장소를 말씀해 주세요."

오후 3시 정각에 이연미는 스탁턴 스트리트에 있는 캠프턴 프레이스 호텔에 들어섰다. 강 선생은 로비에서 그녀를 맞았다. 긴장을 풀어주려는 듯 얼굴에 웃음을 띠고 있었다.

"7층 방에서 기다리고 있습니다."

앞장을 선 그가 말했다.

"제가 옆에 있을 테니까 마음 놓으시고."

"저, 아무렇지도 않아요."

이연미의 목소리는 밝았다.

"오히려 더 후련해요."

7장
DJ의 결단

김대중이 귀국한 날은 지자제 선거를 한 달쯤 앞두고 전국이 선거 열풍에 휩싸여 있을 때였다. 밤 비행기로 도착했지만 민주당은 총재 이기택을 비롯하여 거의 모든 의원이 공항에서 그를 맞았다. 게다가 민자당의 사무총장 김덕룡도 나와 있었다.

김대중은 밝은 표정이었다. 한 사람씩 손을 잡으면서 이따금 환하게 웃었다.

"우리 대중이 성님이 오셨다."

박대구는 집 근처의 음식점에서 고향 친구 이성필과 소주를 마시는 중이었다. 텔레비전에 비친 김대중을 향해 그는 소주잔을 들었다.

"저 양반 대통령 한번 시켜줘야 쓰겄는디."

"인자 끝났어."

이성필이 뱉듯이 말했다. 그는 옆 동네에서 전자오락실을 운영하고 있다.

"대중이 성님이 노태우허고 손을 잡었어야 혔어."

"야 이시키야, 말도 안 되는 소리 허덜덜 마러."

박대구가 눈을 부릅떴다.

"대중이 성님이 그럴 사람이냐? 뭐가 모자라서 합당을 혀?"

"어쨌거나 YS는 대통령 되었잖여. 우선 되고 보는 것인디."

"이런 지조 없는 시키가."

입맛을 다신 박대구가 다시 텔레비전을 바라보았다. 짤막한 기자회견을 마친 김대중이 막 차에 오르고 있었다.

"잘 나가던 YS가 기집질로 걸리다니."

이성필이 혀를 찼다.

"10억이 넘는 빌라를 준 걸 봉게로 기집맛이 괜찮았덩개벼."

힐끗 그를 바라본 박대구가 한 모금에 술을 삼켰다.

"야, 시끄러. 술이나 먹자."

YS를 욕하기에는 이제까지 들인 공이 너무 아깝다. 텔레비전에는 김대중이 탄 차가 달리는 뒷모습이 비치고 있었다. DJ 옆에 탄 사내는 이기택이다.

"이사장님, 이런 상태로 나간다면 지자제 결과는 뻔합니다."

정색을 한 이기택이 말을 이었다.

"YS가 지금 여자문제로 궁지에 몰려 있긴 하지만 선거에 크게 영향을 줄 것 같지는 않습니다. 우리 당은 서울시장은 물론이고 전남북지사, 광주시장까지 빼앗길지도 모릅니다."

"…"

"이사장님께서 도와주셔야겠습니다. 이것은 민주당원은 물론이고 전라도 사람들이 원하고 있는 일입니다."

"내가 나선다면 지역감정에 불을 붙이게 될 것이 뻔한데."

김대중의 목소리는 가라앉아 있었다.

"또다시 지역감정을 건드리고 싶지가 않아요."

"YS도 마찬가지 아닙니까? 지난번 전두환, 노태우의 사면으로 대구·경북표를 모았고 부산·경남은 부동표가 되어 있지요. 거기에다 JP의 충청도 표까지 싹쓸이를 하고 있습니다."

"…"

"우리가 서울과 전라도까지 빼앗긴다면 민주당은 망합니다."

민주당은 서울시장 후보로 조 순을 추천했지만 당선 가능성이 희박했다. 여당이 추천한 후보의 당선 가능성이 높은 것이다.

김대중이 천천히 머리를 끄덕였다.

"생각해 봅시다."

국방장관 장세동은 전군의 지휘관들을 둘러보았다. 수백 개의 별들이 모여 앉은 국방부의 대회의실 안은 숨소리도 들리지 않았다.

12·12사건 때 장세동은 30경비단장으로 전두환과 노태우를 도왔다. 그 후의 12년은 그에게 영욕이 점철된 세월이었던 것이다. 따라서 사면된 지 얼마 되지도 않은 지금, 그가 국방장관에 임명되리라고는 아무도 생각지 못했다.

지금도 야권과 시민단체들의 반발이 만만치 않았으나 여론은 호의적이다. 그리고 그를 수장으로 맞은 군의 분위기는 더욱 그렇다. 군인은 상관에 대한 충성심을 제1의 덕목으로 친다. 장세동은 그것을 행동으로 보여준 인물이다.

표정 없는 얼굴로 지휘관들을 둘러보던 장세동이 입을 열었다.

"본인은 분명히 말하는데, 역사에 오점을 남긴 사람이오."

그의 목소리가 회의실을 울렸다.

"또한 본인의 행적이 미화되고 잘못 알려진 것도 없지 않습니다."

"따라서 본인은 이 자리를 빌려 국가와 국민 여러분, 그리고 귀관들께 약속합니다."

그가 안경알 속의 번뜩이는 시선으로 지휘관들을 둘러보았다.

"군인답지 못한 군인은 용납하지 않을 것이오. 나는 하늘이 주신 나의 이 마지막 기회에 감사드리며 여러분의 협조를 바랍니다. 군의 기강 확립과 사기 진작이 내 마지막 사명이 되었습니다."

"장세동이라."

김정일이 호위총국장 이을설 차수를 바라보았다.

"그 깡패가 쿠데타를 일으켰지요?"

"전두환의 심복입네다, 지도자 동지."

이을설이 늘어진 눈시울을 올렸다.

"아주 성질이 고약하다고 들었습네다."

"김영삼이 머리가 돈 것이 아닐까요?"

"그런 것 같지는 않습네다."

쓴웃음을 지은 이을설이 김정일을 바라보았다.

"충성심이 강하다고 알려져 있지요. 김영삼은 국방장관에 강경한 성격의 장세동이를 임명함으로써 우리 공화국에 시위하는 효과도 노린 것 같습네다."

"박철언이를 보내 정상회담을 추진하면서 말이지요."

김정일이 머리를 들었다.

"김영삼이 여자문제는 어떻게 될 것 같습니까?"

"두고 봐야지요."

입맛을 다신 김정일이 테이블 위의 달력을 바라보았다.

"남조선의 지자제 선거가 이제 한 달 남았소. 서둘러야겠습니다."

대검찰청 중앙수사부에서 사건을 발표한 것은 5월 말이었다. 지자제 선거가 한 달도 남지 않은 때였다. 중수부장 이기환은 굳은 표정으로 입을 열었다.

"대검찰청은 사건을 명백히 밝혀 달라는 대통령의 의뢰를 정식으로 접수하고 수사를 개시했습니다."

그는 손에 든 서류를 또박또박 읽어 내려갔다.

"따라서 대검 중수부는 담당검사 두 명을 미국으로 보내, 당사자인 이연미 씨를 만나 사건에 대한 일체의 증언을 들었습니다."

하루 전에 예고했던 터라 전국에 텔레비전으로 생방송되고 있다. 이 기환이 말을 이었다.

"이연미 씨에게 빌라와 차를 마련해 준 사람은 현대그룹의 정주영 회장입니다. 정 회장은 대통령에 대한 인사로 이연미 씨에게 상술한 부동산을 기증했다고 진술했습니다. 또한 대통령이 정 회장에게 대가성 특혜를 주시지 않은 것도 조사결과 판명되었습니다."

서류를 접은 이기환이 기자들을 둘러보았다.

"대검은 성역 없는 수사를 했고 일절 외압을 받지 않았다는 것을 이 자리에서 자신 있게 말씀드릴 수 있습니다."

그는 갑자기 굳은 얼굴을 펴고 웃었다.

"예전 같았으면 이런 사건이 일어날 수도 없었고 저희가 수사를 하지도 않았습니다. 본인은 그것을 자랑스럽게 생각하고 있습니다."

"그렇다면 대통령과 이연미 씨의 관계는 무엇입니까?"

누군가가 소리쳐 묻자 이기환이 다시 정색을 했다.

"직업상 만난 사이일 뿐이오. 덧붙여서 말한다면 이연미 씨는 대통령 각하를 존경하고 있었습니다. 전혀 세인들이 상상하는 그런 관계가 아니었습니다."

"10억이 넘는 부동산을 거저 주었을 리가 있습니까? 국민들은 믿지 않을 겁니다."

그러자 이기환이 그쪽을 노려보았다.

"본인도 처음에 그런 생각을 했던 사람이오. 하지만 댁이나 나나 자신의 잣대로 상대방을 재려는 습성이 있습니다. 우리하고 정 회장은 잣대가 틀려요. 그것뿐이지 배후는 없습니다."

자리를 떨치고 일어선 이기환이 빗발치는 질문을 무시하고 방을 나갔다.

"자, 이것으로 의혹이 풀렸을까?"

돌아오는 차 안이다. 이동만이 묻자 오영준이 머리를 저었다.

"천만에요. 오히려 의혹은 더 깊고 커진 것 같습니다. 정주영이라는 실체가 드러나 버렸으니 더욱."

"YS가 계속 악수(惡手)를 두는 것 같은데."

이동만이 혼잣소리처럼 말했다.

"하지만 중수부장 말이 맞기는 해. 예전 같았으면 이런 일은 아예 눌러버렸어. 청와대의 강력한 부인과 언론통제, 그것으로 사건은 흐지부지 끝났다."

"지금 그걸 누가 알아줍니까?"

"어쨌든 YS는 언론 민주화의 공로자야. 그건 기사에 꼭 넣어야겠어."

차 안에는 잠시 정적이 흘렀다. 그것을 넣는다 해도 국민들은 이해하지 못할 것이다. 차라리 강권통치로 언론을 눌러, 밝히지 않았던 것이 피차를 위해 나았을지도 모른다.

"야단났다."

이맛살을 찌푸린 대통령이 이덕수를 바라보았다.

"마누라가 일주일이 넘도록 나한테 말도 안 하는 기라."

청와대에 비교하면 손바닥만 한 정원의 담장 가에 대통령이 앉아 있었다. 본채와는 겨우 10m가 조금 넘는 거리여서 대통령은 목소리도 죽였다.

"내가 오입질을 하고 다닌 줄 아는 모양이야. 그렇게 설명을 했는데도 못 알아들어."

이덕수는 조언을 할 입장도 아닐 뿐더러 할 말도 없다. 그저 눈만 껌벅이며 서 있었다. 대통령이 길게 숨을 뱉었다.

"뭐, 검찰이 다 밝혔지만 여론은 더 나빠진 모양인데, 그건 할 수 없는 일이고."

그가 힐끗 본채를 바라보았다.

"마누라도 40년이 넘게 같이 살았으니 서로 알 것 다 알아. 이보다 더한 고생도 하게 했는데."

"…"

"곧 풀어질 거야. 그런데…."

대통령의 목소리가 더욱 낮아졌다.

"미국에 있는 개도 안 됐다. 어린 것이 검찰한테까지 조사를 받고 얼마나 가슴을 조일꼬.”

“…”

“지금도 샌프란시스코에 있나?”

“예, 각하.”

“그 아파트에?”

“이번에 다른 곳으로 옮겼습니다, 각하.”

“왜?”

“기자들이 눈치를 챈 것 같아서요.”

“허어 참.”

혀를 찬 대통령이 시선을 내렸다.

“고생을 하는구나.”

“아닙니다, 각하.”

참지 못한 듯 이덕수가 조금 다가섰다.

“각하께선 최선을 다하셨습니다. 그리고 그분도 전혀 각하를 원망하고 있지 않습니다.”

“…”

“아무것도 아닌 일을 침소봉대하는 언론 때문입니다, 각하.”

그리고 배신자 때문이다. 유니언 스트리트의 아파트를 옮긴 것도 위치가 노출되었기 때문이었다. 정보기관의 고위급만 알고 있는 이연미의 거처가 또다시 몇 개의 주요 일간지에 익명으로 제보되었던 것이다. 이제 안기부는 그자를 잡기 위해 전력을 기울이고 있었다.

대통령이 나무벤치에서 일어섰다.

“머리가 혼란스러울 때 개를 옆에 앉히고 한 잔 하면 마음이 가라앉았다. 예전에는 술도 그렇게 마시지 않았지.”

"상황이 심상치가 않아요."

최형우가 걱정스러운 시선으로 김종필을 바라보았다.

"난데없는 여자사건이 불거져 가지고는 원."

오늘은 국무총리 김종필이 당사로 최형우 대표의원을 방문한 것이다. 명목은 당정협의였지만 최형우의 방문요청이 있었기 때문이다. 최형우가 말을 이었다.

"선거가 걱정이 돼요. 그 일만 없었다면 전라도에서도 선전할 수 있었는데."

"글쎄, 내가 보기에는 우리가 이길 것 같던데요."

김종필이 눈을 좁게 뜨고 최형우를 바라보았다.

"최 대표는 너무 걱정이 많으시오."

"DJ가 선거 때에 맞춰 귀국했지 않습니까? DJ가 서울과 전라도를 쓸고 가면 우린 당합니다."

정색을 한 최형우가 김종필을 바라보았다.

"총리께서 도와주셔야겠어요. 이번에 우리가 압승을 해야 됩니다."

"…."

"이기택이 DJ를 흔들고 있으니 곧 DJ는 선거전에 나설 겁니다. 그런 상황에 각하의 여자문제가 터졌으니."

"…."

"도와주셔야 해요."

국무총리로 나갔지만 김종필은 엄연히 민자당원이자 전 대표의 신분이었다. 그런 그가 지난주에 전국의 공무원에게 선거에 엄정 중립을 취하라는 행정지침을 내린 것이다. 만일 특정 정당을 지원한 사실이 발각된다면 문책하겠다는 경고도 포함되어 있었다. 최형우는 이것에 대한 간접적인 항의를 하고 있는 것이다.

김종필이 얼굴에 웃음을 띠었다.

"무슨 말씀인지 잘 압니다. 하지만 이미 각하의 결재까지 난 일이어서. 그리고 지침까지 이미 내려 보낸 상태여서 말입니다."

최형우가 눈썹을 치켜세웠다. 날 물 먹일 것이냐는 표정이었다.

"조금만 더 기다려 봅시다."

김대중이 부드럽게 말하고는 얼굴에 웃음을 띠었다.

"김영삼 씨의 요즘 스캔들 말인데, 과장된 점이 많습니다. 나는 검찰의 발표를 믿어요."

"시중 여론은 그렇지 않습니다."

머리를 저은 이기택이 자리에서 일어섰다.

"여자 팁으로 빌라 한 채를 주다니요? 서민들은 분노하고 있습니다. 이 사건이 노출되지 않았다면 정주영 씨는 특혜를 받았을 겁니다."

이기택이 문 앞까지 따라 나온 김대중의 손을 잡았다.

"이사장님, 기회가 왔습니다. 도와주십시오."

소회의실에는 대통령을 중심으로 당과 정부의 중역들이 둘러앉아 있었다. 대통령이 소집한 국가안보회의가 열리고 있는 것이다. 그 면면을 보면 국무총리 김종필, 경제총리 박태준, 외무장관 한승주, 국방장관 장세동, 내무장관 김용태, 안기부장 김 덕, 그리고 안보수석 유종하가 정부 측 인사였고 당에서는 당대표 최형우와 사무총장 김덕룡, 원내총무 서석재가 참석했는데 외교 분과위원회 소속의 박철언이 끼어 있었다. 북한에 들어갔던 박철언이 다시 그들과의 회담내용을 설명했고 그에 대한 대책을 세우려는 것이다.

대통령이 입을 열었다.

"북한이 선거 전에 쌀을 보내 달라고 고집하는 이유는 뭐라고 생각하시오?"

쓴웃음을 지은 대통령의 시선이 닿자 김종필이 따라 웃었다.

"각하, 그자들은 한국 내부 사정에 정통합니다. 북한과의 화해 분위기가 조성되면 여당이 선거에 유리하다는 것을 알고 있기 때문입니다."

"북한이 여당의 선거 전략을 짜주는구먼."

대통령이 말하자 분위기가 부드러워졌다. 그러자 경제총리 박태준이 나섰다.

"각하, 쌀을 주는 건 어려운 일이 아닙니다만 명분이 없습니다."

그가 큰 목소리로 말을 이었다.

"밖으로는 한국형 경수로도 사용하지 않겠다면서 안으로는 쌀을 달라니, 북한은 강경파와 온건파로 나뉜 상황에서 저희들 편리대로 우리를 이용하고 있습니다."

그의 말을 받은 사람은 국방장관 장세동이다.

"옳은 말씀이십니다. 온건파는 쌀을 받고 강경파는 그대로 우리를 무시할 테니, 우리는 명분도 없고 실리도 확실하게 얻을 수가 없습니다."

안기부장 김 덕이 머리를 끄덕였으므로 대통령이 얼굴에 웃음을 띠었다.

"뭐, 우리도 강온의 구별이 되어 있는 것 같습니다그려."

잠자코 있는 장관들과 당의 3역이 온건파에 들 것이다. 대통령이 앞에 놓인 서류를 들었다.

"북한 측 요구는 쌀 50만 톤을 제3국의 선박에 실어 보내되 쌀자루에 한국산이라는 표시도 붙이지 말아 달라는 겁니다."

그가 서류를 내려놓았다.

"꼭 속국에게 조공을 바치라는 것 같구먼. 아니면 패전국으로부터 배상금을 받는 것 같기도 하고."

회의는 저녁 6시가 되어서야 끝이 났다. 대통령이 결론을 냈다.

"그럼 내일 정부 성명을 발표해서 한국형 경수로를 북한이 공식으로 인정해 주지 않는다면 경수로 건설에 한국이 일절 참여할 수 없다고 합시다."

그가 말을 이었다.

"그리고 쌀을 줍시다. 그들의 요구대로 한국산이라는 표시도 붙이지 말고."

그러자 최형우가 머리를 들었다.

"각하, 그렇다면 이제 쌀 지원을 서둘러야 합니다. 선거가 20일도 남지 않았습니다."

"쌀 지원은 선거가 끝난 후에 합시다."

자르듯 말한 대통령이 최형우를 바라보며 웃었다.

"최 대표는 선거에 자신이 없소?"

"각하, 그건 아닙니다만."

"예전 같으면 아마 선거 하루나 이틀 전에 북한으로 쌀을 보냈겠지. 없으면 사서라도 보낸다면서 선전했겠지요."

그가 웃음 띤 얼굴로 김종필을 바라보았다.

"그리고 총리를 부두로 보내어서 성대한 출항식을 했을 겁니다. 텔레비전은 떠나는 배를 향해 만세를 부르는 총리 모습을 전국에 방영했을 것이고."

그러자 잔잔한 웃음소리가 회의장을 덮었다. 김종필도 웃으며 말했다.

"각하, 그런 쇼를 안 하게 해주셔서 감사합니다."

닷새 후에 박철언은 초대소에서 김정일과 외교부장 김영남을 마주보며 앉아 있었다. 찻잔을 든 김정일이 무표정한 얼굴로 입을 열었다.

"그럼 남조선의 선거가 끝난 후에 쌀을 보내 주시겠다는 겁니까?"

"그렇습니다."

박철언이 똑바로 김정일을 바라보았다.

"저희 대통령 각하께서는 선거가 끝난 후에 북한에 대한 쌀 지원 발표를 하실 계획입니다. 발표 열흘 후에 쌀을 실은 배가 출항할 것입니다."

"…"

"각하께서 쌀 지원 문제로 선거에 영향을 끼치는 일이 없도록 하라고 하셔서."

"박 선생, 남조선에서 미사일 개발을 하고 있더만요."

김정일은 여전히 무표정한 얼굴이었다.

"러시아 기술을 이전받아서 말이오. 곧 사정거리 1,000km짜리가 시험발사된다고 들었습니다."

"저는 모르는 일입니다."

"박 선생, 이래 가지고서 북남의 회담이 성사될 것 같습니까?"

225

"한국 정부에서도 북한의 강경책에 대한 반발이 있습니다, 지도자 동지."

"우리한테 도발하는 것 아닙니까?"

그러자 박철언의 얼굴도 딱딱하게 굳어졌다.

"지도자 동지, 한국은 먼저 도발하지 않았습니다."

그가 억누른 목소리로 말을 이었다.

"잘 알고 계실 겁니다. 대한민국정부는 최선을 다하고 있습니다."

"김 대통령은 한국형 경수로가 아니면 아예 북·미 경수로 협약을 무시하겠다고 선언했는데, 그 말 진심입니까?"

"그렇습니다."

박철언이 어깨를 폈다.

"이미 미국 측에도 통보한 사실입니다."

김정일과 김영남이 서로 얼굴을 마주보았다. 이윽고 김정일이 입을 열었다.

"잘 알았소. 오늘은 이만 합시다."

그들을 배웅하고 방으로 돌아온 박철언은 지친 듯 소파에 앉았다.

선거 전에 쌀을 보내겠다고 했다면 아마 오늘 분위기는 더 힘들었을지도 모른다. 그것이 협상의 원칙이다. 만일 상대방의 약점이 보이면 가차없이 더 치고 들어오는 것이다.

대통령이 대문 안으로 들어서자 전두환과 노태우, 두 전 대통령이 그를 맞았다. 연희동의 전두환 전전 대통령 사저 안이다. 밤 8시였다.

"어서 오십시오."

전두환이 큰소리로 반겼는데 노태우는 그저 빙긋 얼굴에 웃음만 흘

226

렸다.

"이거 늦게 폐를 끼칩니다."

그들과 악수를 나눈 대통령은 집 안으로 들어섰다. 이순자 여사가 기다리고 섰다가 대통령을 반겼다.

"어서 오세요, 각하."

진심으로 반기는 표정이다.

"아이고, 안녕하셨습니까?"

대통령이 큰 소리를 냈다.

"이거 술 생각은 나고, 또 요정에 가서 여자를 옆에 앉혔다가는 난리가 날 것 같아서요."

전두환이 큰소리로 웃었고, 이 여사는 손으로 입을 가렸다. 안방에는 술상이 준비되어 있었다.

대통령의 갑작스런 방문 연락을 받고 전 대통령 부부는 조금 긴장했던 모양이었다. 더구나 노태우 전 대통령까지 셋이서 한잔 하자고 했던 것이다.

"답답해서 세상 이야기나 하려고 왔습니다."

자리 잡고 앉아 술잔을 채우자 대통령이 전두환을 바라보았다.

"각하께선 요즘 골프장에 자주 가시더군요."

"소일하러 다니는 겝니다. 시간이 잘 가서요."

술잔을 든 전두환의 얼굴은 밝다. 그는 단숨에 위스키를 삼켰다.

"언제 시간 나시면 한번 뫼시고 싶습니다."

"알겠습니다, 각하. 기다리고 있겠심니다."

술잔을 든 대통령이 정색을 했다.

"말씀드릴 것이 있어서 뵙자고 했지요. 뭐, 마음에 드실지 모르겠습니다."

다음날 전두환 전 대통령은 기자들을 불러 모았다. 오전 11시 정각
이었다. 정장 차림으로 응접실에 나타난 그는 자리에 앉아 기자들을 바
라보았다. 활기찬 모습이다.

"여러분, 본인은 국가에 미력이나마 봉사하고자 러시아의 임차지를
개간하기로 결정했습니다."

난데없는 일이다. 긴장한 기자들을 향해 그가 말을 이었다.

"이것은 본인이 대통령 재직 시부터 관심을 가지고 연구해 오던 일
이었습니다."

그는 열기 띤 목소리로 설명을 했다. 러시아 연해주 근처의 광대한
땅을 임차하여 그곳의 자원을 개발하고 공단을 세우려는 것이다. 노동
력은 중국의 조선족과 러시아계 고려인, 또는 북한의 인민을 고용할 수
도 있다. 러시아는 임차지를 내놓은 상황이었고 지리적으로나 조건 면
에서 가장 적합한 국가는 한국이었다.

전두환이 힘찬 목소리로 말을 이었다.

"본인은 이것을 인생의 마지막 과업으로 삼을 생각입니다. 그리
고 대통령 각하께서도 적극적인 지원을 아끼지 않겠다고 말씀하셨
습니다."

연해주는 북한의 위쪽이다. 그곳에 한국의 전직 대통령 한 명이 진
을 치고 공단과 기지를 건설하게 되는 것이다. 기자들은 패기 있는 그
의 자세에 압도되었다. 이것은 그들만이 느끼는 분위기가 아닐 것이다.
북한도 볼 것이다.

아태재단 이사장실로 이기택이 찾아온 것은 그날 오후였다. 그야말로 삼고초려다. 이기택은 결연한 표정이었다. 그의 말마따나 지금 같은 호기가 없다. YS는 여자와의 스캔들 때문에 인기가 주춤한 상태였으니 DJ가 한바탕 쓸고 다니면 가능성이 있다.

그가 말을 이었다.

"광주시장도, 전남지사도, 민자당 후보에게 지지율이 5퍼센트 가량 떨어져 있습니다."

"…."

"이사장님이 나서 주시면 바람이 확실하게 불 것입니다. 전라도 표는 이사장님이 좌우하시지 않습니까?"

머리를 끄덕인 김대중이 엽차 잔을 들었다.

"어젯밤에도 광주에서 집으로 전화가 왔습디다, 나서 달라고."

"당원들이 고대하고 있습니다, 이사장님. YS의 일당 체제로 만들면 우린 가능성 없습니다."

가능성이란 물론 차기 대권에 대한 것이다. 이기택이 말을 이었다.

"지자제 선거는 정권 교체의 시작이라고 이사장님도 말씀하시지 않았습니까? 지자제로 기반을 굳히고 내년의 15대 총선에서 기선을 잡아 내후년의 대선에 대비해야지요."

"이 총재는 굳이 나더러 정계 은퇴를 번복하라고 하시는데."

"당원과 1000만 전라도민의 요구올시다."

김대중이 머리를 끄덕였다.

"며칠 더 생각해봅시다, 이 총재."

"그러시다면 우선 조 순 씨를 만나 주시지요. 우리로선 대안이 그분 밖에 없는데 한사코 후보를 사양하고 있습니다."

"이사장께서 말씀하시면 움직일 것 같습니다만."

한동안 이기택을 바라보던 김대중이 입을 열었다.

"만나보지요."

"DJ가 조 순을 설득했을까?"

테이블로 돌아온 오영준 기자에게 이동만이 말했다.

"어때? 내말이 맞지? DJ는 정계로 돌아오게 되어 있어."

오영준이 테이블 위에 걸터앉았다.

"조 순을 만났다고 정계에 복귀했다고 볼 수는 없어요. 조 순은 DJ하고 그냥 저녁을 먹었다고 오리발을 내밀던데."

"그 사람, 거짓말이 늘었어."

종이컵에 담배를 집어넣은 이동만이 그곳에 침을 뱉었다.

"이미 정가에는 소문이 쫙 깔렸어. DJ가 선거 유세를 떠난다고 말이야."

이미 여러 개의 신문에 그것이 난 터였다. 그러나 아직 동아일보는 추측기사를 싣지 않았다. 오영준이 입을 열었다.

"이기택이 지원을 부탁하는 모양인데, 민주당 고문 자격으로 유세 지원을 해달라고 말입니다. 그게 가능할까요?"

"글쎄, 그거야 DJ 마음이지."

만일 DJ가 나서지 않는다면 민주당은 지자제 선거에서 참패를 면치 못할 것이다. 전라도에서도 YS의 인기는 높았고 그와 비례해서 민자당 후보들이 기세를 올리고 있다. 오영준이 담배를 꺼내어 입에 물었다.

"어쨌든 DJ는 조 순에게 서울시장 출마를 권유했어요. 내일 아침 일찍 조 순 씨 집으로 쳐들어갈 겁니다. 눌어붙어 있으면 뭔가 나오겠죠."

다음날 아침, 조 순은 자택의 응접실에서 기자들에게 둘러싸여 있었다. 흰 눈썹이 짙은, 엄한 인상이었지만 입가에는 미소가 흘렀다.

"부총리님."

누군가가 그를 예전의 직함으로 불렀다.

"어제 DJ하고 저녁식사만 하셨다는 말씀은 아무도 안 믿습니다. 민주당의 서울시장 후보로 나서실 계획이십니까?"

조 순이 그를 바라보았는데 이젠 얼굴 전체로 웃는다. 아이같이 천진한 모습이었다.

"큰일 났네, 내 말은 안 믿는 모양이니."

"DJ의 권유를 거절하셨습니까?"

오영준이 묻자 그의 얼굴에서 천천히 웃음기가 가셔졌다.

"아니오."

그 순간 응접실은 순식간에 긴장에 휩싸였다.

"그럼 승낙하신 겁니까?"

"그렇소."

조 순이 머리를 끄덕였다.

"민주당 후보로 나설 것을 승낙했습니다."

그 시간에 장세동은 기무사령관 조기수 중장과 마주보고 앉아 있었다. 국방장관실 안이다. 방안의 분위기는 무거운 데다 더웠다. 경제총리 박태준의 발상으로 정부관청은 7월 초까지 에어컨을 틀지 않는다. 이윽고 장세동이 입을 열었다.

"거처가 다시 노출되었다는 것은 우리 쪽 깊숙한 곳에서 정보가 샌다는 거요. 이것은 심각한 문제요."

그가 조기수를 똑바로 바라보았다.

"대통령 각하의 신변까지 노출되어 있다고 봐도 되겠어, 그렇지 않소?"

"예, 저도 그렇게 생각합니다."

상체를 반듯이 세운 조기수가 대답했다. 맞는 지적이다. 유니언 스트리트에서 차이나타운 근처로 옮겼던 이연미의 거처가 다시 발각된 것이다. 제보자는 남자였고 5개 일간지에 그녀의 새로운 주소를 알려 주었다.

"아무래도 내부에서 정보가 새나가는 것 같습니다."

"우리도 나서야겠어."

자르듯 말한 장세동이 말을 이었다.

"똑똑한 수사관을 선발해서 이 사건에 협조하도록 해요. 난 안기부장과 합의를 볼 테니까."

"알겠습니다, 장관님."

"불순세력에 더 이상 각하가 우롱당하시게 해서는 안 돼요."

"예, 장관님."

"경호실의 이덕수 과장하고 상의하도록 하시오. 그 사람이 이번 사건에 대한 경호실 책임자니까."

조기수가 방을 나가자 장세동은 길게 숨을 뱉었다. 안기부장에, 경호실장 자리를 모두 거친 장세동이다. 이제 국방장관으로 군을 지휘하는 입장에 있었지만 정보계통은 빨랐다. 기필코 음모 세력을 잡아낼 것이다. 어금니를 문 그는 벽에 걸린 지도를 바라보았다. 대통령의 적은 내적인 것이다.

문에서 노크 소리가 들렸으므로 그는 머리를 들었다. 국방차관 오영태가 서둘러 들어서고 있었다.

"장관님, 북한군이 판문점의 비무장지역 안으로 약 1개 중대의 무장 병력을 진입시켰습니다."

그가 서두르며 말했다.

"기관포와 대전차포 등 중화기를 갖춘 병력 입니다."

50년 정전 협정 역사상 처음 있는 일이다. 도끼만행 사건이 있었던 때에도 그들은 도끼를 휘둘렀지 총기로 위협하지는 않았다.

장세동이 자리에서 일어섰다. 북한의 도발인 것이다.

정국은 순식간에 남북 간의 긴장 분위기로 바뀌었다. 방송에서는 임시뉴스로 계속해서 판문점 내의 북한군 동향을 보도했는데 그들은 진입 두 시간 만에 참호와 기관포 진지를 구축하고 들어앉아 있었다. 노골적인 도발이다.

전군에 비상 대기령이 내려진 상황에서 과천의 대통령 집무실에서는 대책회의가 열렸다. 선거를 앞둔 시점에서 마치 집권여당을 도와주려는 듯 긴장 정국이 형성된 것이다.

"때 맞춰서 일을 저지르는구면."

이동만이 쓴웃음을 지었다.

"이번 효과는 얼마나 될는지 두고 보자."

"중산층은 아무래도 여당으로 몰릴 거요."

신문사로 돌아가는 차 안이다. 핸들을 잡은 오영준이 뱉듯이 말했다.

"도대체 저놈들의 뻔히 들여다보이는 장난질이 언제 끝날 것 같습니까?"

"계속 호구 노릇을 해 와서 그래."

이제까지 여당은 선거 전의 북한 측 도발 덕을 단단히 보아왔다. 1987년 대선 직전의 대한항공 폭발사건이 그렇다. 그 당시 정부는 무리를 무릅쓰고 폭파범 김현희를 국내로 데려왔고 여권주자인 노태우가 대통령에 당선되었다.

"진지를 파고 들어앉은 걸 보면 지자제 선거 때까지 버틸 모양이야."

"민자당이 그놈들한테 일당을 주고 싶겠습니다."

"YS의 스캔들도 잠시 주춤해지겠고."

담배를 피워 문 이동만이 의자에 등을 기댔다.

"DJ가 선거판에 나설 기미가 보이는 상황에 북한이 지원군을 보낸 거야. DJ는 북쪽에다 대고 굿을 한번 해야 돼."

"지긋지긋혀."

박대구가 머리부터 저었다.

"동족이고 지랄이고 웬수다, 웬수여. 지기미, 피를 나눈 형제간에도 돈 몇 푼 가지고도 웬수가 되는 세상이여."

그는 이성필의 전자오락실에 놀러와 있었다. 오락실 안쪽의 골방에 마주앉은 그들은 소주를 마시는 중이다.

"전쟁, 전쟁 허는디, 어디 내려와 보라고 혀. 씨발놈들, 나도 총 잡을 팅게."

술잔을 내려놓은 박대구가 눈을 부릅떴다.

"아주 몰살을 시켜야 혀."

"우리는 뭐 헌다냐?"

이성필이 오징어를 찢으면서 물었다. 그는 택시운전사로 수많은 사람을 겪으면서 사회와 경제, 정치 전반에 통달한 박대구에게서 많이 배우는 편이다.

"뭐 허기는."

박대구가 눈을 흘겼다.

"내싸 두겠지. 아매 북한군 숫자를 두 배쯤 불려 가지구선 금방이라도 전쟁이 날 것처럼 떠들기나 헐 것이다."

"허기는."

"그러먼 있는 놈들은 전부 다 여당 찍어. 월급쟁이도, 예편네들도 말이여."

"그렇고만."

머리를 끄덕이는 이성필을 바라보던 박대구는 문득 이놈도 그럴 것 같다는 생각을 했다. 지난달에 오락 기계 넉 대를 월부로 들여왔던 것이다. 그래서 막 재미 좀 보려는 참인 것이다.

다음날 아침 8시, 텔레비전과 방송은 일제히 정규 방송을 중단하고 임시 뉴스를 내보냈다. 한국군의 1개 전차대대가 판문점에 진입하여 북한군과 100m 거리를 두고 포진했다는 내용이었다.

텔레비전에는 그 장면이 생생하게 방영되었는데 포신을 나란히 한 60여 대의 최신형 M-IAI 에이브람스 탱크가 2열로 늘어선 모습은 장관이었다. 120mm 활강포를 탑재한 M-IAI는 전투 중량 54톤에 도로의 주행 속도는 시간당 최고 72km이며, 120mm 탑재 탄수는 40발에 승무원은 4명이다.

그들의 코앞 흙진지에 엎드린 북한군 병사들도 카메라에 나타났다.

그야말로 탱크 앞에 엎드린 쥐 꼴이다. 당황하고 불안한 모습이 역력한 그들을 보면서 국민들은 두근거리는 가슴을 진정시키려 애를 썼다.

그 시간에 주한 미국대사 제임스 레이니는 국방장관 장세동과 마주 앉아 있었다. 레이니가 장세동을 방문한 것이다. 그들은 장세동이 안기부장이었던 시절부터 알고 지내던 사이였다.

"이봐요, 장관. 북한의 장단에 맞춘 꼴이 되지 않았습니까? 탱크부대를 집어넣다니."

레이니가 정색을 했다.

"백악관에서도 걱정하고 있습니다. 지금도 이 문제로 안보회의가 열리고 있어요."

"이제까지 내버려두었더니 무시하고 기어오르는 거요."

장세동이 얼굴에 웃음을 띠었다.

"백만 대군이 어떻고 서울을 불바다로 만드느니 하고 큰소리를 치지만 아마 인민군 최고지휘부는 스스로를 알고 있을 겁니다. 전쟁이 일어났다 하면 그놈들은 끝장이오."

"위험한 판단이오."

"우리가 잠자코 있을수록 더 위험해집니다. 군의 사기도 내려가고 국민들도 좌절감에 빠지게 돼요."

이제는 장세동이 정색을 했다.

"국가안보회의가 만장일치로 결정했고 대통령이 내린 명령이오. 북한 놈들처럼 입에 발린 소리가 아니라 우리 군도 대통령이 하라면 합니다."

"이놈들이 도발을 해오는군."

236

잇새로 말한 김정일이 텔레비전에서 시선을 떼었다. 그는 지금 밀실에서 한국방송을 보고 있는 중이다. 그가 무력부장 오진우를 바라보았다.

"무력부장 동무, 어떻게 생각하시오?"

오진우가 늘어진 눈시울을 들었다. 병색이 완연한 얼굴이다.

"조금 두고 보십시다, 지도자 동지."

"두고 보다니요?"

"우리 인민군은 만반의 준비를 다해놓고 있습네다. 명령 한 마디면 밀고 내려갈 수 있습네다."

방안에 모여 앉은 7, 8명의 군 장성들은 대부분이 강경파이다. 김정일이 천천히 머리를 끄덕였다.

"알겠소, 기다립시다."

"저놈들은 허장성세를 보이고 있습네다. 우리가 움직이지 않으면 꼼짝도 못 합네다."

주석궁의 지하 작전실을 나온 김정일이 뒤를 따라 나온 외교부장 김영남을 바라보았다.

"허장성세는 저 사람들이오. 남조선 탱크가 판문점에 나타난 것을 보더니 모두 입들을 닫고 있구면."

그가 쓴웃음을 지었다.

"이젠 남조선도 마음대로 안 되는구면. 예전 같았으면 우리 병력을 부풀려서 제 국민들한테 선전하고는 긴장감을 조성했는데."

"위험한 작전이었습네다, 지도자 동지."

바짝 다가선 김영남이 목소리를 낮췄다. 그는 온건파이다. 북한의 외교부장을 17년이나 해온 관계로 세계정세에 밝다.

"이젠 저 사람들 주장도 조금 가라앉은 것 같습네다, 지도자 동지."

그 다음날, 제7기갑사단 3연대 2대대장 이태성 중령은 탱크 안에서 눈을 떴다. 옆에 놓인 무전기가 울리고 있었기 때문이다.

무전기를 귀에 대면서 그는 손목시계를 내려다보았다. 아침 6시가 되어가고 있었다.

"대대장님."

주번사관 허 대위의 목소리가 다급했으므로 그는 상반신을 세웠다. 주위는 조용했고 옆쪽의 탱크병은 아직도 잠에 빠져 있었다.

"뭐야?"

"대대장님, 놈들이 철수합니다."

이태성은 몸을 솟구쳐 탱크의 해치 위로 상반신을 내밀었다. 그의 탱크는 제일 뒤쪽 열에 세워져 있었으나 위치가 높다. 안개가 스멀거리며 지면 위를 흐르고 있었지만 100여 미터 앞쪽의 기관포 진지는 드러났다.

그는 쌍안경을 눈에 대었다. 진지의 검은 구덩이만 보였다. 어제까지만 해도 네 명이 웅크리고 있었던 자리였다. 그리고 다음 순간 안개가 더 걷혔고 그 뒤쪽의 대전차 진지도 드러났다. 그곳에서는 대전차포를 짊어진 병사들이 막 진지를 떠나려는 중이었다. 옆쪽 기관포 진지도 마찬가지였다.

"이겼다."

잇새로 말한 이태성이 무전기를 입에 대었다.

그날 아침, 출근길의 대한민국 국민들은 모두가 밝은 표정이다. 이미 뉴스를 들은 터라 판문점에 진지를 구축했던 북한군이 모두 철수했다는 것을 알고 있는 것이다.

그들의 철수를 확인한 이태성 중령의 탱크대대도 판문점을 떠났다. 부옇게 먼지를 피워 올리면서 일렬종대로 귀대하는 탱크대가 화면에 비쳐졌고 해설자는 일절 평을 하지 않았다. 방송도 마찬가지였다. 그것이 국민들에게는 더욱 믿음직한 정부로 가슴에 새겨졌다.

그로부터 사흘 후인 1995년 6월 10일, 마포의 아태재단연구소 회의실에는 수십 명의 기자들이 모여 있었다. 단상의 연단은 아직 비어 있었지만 뒤쪽에 벌려놓은 의자에 앉은 면면들은 민주당의 중진 권노갑과 조세형, 한화갑 등 20여 명의 현역의원들이다.

오늘은 김대중의 기자회견이 있는 것이다. 그러나 참석한 기자들은 물론이고 대부분의 국민들은 그가 정계 은퇴를 철회하고 정계 복귀를 선언하리라는 것을 알고 있었다. 미국에서 돌아온 이후 그는 당원들과 일부 주민들로부터 열화와 같은 선거 참여 요구를 받고 있는 중이었다.

이윽고 단상의 뒤쪽에서 김대중이 들어서자 장내는 조용해졌다. 김대중은 원고도 준비해 오지 않은 채 기자들을 둘러보았다. 부드러운 표정이다.

이윽고 그가 예의 카랑카랑한 목소리로 입을 열었다.

"나는 오늘 국민 여러분께 정계 은퇴를 철회하고 정계에 다시 복귀하겠다는 것을 말씀드리고자 합니다."

예상했던 일이었으므로 기자들은 잠자코 그것을 적었다.

"그리고 나는 오늘자로 신당을 창당할 계획입니다. 민주당을 떠나 새로운 당을 만들 것입니다."

그 순간 기자들은 멍한 얼굴로 그를 바라보았다. 청천벽력이다. 민주당으로 복귀하고 선거유세에 나서는 줄로만 알고 있었던 것이다. 김대중이 숨 쉴 틈 없이 말을 이었다.

"당명은 '새정치국민회의'로 정했으며 우리는 이번 선거에도 참여할 것입니다."

그러자 기자들에게 보도 자료가 배포되었다. 자료에는 이미 새정치국민회의에 입당한 민주당 소속 현역의원의 명단과 당직까지 적혀 있었다.

김대중이 회견을 마치자 빗발 같은 질문이 쏟아졌다.

"민주당과는 완전 결별입니까?"

누군가가 확인하듯 묻자 김대중이 정색을 했다.

"우리는 민주당의 모든 사람들을 받아들일 준비가 되어 있습니다."

"왜 민주당으로 복귀하지 않으신 겁니까?"

그러자 김대중이 희미한 웃음을 띠었다.

"민주당은 지역정당의 색채가 너무 강합니다. 우리는 이제 그것을 타파해야 합니다."

"새정치국민회의도 결국 지역 연고를 의지해서 만들어진 것 아닙니까?"

"아닙니다."

"민주당의 이기택 총재와도 협의하신 일입니까?"

"우리는 그분이 오신다면 받아들일 용의가 있습니다."

김대중이 손을 들어 회견이 끝났다는 표시를 했으므로 회견장은 순식간에 소동이 벌어졌다. 내일 아침 조간에 맞추려면 서둘러야 하는 것이다.

김대중은 정계 복귀를 선언했고, 동시에 민주당과 결별하고는 신당을 창당했다. 지자제 선거가 바로 17일밖에 남지 않은 상황이었다.

"민주당에는 20명도 남지 않을 거야. 원내교섭단체가 되기도 힘들 거라고."

신문사로 돌아가는 차 안이다. 이동만이 단언하듯 말하고는 담배를 피워 물었다.

"하지만 천하의 대김대중 씨도 이번에는 너무 서두는 것 같다. 선거가 20일도 남지 않았는데 창당을 하다니."

오영준이 머리를 끄덕였다. 지자제 선거 중에 민주당 측과 갈등이 증폭될 것이고 선거에 이로울 일이 없다. 오히려 민자당 측에 어부지리를 주게 된 것이다.

"글쎄 말이오. 잘못하면 양쪽에서 당하게 생겼는데."

그러나 볼 만한 싸움이 될 것이다. 전라도와 서울에서는 YS의 인기와 DJ의 지명도가 혈전을 벌일 것이 뻔하고 그것은 정치면을 흥미 있게 장식하게 된다.

이동만이 길게 숨을 뱉었다.

"자, 3김에서 하나는 총리가 되었으니 이제는 양김의 대결이 되었다."

"당을 만들려고 그랬어."

이기택의 얼굴은 분노로 굳어져 있었다. 그는 앞에 선 대변인 박지원을 노려보았다.

"정계 은퇴는 거짓말이었고 이제까지 기회를 엿보고 있었던 거야."

김대중의 기자회견이 끝난 직후였다. 김대중이 민주당에 복귀하여 선거운동을 도와주기를 학수고대하고 있던 이기택에게는 그야말로 청천벽력 같은 일이었다. 이것은 배신이다. 그야말로 부도덕한 해당 행위

241

였다.

"좋아, 그렇다면 나도 생각이 있어."

이기택이 혼잣소리처럼 말했다.

"이제 김대중 씨는 나를 상대로 싸워야 될 거야. 배신한 값을 톡톡히 치르게 될 테니까."

김대중의 신당 창당 발표 직후에 민주당 내에서 동교동계로 불리던 의원 전원이 탈당계를 내고 신당으로 당적을 옮겼다. 그들은 치밀하게 계획을 세워놓았던 것이다.

박지원이 조심스럽게 입을 열었다.

"총재님, 외람된 말씀이지만 다시 한 번 고려를 해보시는 것이…, 이 대로 둔다면 저희 민주당은 원내교섭단체 구성도 힘이 듭니다."

"난 배신자와 같이 일할 수가 없어."

이기택이 거칠게 그의 말을 잘랐다.

"나는 민주당의 깃발을 들고 싸울 거야."

"하지만 조 순 씨도 이미 신당에 참여할 모양이고, 민주당은 지자제 선거에서 기반을 모두 잃을 가능성이 많습니다."

"난 김대중 씨하고는 같이 일 못 해."

머리를 저은 이기택이 결연하게 말했다.

"설령 지자제 선거에서 단체장을 한 사람도 당선시키지 못하는 한이 있더라도."

김대중의 신당 창당 선언은 여당에게도 큰 충격이었다. 아마 이기택 보다 못하지 않았을 것이다. 당대표인 최형우와 사무총장 김덕룡이 즉 시 과천의 대통령 집무실로 불려갔는데 그들이 돌아온 것은 세 시간쯤 지난 후였다.

이제나저제나 하면서 기다리던 당대변인 박범진이 대표실에 들어선 것은 잠시 후였다. 최형우는 처음 만난 사람을 보는 듯한 시선으로 박범진을 바라보았다.

"이봐요, 박 의원. 국가와 정치 발전에 이바지하기를 바란다는 내용으로 대변인 성명을 발표하시오."

최형우가 말하자 박범진이 의외라는 듯 눈을 크게 떴다. 이미 조금 전에 발표된 민주당 부대변인의 발표는 그야말로 격렬해서 마치 일전을 불사하겠다는 것같이 느껴졌다. 그러나 정계 은퇴를 선언했던 김대중이다. 그가 은퇴를 손바닥 뒤집듯이 뒤집은 데다 민주당을 배신하고 창당한 것에 대한 비판은 얼마든지 여론의 호응을 얻을 수 있는 것이다.

"그렇게만 씁니까?"

"나머지는 대변인이 알아서."

"그렇다면 호의적인 내용으로 말이지요?"

"그렇지, 은퇴를 번복했다느니 하는 자극적인 문구는 넣지 말고."

"알겠습니다."

대인(大人)의 풍모를 보이자는 것이다. 김대중이 창당했다고 해서 YS의 인기도가 낮아지는 것은 아니다. 물론 DJ가 전라도에서 표를 몰겠지만 나머지 지역은 YS의 압승이다.

박범진은 가벼워진 걸음으로 대표실을 나왔다.

"김 선배, 이거 옛날 모양이 되는 것 아니오?"

박태준이 묻자 김종필이 깊은 생각에 빠진 듯한 표정을 지었다. 종합청사의 총리실 안이다. 박태준이 김종필을 방문한 것인데 요즘 그는 자주 들르는 편이다.

김종필이 천천히 입을 열었다.

"허긴 DJ가 신당을 창당했으니 3김이 모두 현역으로 돌아온 셈이 되었긴 하지만 옛날과는 다르지요."

"다르다니, 3당 통합 시절과 비슷한 걸 뭘. 그렇지 않습니까?"

말꼬리를 잡은 박태준이 말을 이었다.

"나하고 총리는 정부에 있지만 어쨌든 YS와 한 배를 탄 입장이고 DJ는 그때처럼 혼자 떨어져 있지 않습니까? 우리는 1992년 상황으로 돌아온 것 같습니다."

"인생은 돌기도 허니까."

"그렇게 선문답 식으로 대답하지 마시오."

소파에 등을 기댄 박태준이 그를 바라보았다.

"지금은 YS가 정부에 힘을 실어주고 있지만 곧 차기를 계획해야 될 겁니다. 총리께선 혹시 YS한테서 무슨 언질을 받으신 것 아니오?"

"어떤 언질 말이오?"

"아, 차기 말이오, 차기."

"차기고 차차기고, 나는 관심이 없습니다."

"그렇다면 DJ하고 부딪칠 우리 측 주자는 누가 되겠습니까?"

"글쎄, 낸들 압니까?"

"최형우나 김덕룡이 될까요?"

"YS가 밀면 되겠지요."

그들은 잠시 말을 그쳤다.

YS의 집권 2년 반이 되어가고 있었으니 5년 임기의 반이 지났다. 그동안 수많은 대형 참사가 일어났고 정국이 대형사건으로 쉴 새 없이 흔들렸으나 정부는 안정되어 있었다. 또한 구조조정을 마쳐가는 경제는 경쟁력을 갖춘 상태여서 경제계는 자신감에 넘쳐 있었다. 모두 YS가 정부와 경제를 두 명의 총리에게 맡겨 책임 있는 경영을 시켰기 때문이다. 민심은 천심이다.

"그나저나 야단났어."

박태준이 혼잣소리처럼 말했다.

"선거가 얼마 남지 않았는데 YS의 스캔들은 수그러들지가 않으니, 여자가 행방을 감췄다면서요?"

"그런 모양이오."

"YS가 검찰에 수사의뢰를 시킨 것이 잘못된 겁니다. 차라리 부정하고 언론의 입을 막았어야 됐어요."

대다수의 언론은 이제 표현을 자제하고 있었으나 일부 언론과 야당, 재야단체는 끊임없이 이연미 사건을 물고 늘어지고 있었다. 어떤 신문은 이연미가 비자금을 은닉하고 있다는 추측기사도 썼다.

김종필이 입맛을 다셨다.

"도대체 어떤 놈이 그런 정보를 흘리고 다니는지 그놈을 잡아야 돼."

"안기부 김 부장은 내부 소행이라고 하던데."

박태준이 힐끗 김종필을 바라보았다.

"예전에는 어디 이런 일이 노출이나 되었습니까? 많이 민주화가 되었어요, 한국도."

동아일보 사회부 기자 배성규가 그 사내의 전화를 받았을 때는 오후 5시가 조금 넘었을 때였다. 그 사내는 바로 의문의 제보자로서 이젠 목소리도 익다.

"이연미의 은행계좌를 발견했습니다."

사내가 억양 없는 목소리로 말을 이었다.

"17억이 입금되어 있는데 모두 가명을 썼습니다. 자, 적으시오."

이윽고 여섯 개의 계좌번호를 불러준 사내가 다시 숨을 고를 때 배성규가 물었다.

"이 돈이 이연미의 돈이라는 증거가 있습니까?"

"본래 이연미는 빌라와 함께 현금 20억을 받았습니다. 이 돈이 그 돈이오."

"글쎄, 증거가."

"미국으로 떠나면서 재산관리를 어머니인 한정숙 씨한테 맡겼지요. 이 돈은 한정숙 씨와 외삼촌인 한영규 씨가 관리하고 있습니다. 추적하면 쉽게 찾습니다."

그러고는 전화가 끊겼으므로 배성규는 멍한 얼굴이 되었다.

잠시 후에 그는 편집국장 김수곤 앞에 서 있었다. 김수곤은 이맛살을 찌푸린 표정이었다.

"도대체 이 자식은 누구야?"

그가 테이블 위에 놓인 녹음테이프를 눈으로 가리켰다. 배성규의 전화에는 녹음장치가 되어 있었던 것이다.

"어쩐지 기분 나쁜 느낌이 든다. 예감이 안 좋아."

"국장님, 제 생각입니다만 이번에도 우리한테만 정보를 준 것이 아닐 겁니다."

"물론 그렇겠지."

"국장님, 그렇다면…."

그러자 김수곤이 머리를 저었다.

"조사는 해보도록, 하지만 기사화하는 것은 보류다."

"예, 국장님."

"아마 다른 놈들은 대뜸 이것을 기사화 시킬지도 모른다."

쓴웃음을 지은 김수곤이 테이프를 바라보았다. 더러운 것을 보는 시선이다.

"나는 내용보다도 이자의 행위가 더 꺼림칙하다."

그 시간에 안기부 제1차장 박상태는 서영국 과장의 보고를 받고 있었다. 그의 테이블 위에 놓인 것은 소형 녹음기였다. 이윽고 서영국이 녹음기의 스위치를 껐다.

"현재까지 여섯 개 일간지와 세 개 주간지에 이 내용이 전화로 제보되었습니다."

서영국이 긴장된 얼굴로 박상태를 바라보았다.

"똑같은 내용입니다. 이자는 발신지 추적을 피하기 위해서 거의 2분 이상 통화를 하지 않았습니다."

박상태가 머리를 들었다.

"그렇다면 검찰이 발표한 내용 외에도 20억, 아니 17억이 더 있단 말인가?"

"예, 이자 말대로라면."

"이거 야단났다."

"아마 그 여자가 말을 하지 않았을지도 모릅니다, 차장님."

"어쨌든 대통령이 뒤집어쓰게 되었어."

수화기를 움켜쥔 박상태가 서영국을 바라보았다.

"즉시 각 신문사에 연락을 하도록, 무슨 수단을 써서라도 이것이 기사화 되는 것을 막아."

30분쯤 후 정주영 회장은 안기부장 김 덕의 전화를 받았다. 수화기를 움켜쥔 그가 의자에 등을 기댔다. 눈썹을 치켜뜬 모습이다.

"그렇습니다. 내가 20억을 주었어요."

목소리가 컸으므로 앞에 섰던 비서실장이 긴장을 했다.

"지난번에 그 여자분이 밝히지 않았던 모양이오. 그런데 내가 나서서 말할 수가 있나? 내버려 두었지요."

그러고는 그가 와락 상체를 세웠다. 한쪽 주먹을 움켜쥐고 있었다.

"도대체 왜들 이러시는 겁니까? 이 일에 대통령은 아무런 관계가 없어요. 솔직히 내가 대통령에게 미안한 마음에 그 여자한테 조그만 성의 표시를 했던 거요.

소리치듯 말했던 그가 한동안 눈만 껌벅이며 저쪽 말을 들었다. 이윽고 그가 길게 숨을 뱉었다.

"대체 어떤 놈이 이런 짓을 하는지 모르지만, 대통령을 해코지하려는 것과 같아요. 꼭 좀 잡아 주시오."

대통령이 머리를 끄덕였다.

"그 애가 말을 안 했을 수도 있겠지. 하지만 철저히 수사를 하도록 해야 돼. 사실 그대로."

머리를 든 대통령이 앞자리에 앉은 박관용을 바라보았다.

"이봐, 그렇다면 검찰이 다시 그 애를 찾아가 확인해야만 할까?"

"각하, 아직 그것은…."

"이거, 일이 자꾸 꼬이는군."

혼잣소리처럼 대통령이 말하자 박관용이 상체를 세웠다.

"각하, 안기부에서는 정보를 제공해 온 자를 찾고 있습니다."

"…."

"정치권 깊숙이 침투한 음모 세력의 소행이라고 합니다."

잠자코 있는 대통령을 향해 그가 말을 이었다.

"사실 확인이 될 때까지 언론을 통제시키도록 했습니다, 각하. 이것은 국가를 위해 필요한 조처올시다."

한동안 박관용을 바라보던 대통령이 머리를 끄덕였다.

"수사는 하더라도 나중에 그 사실은 꼭 밝히도록."

"물론입니다, 각하."

대통령이 턱으로 문 쪽을 가리켰다.

"그럼, 김 총장 들어오라고 해."

김덕룡 사무총장이 아까부터 기다리고 있었던 것이다.

8장
대역전

테이블 위에 한아름이 되는 식품 꾸러미를 내려놓은 강 선생이 이연미를 바라보았다.

"불편하시지 않습니까?"

"괜찮아요."

이연미는 반팔셔츠에 바지 차림이다.

"마실 것 드릴까요?"

그녀가 묻자 강 선생이 머리를 저었다.

"아닙니다. 됐습니다."

40대 중반쯤의 그는 언제나 정중했다. 다운타운 북쪽의 아파트로 다시 거처로 옮긴 후에는 그가 이틀에 한 번꼴로 들르면서 시장까지 봐주고 있다. 창가의 의자에 앉은 그가 손수건을 꺼내어 이마의 땀을 닦았다. 아파트는 50평쯤 되었는데 혼자 살기에는 너무 컸다. 강 선생이 입을 열었다.

"저, 서울에서 연락이 왔습니다."

"…"

"누군가가 언론사에 또 제보를 했다고 합니다. 어머님께 맡기신 돈을 폭로했다는군요."

주방 앞에 선 이연미가 온몸을 굳히고는 그를 바라보았다. 시선을 돌린 강 선생이 말을 이었다.

"하지만 기관에서 통제하고 있습니다. 언론은 쉽게 발표하지 않을 겁니다."

이연미가 그에게로 한 걸음 다가섰다.

"지난번에 그것까지 말할 걸 그랬지요?"

잠자코 앉은 그에게 그녀가 다시 물었다.

"대검에서 오신 분들한테 다 말할 건데 제가 잘못했지요?"

"글쎄요, 그것은…."

그 당시에 그도 입회하고 있었던지라 강 선생이 난처한 듯 입맛을 다셨다.

"그분들은 서울 빌라하고 LA의 저택만 확인하려고 온 겁니다. 그것으로 조사는 끝난 것이지요."

LA의 저택은 세를 낸 것으로 확인되었으니 서울 빌라만이 문제로 남았었다. 이연미가 머리를 저었다.

"아녜요. 그분들이 정 회장님한테서 다른 건 받은 것이 없냐고 물었을 때 전 없다고 했어요."

"모르는 일을 말할 필요는 없습니다."

강 선생이 부드럽게 말했다.

"자책하실 건 없습니다, 아가씨."

"…."

"그리고 이런 말씀드리긴 부끄럽습니다만 정보가 자꾸 샙니다."

그가 집안을 둘러보았다.

"그래서 아가씨가 이곳으로 옮기신 후부터는 부장님 외에 아무한테도 이곳을 알려 주지 않았습니다."

이연미가 다가와 테이블 끝 의자에 앉았다.

"다시 검찰에서 조사가 나오겠군요?"

"그건 아직 모릅니다."

강 선생이 부드러운 시선으로 이연미를 바라보았다.

"미국은 넓습니다. 아가씨가 가시고 싶으신 곳이 있다면 말씀하세요. 제가 어디든 모셔다 드리지요."

"현재까지의 진행 상황입니다, 장관님."

최한석 중령이 손에 쥐고 있던 쪽지를 장세동 앞에 내려놓았다. 그는 기무사령관이 추천한 정보장교였다.

"세 부서에서 합동으로 조사하고 있지만 아직 실마리는 잡지 못했습니다, 장관님."

"알고 있어."

장세동이 머리를 끄덕였다

"놈은 전문가야. 쉽게 꼬리를 내놓지 않을 것이다."

이것은 검찰과 경찰에 내놓을 사건이 아닌 것이다. 그래서 안기부와 경호실, 기무사, 이 세 부서가 합동으로 특별조사반을 비밀리에 결성했는데 안기부의 실무책임자는 1차장 직속의 서영국 과장이고 경호실은 이덕수 과장, 그리고 기무사는 최한석 중령이다.

장세동이 머리를 들었다.

"내가 경호실과 안기부를 두루 거친 사람이다. 그곳 조직 체계를 알고 있어.”

말을 멈춘 그가 한동안 먼 시선으로 최한석을 바라보았다.

“합동 수사를 하되 수시로 경과를 직접 나한테 보고하도록, 알겠나?”

“알겠습니다, 장관님.”

부동자세로 선 최한석이 힘차게 대답했다.

다음날 오후 2시경, 서울시장 선거에 민주당 후보로 나선 오연택은 보라매공원의 연단에 서서 군중들을 내려다보았다. 정원식과 조 순의 연설이 끝난 후라 군중들은 술렁이고 있었다. 목청을 가다듬은 그가 소리치듯 말했다.

“김영삼 대통령은 애인에게 20억의 현금을 주었습니다. 여러분, 본인은 그 증거를 갖고 있습니다.”

군중들이 일제히 움직임을 멈췄고, 그가 다시 소리쳤다.

“10억이 넘는 빌라에다 현금 20억을 준 것입니다. 여러분, 김영삼 대통령은 대선 자금을 반납하라고 자식을 감옥에 보내면서 청렴한 척했지만, 요정의 밀실에 앉아 추잡한 거래를 하고 있었던 것입니다.”

거의 같은 시간, 인천시장에 입후보한 무소속의 정병태 후보는 공설 운동장에서 악을 쓰듯 소리치고 있었다.

“애인에게 현금 20억과 12억짜리 빌라를 주라고 한 김영삼 대통령은 마땅히 탄핵되어야 합니다. 이것은 국가의 수치입니다. 민자당은 썩었습니다. 3공에서부터 5, 6공 세력까지 끌어들인 김영삼 정권의 개혁은 끝났다는 것이 이것으로 증명이 되었습니다.”

"놈이 야당 후보에게 제보를 했어."

뱉듯이 말한 김덕룡이 박관용을 바라보았다. 선거 지원차 천안에 내려갔다가 황급히 헬기편으로 올라온 것이다.

"각하께는 보고했습니까?"

"했습니다."

입을 다신 박관용이 말을 이었다.

"아무 말씀 안 하십니다."

"안기부장 이야기로는 현재까지 열네 명의 후보가 그것을 거론했는데 모두가 민주당하고 무소속이오. 새정치국민회의는 입을 다물고 있다고 합니다."

"들었습니다."

김덕룡이 길게 숨을 뱉었다.

"이거 내일이면 언론에 쫙 깔리겠구먼그래, 야단났어."

"…"

"부산에 간 최 대표한테서 연락이 왔는데 부산시민 분위기도 뒤숭숭하다는 겁니다."

저녁 6시가 가까워지고 있었다. 과천의 대통령 집무실 분위기도 역시 뒤숭숭했다. 모두가 알고 있는 것이다.

"안기부는 대체 뭘 하고 있는 거야? 그놈 하나 잡지 못하고."

문득 김덕룡이 뱉듯이 말했다. 그러나 행차 뒤의 나팔이다. 박관용은 잠자코 숨만 뱉었다.

"시상에, 20억이나 주다니, 남자들은 미쳤어."

혼잣소리처럼 말한 김문자가 식탁 위에 국그릇을 내려놓았다.

254

"20억이면 우리 같은 사람들 팔자를 고치는디, 오입 몇 번 혔다고 주다니."

박대구가 신문을 내려놓았다.

"뭘 안다고 구시렁거리는 거여? 어서 밥이나 퍼."

"앗따, 나는 테레비 안 보는 줄 아쇼? 영샘이는 이번에 혼이 나야 되어라우."

김문자가 소리 나게 밥그릇을 박대구 앞에 내려놓았다. 아이들은 모두 학교에 갔고 집안에는 둘뿐이다.

"혼나다니? 니가 뭔디 지랄여?"

수저를 몽둥이처럼 세워 든 박대구가 그녀를 노려보았다.

"그리고 그 20억인지 30억인지 영삼이가 준 돈인 줄 알아? 정주영이가 준 돈이란 말이여."

"그 돈이나 저 돈이나."

"이 예편네가 정말."

이제까지 김문자는 박대구와 성향을 같이했다. 박대구가 찍는 곳을 찍었는데 그만큼 그의 말이 설득력이 있기 때문이다. 그런데 지금은 상황이 사뭇 달랐다. 도무지 납득하려 들지 않는 것이다.

"이봐, 잘 들어. 이것은 음모여, 알아? 현 정권에 반발허는 세력이 조직적으로 정보를 흘리는 거여."

"어쨌거나 여자허고 자고 돈 준 것은 사실이잖여?"

"이런 망할 년이."

마침내 박대구의 분통이 터졌다. 그가 수저의 넓은 부분으로 김문자의 코끝을 가리켰다.

"너는 허구한 날 그 짓 허는 것만 생각허냐? 무식헌 년 같으니."

"그려, 나는 무식혀."

바가지로 욕을 먹은 김문자도 눈을 치켜떴다.

"당신은 들은 것이 많아서 유식허고."

"이 쌍！"

앞에 놓인 국그릇을 든 박대구가 앞으로 던졌는데 아직도 뜨거운 콩나물국이 김문자의 가슴에 뿌려졌다. 빈 그릇이 식탁 위에 떨어지면서 그릇이 튀었다.

"오메, 뜨거."

가슴에 콩나물 건더기를 매단 김문자가 벌떡 일어섰다.

"야! 이놈아, 왜 던지냐?"

"이런 쌍년."

정신없이 일어선 박대구가 손을 날려 김문자의 뺨을 쳤지만 빗나갔다.

"오냐. 쳐라, 이놈아."

김문자가 박대구의 멱살을 쥐었다.

"특히 여성 표의 이탈 현상이 눈에 띄게 나타나고 있습니다."

광주로 날아가는 비행기 안이다. 권노갑이 말하자 김대중은 잠자코 머리만 끄덕였다. YS는 악수를 둔 것이다. 지난번 검찰수사관이 미국에 갔을 때 20억을 받았다는 것도 그 여자가 밝히도록 했어야만 했다.

옆자리의 권노갑이 말을 이었다.

"이미 언론에도 보도가 되었으니 우리 당도 그 문제에 대해서 입장 표명이 있어야 할 것 같습니다만."

아직 새정치국민회의에서는 YS의 이번 스캔들에 대해서 전혀 입을 열지 않고 있었다. DJ가 함구령을 내렸기 때문이다.

창밖을 내다보던 DJ가 머리를 저었다.

"놔둡시다. 아직 대통령의 해명도 없는 상황에 휩쓸려서 떠드는 건 모양이 좋지가 않구면."

"알겠습니다."

권노갑이 힐끗 그를 바라보았다. 여성 표만 이탈하고 있는 것이 아니다. 이번 사건에 배신감을 느끼고 있는 서민들도 많은 것이다.

"아니, 신문은 어디서 얻으셨습니까?"

놀란 듯 강 선생이 눈을 크게 떴다. 식품이 든 종이 꾸러미를 내려놓은 그가 탁자 위에 놓인 신문을 집어 들었다. 사흘 전 한국 신문이었다.

"다운타운에 갔었어요."

이연미가 낮은 목소리로 말했다.

"답답해서요. 그런데 가게에서 신문을 팔고 있더군요."

강 선생은 잠자코 의자에 앉았다. 신문에는 대통령의 스캔들이 연일 보도되고 있는 중이다. 단체장 선거에 나선 야당과 무소속 후보들은 사정없이 대통령을 몰아세우고 있었다. 검찰도 믿지 못하겠으니 특별검사를 임명하여 수사해야 한다고 주장하는 사람도 있다.

창가에 선 이연미가 강 선생을 바라보았다.

"여론조사에선 각하 지지도가 20퍼센트나 내려갔더군요."

"그거야 잠깐입니다."

강 선생이 목청을 높였다.

"여론조사라는 것이 믿을 게 못 됩니다. 그리고 한국 사람의 기질이 금방 끓고 식어서요. 금방 변합니다."

"제가 생각해 보았는데요."

이연미가 그를 똑바로 바라보았다.

"제가 한국으로 돌아가서 검찰에 출두하면 어떨까 해서…, 그러면 오해가 풀어지지 않을까요?"

"그것이"

입맛을 다신 강 선생이 이윽고 머리를 저었다.

"저쪽에서도 고려를 해본 모양인데 별로 실익이 없다는 결론이 나왔답니다."

"…"

"이연미 씨가 모든 것을 털어놓고 검찰이 발표를 해도 별 의미가 없습니다. 국민 대부분이 믿지 않을 것이라고 합니다."

"…"

"이제 문제는 각하와 정 회장과의 관계로 돌려질 것 같습니다. 놈들의 목적도 그것이었겠지요."

이연미가 겨우 머리를 들었다. 지친 표정이었고 어깨도 늘어져 있다.

"그러면, 저는?"

"여기 계십시오, 잠잠해질 때까지."

"제가 할 일은 없나요?"

"마음을 편하게 가지시고…."

"화도 나고 분해요, 죄송하기도 하고."

주섬주섬 말한 이연미가 머리를 돌렸다. 창밖은 짙은 어둠에 덮여 있었다.

박관용이 들어서자 대통령이 머리를 들었다. 오후 2시였다. 지자제 선거가 열흘밖에 남지 않았으나 대통령은 한 번도 지방에 내려간 적이 없다. 그저 집무실에만 틀어박혀 있으면서 당대표 최형우와 김덕룡 총장의 전화 보고를 받을 뿐이다.

"각하, 보고드릴 것이 있습니다."

테이블 앞에 선 박관용이 헛기침을 했다.

"각하, 검찰에 다시 이번 사건을 의뢰하시는 게 낫다고 생각합니다만."

"…"

"이대로 있다가는 의혹만 커지는 상황입니다. 무언가 조처가 있어야만 합니다."

닷새 전에 대통령 집무실은 대변인 성명을 통해 현대 측과는 전혀 무관한 일이라는 발표를 했다. 대통령은 여자에게 돈을 준 사실도 몰랐다는 해명까지 했지만 여론의 집중적인 공격을 받았다. 상식적으로 납득이 가지 않는다는 것이다.

이에 분개한 현대의 정주영 회장이 이틀 전에 기자회견을 자청했다. 전국으로 생방송된 텔레비전 회견을 통해 정 회장은 격앙된 목소리로 이연미에게 준 돈은 로비 자금이 아니며 순수한 인사였다고 주장했지만 20억의 실체를 확인해 준 셈이 되어버렸다. 사건은 걷잡을 수 없이 꼬여 갔고 여론은 악화되는 중이었다.

대통령이 입을 열었다.

"이미 사실이 다 밝혀졌는데 검찰을 들러리로 세우란 말이가?"

"각하, 하지만."

"그리고 그 애한테도 인격이 있는 기라. 나야 이렇게 대통령 자리를 차고 앉아 있지만 그 애는 지금도 숨어 다니고 있어."

"…"

"그 애가 무슨 죄가 있단 말이고?"

"각하"

"검찰한테나 그 아이한테나 바람직하지 않은 일이야. 내가 당하는 게 낫지."

어금니를 문 박관용이 한 걸음 다가섰다. 그가 이러는 것은 좀처럼 드문 일이다.

"각하, 검찰 발표로 마무리를 지으시는 것이 최선입니다. 당에서나 정부에서도 그것을 원하고 있습니다."

"…"

"이대로 두면 선거에 절대적인 영향이 옵니다. 민자당 후보들은 상대방의 공격에 거의 무방비 상태인 형편입니다."

"…"

"더욱이 여론이 급격히 악화되고 있습니다, 각하."

대통령이 머리를 들었다.

"내가 전에는 여론에 꽤 신경을 썼지. 하지만 지금은 아이다."

박관용과 시선이 마주치자 그가 빙그레 웃었다.

"내가 요즘 깨달았어. 신념을 가진 사람은 여론에 구애받지 않는다는 것을. 여론은 냄비에서 끓는 물이야. 그것에 매달리면 정치를 할 수 없다."

어깨를 늘어뜨린 박관용이 길게 숨을 뱉었다. 변한 거야 알고 있었지만 이렇게 신념을 지니고 있는 줄은 몰랐다.

"그 양반을 도울 길이 없겠소?"

260

전두환이 묻자 김윤환이 머리를 저었다.

"저희들도 방법을 찾고는 있습니다만 현재로선 어렵습니다."

"나아 참, 별일도 아닌 걸 가지고."

입맛을 다신 전두환이 길게 숨을 뱉었다.

연희동의 사저에 민자당의 중진 의원 김윤환이 찾아온 것이다. 연해주 개발에 착수한 전두환은 다음달에 러시아로 떠날 계획이었다. 5공 시절의 가신들이 다시 모여들었으므로 그의 주위는 활기에 차 있었다.

"솔직히 언론매체들이 문제가 있어요. 이런 식으로 대통령을 공격한다면 배겨날 사람이 없습니다."

전두환이 뱉듯이 말했다.

"예전에 내가 로비 자금을 받은 것하고 비교라도 해서 여론을 무마시켜야 하는데 말이오."

"…"

"그런 놈들도 없어. 제놈들이 언제부터 언론의 민주화가 되었는지 잘 알 텐데."

상체를 반듯이 세운 전두환이 김윤환을 바라보았다. 그는 한때 청와대 비서실장이었다.

"각개격파를 해서라도 언론이 더 이상 떠들지 못하게 막아야 됩니다. 각하를 궁지에 몰면 국가적인 손해요."

"예, 잘 알겠습니다."

"역사가 판단할 일이지만 YS는 한 페이지를 장식할 사람입니다. 나하고 저 사람은 비교가 안 됩니다."

전두환이 턱으로 앞쪽을 가리켰다. 노태우의 저택이 있는 쪽을 가리킨 것이다.

이야기를 마친 김윤환이 현관으로 나왔을 때이다. 현관으로 박철언이 들어섰다.

"여기 웬일이십니까?"

박철언이 묻자 김윤환이 쓴웃음을 지었다.

"난 잔소리 좀 들었어요. 박 의원은 웬일이시오?"

"각하 심부름을 왔습니다."

김윤환이 머리를 끄덕였다. 아마 러시아의 연해주 임차 문제에 대한 일일 것이다.

"박철언 의원이 옐친을 만나기로 되어 있어."

정무수석 이원종이 서류에서 시선을 들었다. 정무수석실 안이다.

"옐친을 만나고 나서 바로 평양으로 들어간다."

"이번도 비밀 방문입니까?"

민병수 비서관이 조심스럽게 묻자 그가 머리를 끄덕였다.

"옐친 방문도 극비야. 북한은 연해주 임차를 노골적으로 반대하고 있어."

전두환의 연해주 임차에 대한 계획이 발표되자마자 북한은 즉각 원색적인 비난 성명을 냈다. 결코 용납하지 않겠다는 폭언을 쏟아냈던 것이다. 이원종이 서류를 덮었다. 연해주 임차 문제는 그와 민병수 둘이서 담당하고 있다. 기밀을 요하는 작업인 것이다.

"임차비로 러시아에 5억 달러가 지불될 거야. 그것은 전·노 두 대통령의 비자금에서 나갈 예정이야."

"그 양반들. 아직도 비자금이 남아 있습니까?"

"아마 그런 모양이야."

이원종이 의자에 등을 기댔다.

"박 의원이 이번에 결정을 하고 올 거야. 옐친이 적극적이니까 별 문제가 없어, 북한이 아무리 방해를 해도."

"하지만 경수로 문제라든가 정전 회담 재개 시 문제가 아직 끝나지 않은 상태인데…."

"상관없어."

한마디로 말을 자른 이원종이 민병수를 바라보았다.

"이건 정부 측 실무자 몇 명하고 정보기관 담당자들, 그리고 안보위 의원들만 알고 있는 일이야. 언론에 새나가지 않도록 조심해."

"알겠습니다, 수석님."

이원종이 안경알 속의 눈살을 찌푸렸다.

"각하의 이번 문제만 없었다면 정말 신바람나는 선거를 했을 텐데 말이야."

현 상태에서 지방자치 단체장의 당선 확률은 40퍼센트였다. 나머지를 야당과 무소속에게 빼앗긴다는 예측이었다. 그리고 상황은 시간이 갈수록 나빠지고 있었다.

DJ는 이미 전라도를 휩쓸었고 서울에서도 바람을 일으키고 있는 것이다.

이른 아침이었다. 안개가 거리를 덮고 있어서 눅눅한 습기가 피부를 적셨다. 차에서 내린 강인호는 아파트를 올려다보았다. 거리에는 인적이 드물었고 아파트의 현관도 비어 있었다. 너무 이르다. 입맛을 다신 그는 잠시 주위를 둘러보더니 결심한 듯 발을 떼었다.

현관으로 들어서서 빈 엘리베이터를 타고 3층에 내린 그는 다시 한

번 시계를 내려다보았다. 오전 5시 40분이다. 너무 이르다. 그는 302호
실로 다가가 벨을 눌렀다.

그로부터 10분 후, 안기부장 김 덕은 수화기를 들었다.

"여보세요."

"부장님, 저 강인호입니다."

"응, 웬일이야?"

이틀에 한 번꼴로 전화 보고를 받아왔으니 목소리가 익다.

"부장님, 문제가 생겼습니다."

언제나 신중했던 그가 서두르듯 말했다.

"저, 이연미 씨가 자살하려고 약을 먹은 것 같습니다."

눈을 치켜뜬 김 덕이 수화기를 귀에 댄 채 자리에서 일어섰다.

"그래서? 어떻게 되었어?"

"의식불명 상태입니다."

"구급차는 불렀나?"

"예, 911에 신고를 했습니다."

"서둘러!"

소리치듯 말한 김 덕이 응접실에서 아내가 들어서자 손을 내둘렀다.
눈치를 챈 아내가 방을 나갔다.

"이봐, 도대체 왜 그런 거야?"

"어제 저녁부터 전화를 받지 않길래 집에 들렀습니다. 그랬더니"

숨을 몰아쉰 강인호가 말을 이었다.

"여기 유서가 있습니다, 부장님. 한국 언론사 앞으로 되어 있습니다."

"집어넣어, 보이면 안 돼."

264

"이미 넣었습니다."

"사람을 보낼 테니 철저히 보안을."

"알겠습니다."

"수시로 보고하도록."

수화기를 내려놓은 김 덕이 잠시 멍한 얼굴로 벽을 바라보았다. 이윽고 그가 수화기를 다시 들었다.

대통령이 사건을 알게 된 것은 다음날 아침 집무실에 출근했을 때였다. 오늘은 비서실장 박관용과 정무수석 이원종이 함께 들어오더니 테이블 앞에 나란히 섰다. 사건을 보고한 것은 박관용이다. 이윽고 대통령이 무겁게 입을 떼었다.

"그럼, 그 애는 아직도 의식불명 상태란 말이지?"

"예, 각하. 오늘 저녁이나 돼야 경과를 알 수 있다고 합니다."

"…."

"중압감을 이기지 못한 것 같습니다. 유서에는 각하께선 결백하시다는 이야기를 써 놓았다고 합니다."

"…."

"각하, 안기부 요원들이 보호하고 있으니 만치…."

"모두 내 잘못이다."

어깨를 늘어뜨린 대통령이 혼잣소리처럼 말했다.

"내가 저지른 일이야."

이원종이 테이블에 바짝 다가섰다.

"각하, 선거가 나흘밖에 남지 않았습니다. 만일 이 사실이 노출되면 선거에 막대한 지장이 옵니다."

"…."

"야당은 모든 것을 각하의 책임으로 돌릴 것입니다."

방안에는 한동안 정적이 흘렀다. 이윽고 대통령이 머리를 들었다."

"잘 알았어. 이 일은 내가 처리할 테니."

오전 10시, 동아일보 정치부의 오영준 기자는 벨소리에 수화기를 들었다.

"예, 정치부 오영준 기잡니다."

"대통령의 애인에 대한 긴급 뉴스가 있습니다."

오영준은 이자의 전화를 처음 받는다. 긴장으로 몸을 굳힌 그에게 사내가 말을 이었다.

"샌프란시스코의 다운타운에 숨어 있던 이연미는 한국 시간으로 어젯밤 11시경에 다량의 수면제를 먹고 자살을 기도했어요. 지금 의식불명 상태로 메모리얼 병원 응급실에 누워 있습니다."

"당신 누구야?"

"난 당신도 잘 알고 있다시피 익명의 제보자요."

사내의 목소리에는 웃음기가 섞여 있었다.

"기사를 안 내면 손해가 될 거요. 왜냐하면 이 사실을 미국 언론에 먼저 제보해 놓았으니까 말이오."

"…."

"아마 지금쯤 병원에는 수백 명의 취재진들로 소동이 일어나고 있을 거요."

"당신이 원하는 건 뭐요?"

"보도지. 자, 당신들 부담을 덜어 주었으니 이 사실을 보도하시오. 대

266

통령의 애인이 자살을 기도했다고. 어차피 이 사실은 국내에 알려지게 되어 있으니까."

전화가 끊기자 오영준이 전화기를 부술 듯이 수화기를 내려놓았다.

"개새끼."

그러나 그는 자리에서 일어섰다. 국장께 보고는 해야 할 것이다.

"놈은 추적방해 장치를 씁니다."

김기환 수사관이 눈을 둥그렇게 떴다. 그는 안기부 내에서 발신지 추적에 관한 한 일인자다. 또한 그의 앞에 놓인 기계는 전화국과 연결된 최신 추적 장치였다.

"이런 놈은 처음 만났습니다."

그가 컴퓨터의 키를 분주하게 두드렸다. 다른 신문사에 그자의 전화가 걸려온 경우에도 자동적으로 이쪽과 연결이 된다. 이미 그자의 목소리가 컴퓨터에 입력되어 있었으므로 누가 전화를 받든지 간에 그자 목소리만 나면 이쪽에 신호가 오는 것이다.

서영국이 수화기를 들었다. 추적은 둘째로 치고 우선 이 사실을 보고해야만 하는 것이다. 놈은 이미 이연미의 자살 미수 사건을 미국 언론에 제보해 버렸다. 그리고 그쪽은 속수무책인 것이다.

오후 1시, 안기부의 상황실 안은 열기에 덮여 있었다. 12시에 소집된 긴급회의가 점심도 거른 채 갑론을박을 계속하고 있는 것이다. 회의 참석자는 정무수석 이원종과 안기부장 김 덕, 당대표인 최형우와 사무총장 김덕룡, 그리고 국방장관 장세동과 내무장관 김용태였다.

CNN은 벌써 이연미의 음독 사실을 보도한 상태였다. 이제 곧 미국 언론은 시체에 달려든 하이에나처럼 잔인하게 상황을 까발릴 터였다. 이연미가 대통령의 애인이라는 것을 미국 언론 모두가 안다. 따라서 그들도 그녀의 거처를 찾고 있던 중이었던 것이다.

잠시 회의실을 나갔던 김덕룡이 다시 자리에 앉자 주위가 조용해졌다.

그는 대통령께 보고를 하고 온 것이다. 그가 입을 열었다.

"대통령께선 사실대로 알리라고 하셨습니다."

그가 어깨를 늘어뜨렸다.

"숨길 것도 없다고 하시는군요."

다음날 아침, 한국의 모든 조간신문과 방송은 일제히 이연미의 자살 미수 사건을 보도했다. 샌프란시스코의 메모리얼 병원 앞은 한국 특파원으로 장사진을 이뤘는데 건물 안으로는 들어갈 수가 없었으므로 텔레비전 화면에는 병원만 계속해서 비추고 있었다.

이연미가 쓴 유서도 공개되었다. 대통령은 전혀 무관하다는 꽤 긴 내용이었는데 그것이 사람들의 심금을 조금 울리긴 했다. 그것은 끝까지 대통령을 보호하려는 고운 여자의 심성으로 비쳐진 것이다.

국민들과 비판자들은 이제까지 여자에게 거금을 주도록 한 통치자와 경제 총수의 밀실거래를 비판해 왔다. 따라서 이연미의 유서는 정국에 조금도 도움이 되지 않았다. 오히려 파국으로 치닫는 느낌이었다. 야당의 기세는 더욱 거칠어졌고 민자당 후보들은 위축되었다.

다만 한 가지 위안이 있다면 새정치국민회의가 지금까지 한 번도 이 사건을 비판하지 않은 것이 될 것이다. 이로 인하여 DJ는 YS와의 야합, 밀실정치의 동반자 등 비판자들로부터 갖은 공개 비판을 당했으나 끝까지 입을 열지 않았다.

　이날은 선거 사흘 전의 아침이었다. 일요일이어서 관공서는 쉬었지만 선거전은 밤낮도 없다. 대통령이 사저의 응접실에 들어서자 기다리던 사람들이 모두 일어섰다. 창밖으로 환한 햇살이 비추는 맑은 아침이었다.

　자리에 앉은 대통령이 좌우를 둘러보았다. 비서실장 박관용이 뒤쪽에 앉았고 좌측에는 당대표인 최형우, 사무총장 김덕룡, 우측에는 김종필과 박태준 두 총리가 나란히 앉아 있었다. 당정 최고 지도자들이 모인 것이다.

　"쉬는 날인데 이렇게 오시라고 해서 미안합니다."

　그가 가라앉은 목소리로 입을 열었다.

　"그리고 공식적인 일도 아니고 해서 이곳으로 모신 겁니다. 상의드릴 일이 있어서요."

　"대통령이 미국으로 떠났다고?"

　악을 쓰듯 소리친 오영준이 자리에서 벌떡 일어섰다. 그러자 의자가 뒤로 넘어졌다.

　"10시발 샌프란시스코행 대한항공이라고?"

　그때는 편집국 내의 기자들이 주위에 다 모였다.

　"뭐야? 영부인도 동행이야?"

　그러자 편집국장 김수곤이 기자들을 제치고 다가섰다. 머리칼이 이마 위로 흐트러져 있다.

　"알았어."

　수화기를 내려놓은 오영준이 김수곤에게 바짝 얼굴을 대었다.

"대통령이 영부인과 수행원 넷을 데리고 샌프란시스코행 비행기를 탔습니다."

소리치듯 말하자 김수곤도 소리쳤다.

"그 여자 만나러 간 거야?"

"당연하지 않습니까?"

공항 직원한테서 온 전화였다. 김수곤이 다시 소리쳤다.

"확인해! 어서!"

기자들이 서둘러 흩어졌다. 대특종이다. 이것은 망명과 비슷한 수준의 충격이 될 것이다.

잠시 후 편집국장 김수곤은 차 안에 있는 김덕룡을 잡았다. 물론 전화로 잡은 것이다. 그와는 꽤 오랫동안 알고 지내던 사이였으므로 대뜸 물었다.

"대통령이 그 여자 만나러 간 거 사실이오?"

조금 뜸을 들이던 김덕룡이 차분하게 말했다.

"김 국장, 있는 그대로만 보도해요. 그래 사실이오. 그 여자를 위로하러 갔습니다."

"아니 도대체, 지금이 어느 때라고."

"대통령은 지자제 선거에 관여하지 않으십니다."

"김 총장님, 여론이."

오히려 김수곤이 여론 걱정을 하는 상황이 되어버렸으나 아직 본인은 느끼지 못한다.

김덕룡이 또박또박 말을 이었다.

"책임을 느끼신다고 하셨습니다. 그래서 영부인과 함께 위로하러 가신 거요. 몇 시간만 머물다가 돌아오신다고 하셨습니다."

"오마나."

텔레비전 앞에 앉은 김문자는 벌린 입을 아직 닫지 않았다. 아나운서는 계속해서 대통령의 출국 사실을 보도하고 있었는데 현장 사진을 찍지 못한 대신, 계속해서 화면에 대통령과 이연미의 얼굴을 나란히 보여주었다.

"대통령이 미쳤어."

오후 1시였다. 다음 순간 대통령 사진 옆에 손 여사의 사진이 붙여졌다. 이제 텔레비전에는 대통령 부부와 이연미, 세 사람이 나타났다.

박대구는 쉬는 날이어서 김문자의 뒤쪽에 앉아 있었다. 지난번 육박전을 치른 후에 아직 둘은 냉전 상태였다. 말없이 밥 차려 주면 말없이 일당을 내놓는 생활이었다.

아나운서가 말을 이었다.

"대통령은 영부인과 함께 병원에 들러 이연미 씨를 위로한 다음 바로 귀국할 예정입니다."

화면이 바뀌자 김문자는 입을 닫았다.

"별꼴이여."

김문자가 힐끗 박대구를 바라보았다. 그녀는 조금 가라앉은 표정이었다. 그것은 정신 나간 얼굴 같기도 했다.

박대구가 헛기침을 했다.

"앗따, 저 양반 선거는 끝장냈구먼."

물론 혼잣소리다. 그가 말을 이었다.

"노골적으로 나와버리는구먼잉."

"끝장은 무슨 끝장."

김문자가 벽에 대고 말했다.

"인자 봉게 맴이 고운 사람이고만그려."

인천시장 입후보자들의 선거유세장이다. 민주당후보 안기용이 움켜
쥔 주먹을 흔들었다.

"여러분, 대통령은 지금 애인을 만나러 미국으로 날아가고 있습니
다. 국정을 책임진 대통령이 모든 것을 팽개치고 애인을 만나러 가고
있단 말씀입니다. 이런 정권을 믿을 수가 있겠습니까?"

악을 쓰듯 소리친 그가 가쁜 숨을 뱉으며 연단 밑의 군중을 바라보
았다. 순간 그의 가슴에 서늘한 바람이 스쳤다. 군중들의 반응이 전혀
없는 것이다. 아니, 조금 전보다 더 가라앉아 있다는 표현이 맞을 것이
다. 그는 다시 악을 썼다. 내친김이다.

"이것은 그 여자가 대통령의 애인임을 증명하는 명명백백한 증거입
니다. 밀실에서 돈을 받아 애인에게 주었다는 사실이 확인된 것이 아니
고 무엇이겠습니까!"

그가 말끝을 올렸으나 공허한 메아리만 되돌아왔다. 안기용의 가슴
이 오그라졌다. 어제와는 전혀 다른 반응이었던 것이다.

"씨발놈들, 어지간히 해라."

주차장 관리인인 서용배가 뱉듯이 말하자 음식점 주인 이재석이 맞
장구를 쳤다.

"아이고, 나도 신물이 난다."

그가 서용배의 팔을 끌었다.

"쓰잘 데 없는 연설은 그만 듣고 술이나 하지."

다른 사람들도 그들과 마찬가지인 모양으로 대부분이 몸을 돌렸다.

서용배가 제법 큰소리로 말했다.

"여하간 책임을 지고 미국으로 간 영삼이가 얼매나 떳떳하노? 과연 대통령감이다, 안 그렇나?"

그날 밤, 대한민국 국민들은 모두 텔레비전 앞에 앉아 있었다. 음식점은 물론이고, 거리의 상점에도 텔레비전이 놓인 곳에는 사람이 몰려들었다. 대통령이 메모리얼 병원에 도착할 시간이 되었던 것이다. 샌프란시스코 공항에서는 위성중계가 되지 않아 병원 앞에서부터 한국에 생중계 된다.

이윽고 대통령이 탄 리무진이 나타났다. 경찰의 호위를 받은, 제법 삼엄한 행렬이었다. 병원의 현관 앞에 차가 멈추었고 대통령과 영부인이 차에서 내렸다. 가운을 입은 병원장이 기다리고 섰다가 대통령 부부와 악수를 나누었다.

"오마나."

박대구의 부인 김문자가 커다랗게 소리쳤다. 박대구는 집에 없었으므로 아이들을 방에 가두고 혼자 텔레비전 앞에 앉아 있는 중이다. 그녀의 시선은 영부인이 들고 있는 꽃다발에 꽂혀 있었다.

"오마나."

그녀는 손끝으로 눈물을 닦았다.

한국여성인권회복위원회 위원장 맹선숙 여사는 거실의 소파에 앉아 꼼짝하지 않고 텔레비전을 바라보았다. 혼자 살고 있었으므로 방해하는 사람은 없다.

대통령과 손 여사는 병원의 현관으로 들어서는 중이었다. 대통령은 정색한 표정이었고 가슴에 꽃다발을 안은 손 여사는 여느 때처럼 입가에 은은한 미소를 띠고 있었다.

맹선숙은 찻잔을 들었다가 식은 것을 깨닫고는 내려놓았다. 내일부터 대통령 애인을 입에 올리는 입후보자는 당선시키지 말기 운동이다. 아니, 그런 캠페인을 벌일 필요도 없이 이미 전국의 여성 유권자들은 대통령의 편이 되었다. 여성 심리에 통달했을 뿐더러 정치력도 있는 맹선숙이다. 대통령이 단숨에 여성들의 마음을 잡았다고 믿어졌다.

룸살롱 카사블랑카의 대기실은 잠시 정적이 흘렀다. 다섯 명의 아가씨와 두 명의 마담이 앉아 있었는데 모두 목이 메었기 때문이다. 손수건으로 조심스레 눈물을 닦은 홍 마담이 머리를 들었다.

"자, 어서들 나가. 손님들 기다려."

세경무역의 이운호 사장이 소주잔을 들었다. 회사 근처의 갈빗집 안이다.

"자. 대통령 각하를 위하여 건배!"

크게 소리쳐 말했으므로 근처 테이블의 사람들이 모두 그에게로 시선을 주었다. 이미 소주를 두 병쯤 마신 후라 이운호는 개의치 않는다. 그의 앞에 앉은 최현우가 따라 술잔을 들었다.

"과연 YS답다. 속이 다 시원하다."

그들은 고등학교 동창이다. 그들은 다시 잔을 채웠다.

"긴 말이 필요 없어. YS는 저것으로 정직성과 책임감을 보여준 거야."

이운호가 커다랗게 말하자 옆쪽 테이블의 사내가 활짝 웃으며 머리를 끄덕였다.

"맞습니다. 아주 딱 맞는 말씀이오."

그도 이미 소주를 몇 병 비웠는지 눈가가 붉다.

"긴 말이 필요 없지요."

자리에서 일어선 그가 이운호에게 손을 내밀었다.

"나, 박대구라고 합니다. 운수업을 하고 있지요."

대통령이 이연미의 어깨를 가볍게 두드렸다.

"이놈아, 우짤라고 그랬노? 야가 참말로 속을 썩이는구마."

그 말에 이연미가 두 손으로 얼굴을 가리고 울었으므로 손 여사가 대통령을 나무랐다.

"아, 속 썩인 건 누군데 그러세요? 얼마나 마음이 아팠을꼬. 만리타향에서."

그랬더니 이번에는 이연미가 딸꾹질까지 하면서 울었으므로 대통령 부부는 우두커니 서 있었다.

백발의 원장이 다가와 이연미의 어깨를 만지며 가만가만 속삭였다. 이연미가 이윽고 얼굴에서 손을 떼었다.

"각하, 죄송합니다."

딸꾹질을 하고 난 이연미가 눈물로 범벅이 된 얼굴을 손 여사에게 돌렸다.

"여사님, 죄송합니다."

"아니, 난 괜찮아요. 신경 쓰지 말아요."

"여사님, 저는 사람들이 말하는 것처럼…."

"다 들었어요, 이 양반한테서."

"각하께선 저를 그냥 딸처럼…."

"아 글쎄, 들었다니까."

부드럽게 말한 손 여사가 수건을 꺼내어 이연미의 얼굴을 닦아 주었다.

"예쁘기도 해라."

이연미가 다시 딸꾹질을 했다. 대통령이 바짝 다가섰다.

"마음을 굳게 먹으래이. 니가 떳떳하든 되는 기라. 우리가 또 이렇게 날아오게 하몬 안 된데이."

대통령이 정색을 했다.

"진실은 꼭 밝혀지는 기라. 그리고 스스로 떳떳하다고 믿으면 거리낄 것이 없는 기라. 내 좀 봐라. 선거 사흘 전인데도 예편네 데리고 니 보려고 안 왔나?"

예편네라는 소리에 손 여사가 잠깐 눈을 흘겼다가 다시 얼굴에 부드러운 웃음을 머금었다.

"기운을 내요. 다 나으면 내가 좋은 신랑감 구해줄 테니."

"YS 기질이 되살아났어."

박태준은 조금 들떠 있었다. 술잔을 든 그가 김종필을 바라보았다.

"김 선배, 어떻게 생각하시오? 이건 마치 온몸을 던진 정면승부라는 생각이 안 듭니까?"

"글쎄, 나는."

말을 멈춘 김종필이 옆에 앉은 최형우를 바라보았다.

최형우는 그저 묵묵히 텔레비전만 보고 있을 뿐이다. 이미 다른 그림이 나오고 있는데도 시선을 돌리지 않는다.

"최 대표 생각은 어떠시오?"

"각하는 달라지셨습니다."

정색한 최형우가 말을 이었다.

"전에는 저러시지 않았습니다."

"그럼 전에는 YS가 아니고 WS였단 말이오?"

박태준이 최형우를 노려보았다.

"아무려나, 난 지난 일은 다 잊은 사람이고 지금의 YS가 좋습니다. 저 정직성과 대담한 성격이 좋아요."

인사동의 요정 행운의 밀실 안이었다. 여자를 모두 물리치고 셋이서만 모여 앉아 있었는데 대통령의 병원 방문 장면을 한잔 마시면서 봐야겠다는 박태준의 제의 때문이었다.

김종필이 입을 열었다.

"자, 내일 아침이면 국민들의 반응이 나오겠지."

술잔을 든 그가 한 모금에 술을 삼켰다.

"기운을 내시오, 최 대표."

"아, 지방자치단체장 야당이 다 해먹으라고 합시다. 그거 별거 아니오."

다시 박태준이 큰소리를 쳤다.

다음날 오후 1시에 이원종은 비서실장실에 들어섰다. 서류를 읽고 있던 박관용이 머리를 들었다.

"무슨 일이오?"

이원종이 털썩 소파에 앉더니 웃는 얼굴로 그를 바라보았다.

"여론조사 결과가 나왔습니다."

"…"

"단숨에 각하 지지도가 15퍼센트 상승했어요. 오전에 뽑은 것이니까 내일쯤 다시 체크하면 20퍼센트 이상이 될 것이라고 합디다."

"설마 그럴 리가."

멍한 얼굴이 된 박관용이 확인하듯 물었다.

"어디서 조사한 거요?"

"네 군데에서 나온 자료요. 오차가 2퍼센트 미만입니다."

"도대체."

"우리 국민 수준이 냄비 기질이긴 하지만 정과 의리를 중요시 여깁니다. 그리고 수준이 보통 수준이오?"

아침의 텔레비전에는 대통령 부부가 병원 현관까지 배웅 나온 이연미와 함께 다정하게 이야기를 나누면서 웃는 장면이 방영되었던 것이다. 그것을 본 박관용의 가슴도 찡하게 울렸었다.

"이것으로 각하는 단숨에 승부를 내셨습니다."

만족한 얼굴로 이원종이 소파에 등을 기댔다. 각하는 지금 태평양 위를 날아오고 있는 중이다. 그리고 선거는 내일이었다.

박철언이 평양의 초대소에 도착했을 때는 늦은 밤이었다. 북경에서 출발하는 조선항공이 엔진정비 관계로 다섯 시간이나 늦게 출발했기 때문이다. 그날이 마침 한국의 지방자치단체장 선거일이어서 결과가 궁금했지만 참는 수밖에 없었다. 대통령이 LA로 떠났다는 것도 북경에서 들었기 때문이다.

여장을 풀고 응접실의 소파에 앉았을 때는 밤 11시 반이었다. 곱상했지만 어딘지 세련되지 못한 여자가 꾸민 웃음을 띠고 들어와 탁자에 인삼차를 내려놓고 돌아갔다. 이곳에 세 번째 들르지만 시중드는 사람은 매번 새 얼굴로 바뀌었다. 상관없는 일이다.

다시 문이 열렸으므로 박철언이 머리를 들었다. 그러고는 놀라 일어섰다. 김정일이 들어서고 있는 것이다. 뒤를 따르는 사내는 외교부장 김영남이다.

"박 의원, 오시느라 고생 하셨습니다."

김정일은 웃는 얼굴이었다.

그들은 앞자리에 나란히 앉았는데 김정일의 눈에는 붉은 실핏줄이 드러나 있었다. 술을 마신 모양이었다.

"박 의원, 오늘 남조선의 단체장 선거 결과를 아시오?"

김정일이 불쑥 물었으므로 박철언이 긴장했다.

"밖에 나와 있어서 모릅니다."

"민자당의 압승이오. 전라도와 서울은 김대중 씨한테 뺏겼지만 나머지는 모두 민자당 후보가 당선되었습니다."

그가 번들거리는 시선으로 박철언을 바라보았다.

"백중세의 지역에서는 김 대통령의 미국 방문 후로 급격히 올라간 인기 덕을 보았지요. 남조선 인민들의 수준이 대단합니다."

박철언이 자리를 고쳐 앉았다.

"지도자 동지, 쌀은 7월 10일에 포항에서 출발합니다."

"…"

"물론 북한 측 조건대로 싣겠습니다."

"그리고 한국형 경수로를 쓰겠다는 우리 측 공식 발표를 해달라는 말인가요?"

그러자 박철언이 머리를 저었다.

"아닙니다, 지도자 동지. 저는 그런 제의 사항에는 아는 바가 없습

279

니다."

"전두환이가 연해주를 임차하는 일에도 관계가 없습니까?"

박철언이 긴장을 했다. 이곳에 오기 전에 러시아에 들렀던 것이다. 옐친을 만나 임차 조건을 협의하고 오는 길이다.

김정일이 입술 끝을 비틀며 웃었다.

"전두환이가 비자금을 모두 국가에 반납한 것이 아닌 모양이지요? 그 막대한 임차비를 내려는 걸 보면."

"지도자 동지, 그것은 한국 정부가."

"5억 달러나 준비했다고 알고 있소."

말을 멈춘 김정일이 소파에 등을 기댔다. 김영남은 잠자코 앉아 있었으나 불편한 기색이었다. 박철언의 얼굴에서 자꾸 시선이 미끄러졌다. 이윽고 김정일이 다시 입을 열었다.

"좋습니다, 쌀은 받지요. 하지만 공식 경로를 통해 러시아 땅 임차 문제는 항의하겠습니다. 그리고 한국형 경수로도 사용할 수 없습니다."

자리에서 일어선 김정일이 손을 내밀었다.

"또 보십시다, 박 의원."

그들을 배웅하고 돌아온 박철언은 지친 듯 소파에 기대앉았다. 그러나 예상하고 있던 일이었으므로 덤덤한 기분이었다. 이쪽은 소득이 없는 것처럼 보였으나 현실적으로는 그렇지 않다. 그쪽처럼 한국도 이제 할 소리, 할 일 다 하고 있는 것이다.

벤츠의 뒷좌석에 나란히 앉은 김정일과 김영남은 한동안 입을 열지 않았다. 김정일은 기분이 좋지 않아 보였다. 창밖으로 시선을 준 채 어두운 밤거리를 바라보고만 있다.

마치 공습에 대비하려고 등화관제를 실시한 것처럼 거리의 불은 드문드문 켜져 있었다. 전력 공급 사정이 악화되어 12시가 넘으면 이렇게 되는 것이다. 마침내 김영남이 차 안의 정적을 깨뜨렸다.

"지도자 동지, 남조선의 분위기로 보면 북·미 간의 경수로 회담 합의사항을 무시 할 가능성이 많습니다."

김정일의 옆얼굴을 향해 그가 말을 이었다.

"미국이 다방면으로 남조선 정부에 압력을 넣고 있지만 먹혀들지 않는 것 같습니다."

한국 정부는 북한이 한국형 경수로를 사용한다는 공식 발표를 하지 않는다면 북·미 간의 경수로 회담을 완전 무시할 것이라는 성명을 발표했던 것이다. 경수로 건설비용은 현재 계산된 것만 해도 50억 달러가 넘는다. 한국은 북·미 간의 회담 자체를 백지화시키려는 의도를 노골적으로 내보이고 있었다.

김정일이 머리를 돌려 김영남을 바라보았다.

"우리가 종이호랑이라는 것이 들통나 버렸시다."

갈라진 목소리였다.

"지난번 판문점 사건으로 말이오."

"…"

"대책도 없이 군대를 집어넣고서는 남조선 탱크가 나오니끼니 나서는 놈들이 하나도 없어."

뱉듯이 말한 김정일이 다시 입을 다물었다. 군부의 강경세력을 비판하는 것이다.

기회가 있을 때마다 그들은 강경발언을 서슴지 않았고 그것을 행동으로 옮겼다. 그리고 그것이 효과를 본 것이 사실이었다. 밀 때마다 남조선은 밀려났던 것이다.

그러나 판문점에 한국군 탱크대대가 포진하자 당장 전쟁을 시작해야 한다고 나설 줄 알았던 군부는 일제히 입을 다물었다. 판문점의 부대를 철수시킨 것은 김정일이었다. 군부는 김정일의 조치에 아무런 이의도 내놓지 않았던 것이다.

김영남이 입을 열었다.

"지도자 동지, 남조선은 경수로 회담 자체를 무효화시키려는 의도가 있는 것 같습니다."

"…."

"경수로 건설비용 거의 전부를 남조선이 내도록 된 것에 국민들의 반발이 심한 상황이거든요."

"…."

"이제까지의 행태를 봐서 김영삼이는 그럴 가능성이 충분히 있습니다."

"…."

"한국형 경수로 사용 문제는 그렇게 만들기 위한 작전으로 보입니다."

갑자기 김정일이 길게 숨을 뱉었다. 그가 창밖을 바라본 채 입을 떼었다.

"김영삼이 그자가 없어져야 하는데, 그자가 대통령이 된 후로는 되는 일이 없어."

새정치국민회의는 지방자치단체장 선거에서 서울시장과 전라남북 도지사, 광주시장을 차지하여 제1야당의 면목을 세웠다. 민자당 후보에게 막판 뒤집기를 당한 곳이 경기도와 강원도, 인천 등이었는데 그곳까지 석권했다면 민자당과 거의 비등한 세력균형이 될 뻔했다. 김대중이 당사에 출근하자 단체장으로 당선된 관리들이 인사차 몰려왔으므로 오후 늦게까지 총재실은 손님이 끊이지 않았다.

김상현 부총재가 총재실에 들어갔을 때는 오후 6시가 되어 있었다. 소파에 털썩 앉은 김상현이 먼저 와 있는 권노갑을 바라보았다.

"이번에 전라도당 소리 좀 면해 보려고 했더니 YS가 비행기 타는 바람에 죽을 쒔구만."

"정말 그 양반이 여자 찾아갈지는 누가 알았겠소?"

권노갑이 맞장구를 쳤다. 예상이야 하고 있었지만 이번 선거도 철저한 지역구도에 의하여 결과가 나왔던 것이다.

경남북과 부산에서 김대중을 총재로 모신 새정치국민회의는 겨우 7퍼센트의 지지율을 얻었을 뿐이다. 따라서 소수당으로 전락한 데다 지역 기반마저 민자당과 새정치국민회의에 모조리 빼앗긴 민주당은 원색적인 비난을 하고 있었다. DJ는 지역패권주의의 원조라는 내용 등이다.

김대중이 입을 열었다.

"아닌 게 아니라 이러다간 지역당 소리를 면해 보기 힘들겠어."

그가 두 중진을 번갈아 바라보았다.

"내가 이럴려고 정계에 복귀한 게 아니야."

그 시간에 대통령 집무실에는 민자당 대표 최형우와 김덕룡 총장이 앉아있었다. 최형우의 표정은 선거전과 비교하면 조금 밝았다. 그가 말을 이었다.

"JP가 전혀 응원해 주지 않았지만 충청도는 DJ에게 붙지 않았습니다. 그리고….."

그가 힐끗 대통령을 바라보았다.

"각하께서 막판에 도움을 주시기도 했고."

대통령이 천천히 머리를 끄덕였다.

"JP가 딴살림을 차렸다면 충청도는 그 사람한테 붙었겠군."

"물론입니다, 각하. 지역감정을 일으키는 수밖에 없지요. DJ가 전라도를 석권하는 마당이면 충청도는 당연히 JP를 따르게 됩니다.

"그렇다면 나는 부산·경남인가?"

웃음 띤 얼굴로 대통령이 묻자 최형우가 머리를 저었다.

"각하께선 이미 대구·경북을 장악하셨습니다. 두 전 대통령을 품안에 넣으셨지 않습니까?"

"…."

"더구나 JP까지 안고 계시니 이젠."

"내 임기가 2년밖에 남지 않았어."

말을 자른 대통령이 그들을 둘러보았다.

"나에 대해서 온갖 말이 많지만 해결해야 할 일들이 많아. 평가는 후세에서 할 것이고, 난 지금의 인기에 연연하지 않겠어."

문이 열리더니 비서실장 박관용이 들어섰다.

"각하, 회의준비 되었습니다."

회의실에 모인 사람들은 국가안보회의 위원들이었다. 대통령을 중심으로 두 명의 총리와 관계 장관, 그리고 이번에 북한에 다녀온 박철언이 앉아 있었다. 오늘 회의는 그로부터 방북 보고를 듣기 위해 소집

된 것이다.

박철언이 보고를 시작했다.

"김정일은 러시아 연해주의 임차 문제에 대해서 강력히 반발하고 있었습니다. 공식 경로를 통해 여러 가지 조처를 취하겠다고 말하더군요."

예상하고 있던 일이었으므로 참석자들은 무덤덤한 표정이었다. 박철언이 말을 이었다.

"전두환 전 대통령이 남은 비자금으로 연해주를 임차한다고 알고 있었습니다. 국가에 반납하고 남은 돈이 5억 달러나 되느냐고 묻더군요."

그러자 위원들이 서로 얼굴을 돌아보았다.

"그게 도대체 무슨 소린지?"

대뜸 물은 것이 박태준이다. 이맛살을 찌푸린 그가 박철언을 바라보았다.

"그 친구가 이젠 돌았구먼, 무슨 귀신 씨나락 까먹는 소리여?"

대통령이 쓴웃음을 지었다.

"어디 그 사람들이 억지소리 한두 번 합디까? 그보다 더한 소리도 있었는데."

국방장관 장세동이 안기부장 김 덕과 시선이 마주치자 머리를 끄덕였다.

9장
통합

차에서 내린 민병수는 곧장 호텔 로비로 들어섰다. 저녁 7시 5분 전이었다.

로비 왼쪽에는 지하로 내려가는 입구가 있다. 그는 붉은색 카펫이 깔린 계단을 빠른 걸음으로 내려갔다. 지하 1층의 일식집 아카사카에서 약속이 있는 것이다.

"어서 오십시오."

단정한 차림새의 여종업원이 음식점 입구에서 그를 맞았다.

"예약하셨습니까?"

"음, 이병석 이름으로."

"아 네, 손님이 기다리고 계십니다."

안내를 받아 방문을 열자 기다리고 있던 사내가 자리에서 일어섰다. 식탁 위에는 이미 회 접시와 술병이 놓여 있다.

"일찍 나오려고 했는데 수석이 불러서."

저고리를 벗으며 민병수가 말했다. 사내는 앉은 채로 잠자코 머리만을 끄덕였다. 민병수는 정무수석 이원종의 비서관이다. 30대 후반인 그는 빠른 두뇌와 정확한 업무처리로 이원종의 신임을 받고 있었다.

"다시 바빠지겠구먼그래."

자리에 앉은 민병수가 막 앞에 놓인 술잔을 집었을 때이다. 방문이 열리더니 선뜻 방안으로 두 사내가 들어섰다. 두 사람 모두 신발을 신은 채였다.

그 순간 민병수의 앞에 앉았던 사내가 벌떡 일어섰는데 방에 들어온 사내 한 명이 발을 날려 옆구리를 찼다. 그 서슬에 상이 엎어졌으나 옆구리를 채인 사내는 비틀거리면서 바지 주머니에 손을 넣었다. 그러자 이제는 사내가 주먹을 날려 얼굴을 쳤다.

방안으로 다시 사내 두 명이 뛰쳐들어왔고 엎어진 민병수의 손님에게 몰매가 퍼부어졌다.

"이, 이것 보시오."

민병수가 엉거주춤 앉은 채로 손을 저었다. 얼굴이 하얗게 굳어져 있다.

"당신들 누구요?"

뒤에 들어선 사내 하나가 민병수의 어깨를 잡아 일으켰다.

"알려줄 테니 가자."

민병수가 끌려간 곳은 호텔에서 30분 거리도 안 되는 주택가의 2층 양옥집이다. 그는 사내와 함께 곧장 지하실로 끌려갔는데 독방에 넣어졌다. 의자 두 개와 테이블 하나뿐인 방은 5평쯤 되어 보였다. 벽지는 깨끗하게 발라져 있었으나 창문도 없는 밀폐된 방이다. 민병수는 이를 악물고 서 있었다.

방문이 열리고 사내들이 들어섰다. 그리고 그들의 뒤를 안기부장 김덕과 국방장관 장세동이 따라 들어서는 중이다.

다음날 아침, 대통령의 집무실에는 박관용과 이원종이 테이블 앞에 서 있었다.

대통령이 놀란 듯 머리를 들었다.

"정무수석실 비서관이?"

"예, 각하."

대답은 박관용이 했다.

"그자가 정보를 빼낸 것입니다."

"…"

"북한 간첩과 접선하고 있었습니다."

"그렇다면 언론사에 제보한 것은."

"어제 잡힌 고정간첩 이윤수입니다."

"…"

"박철언 의원이 김정일의 말을 들은 게 결정적인 계기가 되었습니다."

대통령이 이원종을 바라보았다.

"그렇다면 자네가 일부러 전 대통령이 비자금을 내어 연해주를 임차한다고 했단 말인가?"

이원종이 머리를 끄덕였다.

"예, 각하. 모두 정보기관과 같이 계획을 세운 것입니다."

"…"

"고급정보에 가깝게 접근할 수 있는 사람들을 골라 각기 다른 정보를 흘렸습니다. 저는 민병수에게 전두환 씨의 비자금 문제를 흘렸지요."

그러나 그는 조금도 흥이 나는 것 같지가 않다.

"물론 여러 사람이 알고 있다고 했습니다만 전두환 씨가 비자금을 풀어 연해주를 임차한다는 것은 민병수에게만 흘린 것입니다."

연해주 임차는 전두환을 총수로 하되 정부가 후원자가 되어 10여 개의 대기업을 공동 참여시킬 계획이었다.

박관용이 입을 열었다.

"민병수는 어젯밤 자백을 했습니다. 그리고 고정간첩 이윤수와 일당 여섯 명도 모두 체포되었습니다."

안기부와 기무사가 합동작전을 편 것이다.

"그렇다면 이 사건은 처음부터 김정일이 조종한 것이로군."

쓴웃음을 지은 대통령이 뱉듯이 말했다.

"이렇게 당하고만 있어야 한단 말인가?"

대통령 집무실에 침투한 북한 간첩 사건은 그날 오후에 안기부의 발표로 전국에 보도되었다. 국민들은 큰 충격에 휩싸였다. 선거전에 집단으로 대통령을 매도했던 그들이었다. 그것이 북한 간첩의 조종에 의한 것이라고 밝혀진 것이다. 대통령을 비난했던 자들은 결국 북한의 꼭두각시 노릇을 한 셈이 되어버렸다.

"그러면 그렇지."

기사식당에서 박대구가 소리치듯 말했다.

"거, 선거 연설에서 대통령 욕헌 놈들 모두 잡어서 조사를 시켜야 혀, 그놈들도 간첩인지 모릉께."

늦은 점심을 먹고 있던 네댓 명의 기사들이 동조하듯 웃었다. 박대구가 손에 쥔 수저로 삿대질을 했다.

"우리 대중이 성님은 입도 뻥긋 안 혔단 말이여, 알어? 알고들 있지?"

이것으로 이연미는 자유롭게 된 셈이었다.

1995년 7월 13일 포항, 북한에 보낼 1차분의 쌀 10만 톤을 실은 세 척의 배가 출항했다. 오후 2시였다.

부두에는 포항시청 공보계장 안영철과 울진군 농협지도소장 이만석이 나와서 떠나는 배를 바라보았다. 경제총리실에서 나온 사무관이 출항 현장의 총감독이었는데 어찌나 거만한지 말도 못 붙였다가 배가 닻줄을 올리자마자 저도 떠나버렸으므로 이제는 그들 둘이가 현장의 상전이었다.

이만석이 안영철에게 담배를 권했다.

"하다못해 군의원이라도 나올 줄 알았는데 이게 뭐꼬? 괜히 양복 세탁소에 맡겨서 드라이했다 아이가?"

안영철이 쓴웃음을 지었다. 시청 공무원인 그가 이만석보다는 물정이 빠르다.

"세상이 간첩사건으로 뒤숭숭한데 어느 놈이 북쪽에 쌀 보내는 데 얼굴 비칠라 카겠소? 안 그래도 선거 때 대통령 욕해 버린 통에 간첩소리 듣게 생겼는데."

"김덕룡 총장이 동교동에 다녀왔어."

안주를 삼킨 이동만이 다시 소주잔을 들었다.

"세 시간 동안이나 DJ하고 밀담을 했는데 김상현, 권노갑 두 사람이 동석을 했단 말이야."

"요즘 그 사람들 사이가 좋지 않습니까? 뭐, 사이좋게 나눠먹고 말이

290

오."

오영준은 시큰둥했다. 어차피 DJ는 지역 정당의 한계를 벗어나지 못한다. 또한 YS도 DJ의 전라도를 인정할 수밖에 없는 현실이다.

저녁 8시였다. 회사 뒤쪽의 해물탕집에서 그들은 저녁 대신 소주를 마시는 중이었다. 주위는 떠들썩했는데 대부분이 같은 신문사 직원들이다.

이동만이 입을 열었다.

"DJ가 정계 복귀를 결심한 것은 YS의 영향이었어. 예전의 YS이었다면 있을 수도 없는 일이었지. DJ를 미국으로 보낸 일 같은 건 말이야."

"글쎄요."

한 모금에 소주를 삼킨 오영준이 안주를 먹었다.

"하지만 차기는 민자당에서 내놓은 후보가 됩니다. YS가 지명한 후보가 말이오. DJ는 다시 야당총재 노릇을 할 것이고."

"내각제로 될 수도 있지, JP는 아직도 그 미련을 버리지 못하고 있으니까."

"DJ의 반대가 만만치 않을 걸요? 민자당 내부에서도 마찬가지고."

정치부 기자들인 터라 노상 하는 이야기가 앞으로의 정치 구도이다. 오영준이 자르듯 말했다.

"내각제는 대통령제의 허점이 불거지고 통치가 시원찮을 때 설득력이 있어요. YS는 민주화에다 경제안정, 그리고 정치안정까지 이룩해놓은 사람입니다. 뭐가 아쉬워서 내각제를 찾습니까?"

"하긴 니 말도 일리가 있다."

머리를 끄덕인 이동만이 쓴웃음을 지었다.

"이연미 사건이 북한의 공작이었다는 것이 밝혀진 후로 대통령의 인

기가 폭발 상태야. 여론조사에서 지지도가 90퍼센트가 되었어. 잘하면
법 개정해서 재선을 생각할 수도 있겠다."

그러자 오영준이 따라 웃었다.

"잘하면 하루아침에 한 자릿수가 될 겁니다. 그런 꿈을 잘못 꾸었다
가는."

다음날인 1995년 7월 18일 오전 11시, 마포의 새정치국민회의 당사
에는 기자들이 가득 차 있었다. 김대중 총재의 당정 발표가 있기 때문
이다.

국민회의는 창당 한 달여 만에 단숨에 제1야당으로 부상했고 지자
제 선거에서도 서울시장과 전남북지사, 광주시장 등을 당선시키는 저
력을 보였다. 그러나 지역당의 한계를 다시 한 번 절감시킨 선거였고
DJ에 대한 비난 여론도 만만치 않았다.

비(非)전라도 사람 대부분은 그가 정계에 복귀하지 않았다면 이번 선
거에서 지역구도가 없어졌을 것이라고 말하는 상황이었다. 그러나 전
라도 사람들에게 그런 말을 했다가는 큰일 난다.

회견장의 분위기는 조금 산만했다. 정강정책 대부분이 언론에 흘려
졌기 때문이기도 할 것이다. 이윽고 단상에 김상현과 권노갑, 조세형
등 국민회의 중진 의원들이 먼저 등단하기 시작했다.

"거, 꽤 폼을 잡는구먼."

오영준 옆자리의 기자가 말했다.

"당무위원들을 다 모은 모양이네."

그러고 보니 당무위원들이 거의 다 보였다. 그들이 연단의 뒷자리에
늘어앉았을 때 김대중이 나타났다. 연한 색 양복을 입고 다리를 조금

절었지만 밝은 표정이다.

카메라의 플래시가 터졌고 술렁이던 분위기가 조금 가라앉자 김대중이 기자들을 바라보았다.

"여러분, 본인은 오늘 중대한 발표를 하고자 합니다."

오영준이 팔짱을 꼈다. 그는 원고 없이 몇 시간이라도 연설할 수 있는 사람이다. 그걸 모두 노트할 필요는 없다. 김대중이 정색을 했다.

"나는 오늘자로 새정치국민회의와 민자당의 합당을, 민자당 총재인 대통령께 정식으로 건의하는 바입니다."

그로부터 다섯 시간 후인 오후 4시경, 과천 대통령 집무청의 기자회견장이다. 집무청 대변인 윤여준이 회견장에 들어서자 카메라의 플래시가 어지럽게 번쩍였다. 김대중의 회견장에는 보이지 않던 CNN과 NHK의 기자들이 섞여 있었고 텔레비전 카메라는 뒤쪽에서 진을 쳤다.

국민회의의 제의를 정식으로 접수한 민자당에서는 긴급총회를 열었는데 그야말로 일사불란한 움직임이었다. 대통령까지 참석한 회의였는데 철통같이 차단된 대통령 집무청에서 진행되었으므로 이쪽에 전혀 흘러나오는 것이 없었다. 그러나 그 결과가 지금 발표되는 것이다.

윤여준은 조금 상기된 표정으로 종이를 펼쳐들고 읽었다.

"민자당 총재이신 대통령 각하께서는 새정치국민회의 김대중 총재가 제의한 합당 제의를 의원총회를 열어 토의를 거치도록 하셨으며, 의원 만장일치의 합의가 되었습니다. 따라서 대통령 각하께서는 합당 제의를 수락하기로 결정하셨습니다."

그는 나머지는 외웠는지 머리를 들었다.

"각하께선 합당이 현재의 지역 구도를 타파하고 전 국민이 일체화된 국가의 백년대계를 위해 바람직한 일이라고 말씀하셨습니다."

"합당을 하다니, 창당한 지 한 달이 겨우 넘었는데 합당을 할 줄이야."

이동만이 쓴웃음을 지었다. 그는 막 기사를 데스크에 넘기고 온 참이다.

"이제 내각제가 되건 대통령제가 되건 민자당 내부에서 결정할 일이 되었다."

"어쨌든 지역 구도는 깨졌군요."

길게 담배 연기를 내뿜은 오영준이 말했다.

"민자당 내에서 다시 파벌이 생길 가능성도 있지요."

이미 논설위원은 그럴 가능성을 쓰는 중이다.

"내 말대로 DJ는 YS하고 교감이 있었어. 하루 이틀 사이에 결정된 일이 아니야."

이동만이 자신의 선견지명을 강조했지만 오영준은 어쩐지 당연한 일처럼 느껴졌다. 사심을 버린 YS로서는 당연한 행동일지도 모른다. 이동만은 아직 흥분에서 깨어나지 않았다.

"이제 DJ는 당을, JP는 정부를, 그리고 TJ는 경제를 맡았다. 그리고 박철언은 북방 외교로군. 한 사람의 인력도 낭비하지 않은 거야."

"누구는 개혁의 실종이고 구악의 발호라고 합디다만."

"어떤 시러베 아들놈이 그래?"

이동만이 눈을 부릅떴다.

"아직도 현철이 잔당이 남아 있는 모양이지?"

박대구가 힐끗 백미러를 바라보았다. 택시는 강남대로를 내려가는 중이다.

"아저씨, 고향이 어디쇼?"

사내가 백미러로 박대구와 눈을 맞췄다. 40대 중반쯤으로 체구는 작았으나 단단한 생김새였다.

"나, 부산이오."

표준말을 썼지만 억양은 살아 있다.

"그러쇼? 난 장흥인디. 전라도 장흥."

신호에 걸렸으므로 박대구가 차를 세웠다.

"아저씨 목소리만 듣고 금방 부산인 줄 알았당게요."

그가 조심스럽게 말을 이었다.

"택시기사 15년이 되니까 척 들으면 알 수 있겠습디."

"그러쇼?"

"나도 아저씨만큼 YS를 좋아허는 사람이오."

사내가 무슨 말이냐는 듯 백미러를 바라보았다. 신호가 풀렸으므로 그는 차를 발진시켰다. 이 자식은 아직 영문을 모르는 모양이다. 그는 차에 속력을 냈다.

"그냥 헌 소리요, 아저씨."

이제 우리의 DJ와 YS는 같은 당이 되었다. 그렇다면 부산 따로 없고 광주 따로 없다. 남북통일보다도 먼저 합쳐져야 할 일이 이것이다.

논현동에서 차가 멈추자 손님이 3,000원을 내밀었다. 미터기에는 2,400원이 찍혀 있다.

"됐시다."

1,000원짜리 한 장을 도로 내준 박대구가 웃었다. 이놈도 내가 YS를

좋아하는 만큼 DJ를 좋아하게 될 것이다.

"기념이오, 아저씨."

사흘 후인 1995년 7월 21일 오후 1시. 대통령 집무청의 식당에 네 사람이 둘러앉아 있었다. 대통령을 중심으로 오른쪽에는 오늘 아침 민자당의 새 대표로 임명된 김대중이 앉았고, 왼쪽에는 김종필 총리, 앞쪽이 박태준 경제총리였다. 1992년 대선 당시의 3김에다 민정당 대표였던 박태준까지 네 명이 다 모인 셈이었다.

식당 안의 분위기는 부드러웠고 가끔 박태준의 큰 웃음소리도 났다. TJ가 웃음 띤 얼굴로 YS를 바라보았다.

"각하, 여기 김 선배가 아직도 내각제 합의서 사본을 꼬불쳐 두고 있는 것 같습니다."

그러자 JP가 이맛살을 찌푸렸다.

"어허, 박 총리. 내가 언제."

"김 선배는 오래 두면 보약이 된다고 무엇이건 쟁여 두잖소?"

"이 사람이 쓸데없는 소리를."

마침내 JP도 쓴웃음을 지었다.

"다 없앴어. 진즉."

"하긴 약발이 다 떨어졌으니 지금 내놔도 말짱 헛것이지."

YS가 따라 웃었다.

"정말 그때 합의서 공개로 내가 혼이 났다니까, 그거 혹시 박 총리가 시킨 것 아니오?"

"에이, 제가 어디."

"뭐, 나도 잘한 것 없지. 합의서를 뭉개버렸으니까."

296

잠자코 있던 DJ가 입을 열었다.

"거. 지금은 합의서 쓰고 말고 할 것도 없습니다."

그도 얼굴에 웃음을 띠었다.

"뭉갰다가는 곧장 골로 갈 테니까."

그러자 모두 웃음을 터뜨렸다. 후식으로 나온 과일을 씹으면서 YS가 DJ를 바라보았다.

"내각제 개헌은 올해 안에 끝냅시다."

"그러지요."

DJ도 정색을 했다.

"어쨌건 나는 총리 안 할 테니까."

<1권 김영삼 편 끝>

군주론 ❶ 김영삼 편

초판1쇄 인쇄 | 2016년 7월 4일
초판1쇄 발행 | 2016년 7월 10일

지은이 | 이원호
펴낸이 | 박연
펴낸곳 | 스토리뱅크

등록일자 | 2009년 11월 17일
등록번호 | 제313-2009-250호
주소 | 서울시 마포구 모래내로 83 한올빌딩 6층
전화번호 | 02 · 704 · 3331
팩스번호 | 02 · 704 · 3330

ISBN 978-89-6840-222-7 04810
ISBN 978-89-6840-221-0 (세트)

ⓒ스토리뱅크 2016